光文社文庫

長編推理小説

鬼《おに》首《こうべ》殺人事件

〈浅見光彦×歴史ロマン〉SELECTION

内田康夫

KOBUNSHA

目次

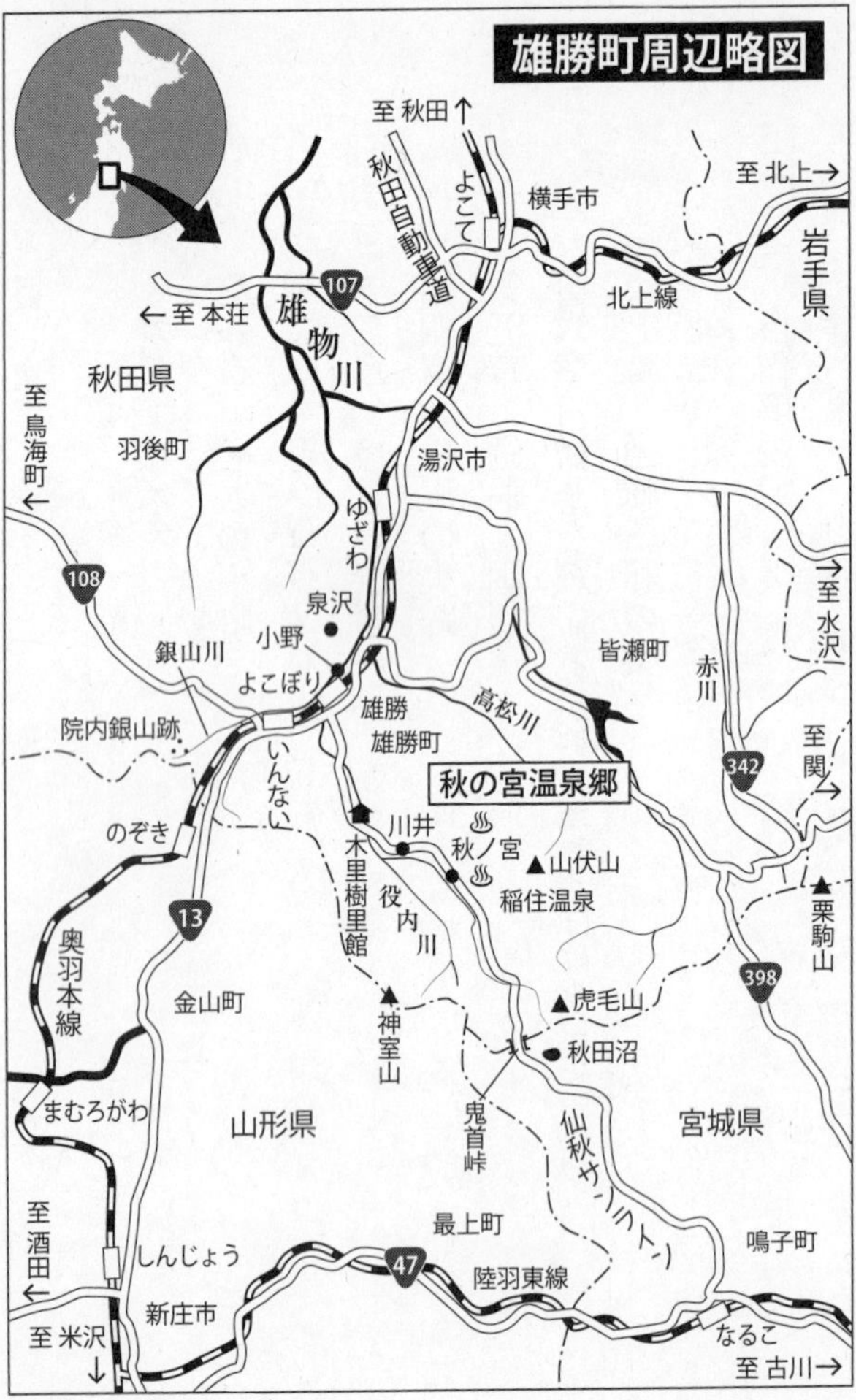

雄勝町周辺略図
至 秋田↑
秋田自動車道
よこて
横手市
至 北上→
岩手県
北上線
107
←至 本荘
雄物川
秋田県
至鳥海町←
羽後町
湯沢市
ゆざわ
108
→至水沢
泉沢
小野
皆瀬町
赤川
銀山川
よこぼり
雄勝
高松川
雄勝町
院内銀山跡
至関→
342
いんない
秋の宮温泉郷
川井
秋ノ宮
のぞき
山伏山
木里樹里館
役内川
稲住温泉
栗駒山
13
奥羽本線
金山町
神室山
虎毛山
398
秋田沼
まむろがわ
山形県
鬼首峠
仙秋サンライン
宮城県
至酒田←
最上町
鳴子町
しんじょう
47
陸羽東線
新庄市
至 米沢↓
なるこ
至 古川→

プロローグ

鬼首峠《おにこうべとうげ》の道路端に人だかりができていた。ただでさえ狭い峠道である。車も数台停《と》まり、人間の数が二十人ばかりもいると、交通事故か何か——と誰もが思う。通りがかりに車を停めて、新たに参加する野次馬《やじうま》も次から次へと増えていった。

もっとも、野次馬は騒ぎの正体を見届けると、一様《いちよう》に「なんだ……」という顔で立ち去った。

「事件」の中心には二人の釣り人と、彼らが釣ったちっぽけな魚がいた。

「そこの秋田沼《あきたぬま》で釣れた鉄魚《てつぎよ》だ」

釣り人は入れ替わりに質問する野次馬に、何度も同じ説明をしている。あまり自慢そうでないのは、鉄魚には不吉な噂《うわさ》がつきまとうからである。「逃がしてくればよかったのによ」と、地元の老人が言ったが、クーラーの水に白い腹を見せて浮かんでいる鉄魚を、いまさらどうしようもなかった。

秋田沼で鉄魚が釣れたというニュースは、その日のうちに、秋ノ宮《あきのみや》の二十九の集落に伝播《でんぱ》された。

「何かよぐねえごとが起きるんでねえべか」と、古老たちは囁《ささや》きあった。

四年前に鉄魚が釣れたときには、樺山《かばやま》の発電所で転落事故があって、ダムの調査に来ていた県の土木課の職員が死んだ。

その何年か前には、観光客が川井橋《かわいばし》から落ちて溺死《できし》した。

さらに二十年ばかり昔には、大洪水《だいこうずい》があって、役内川《やくないがわ》沿岸の集落や田んぼに大きな被害が出たし、その前のときは、熊撃《くまう》ちのマタギが、足を踏み滑らせて、煮えたぎる元湯《もとゆ》に転落、死んだ。

こうしてみると、鉄魚が釣れた後、水関係の事故や事件が起きているのは、奇妙で気味の悪い符合《ふごう》である。

秋田沼は「秋田」という名称を冠しているけれど、実際には県境を越えた宮城県《みやぎ》側にある。正確にいうと、「宮城県玉造《たまつくり》郡鳴子《なるこ》町字《ちょうあざ》鬼首」が所在地である。国道108号の鬼首峠に近い辺《あた》りから、ほんの三十メートルばかり森に踏み入ったところだ。

なぜ、いつごろから「秋田沼」と呼ばれるようになったのかは定かではない。鎌倉《かまくら》時代か平安《へいあん》時代か、あるいはもっと昔に、仙台《せんだい》や多賀城《たがじょう》方面から来た役人が、鬼首峠を越えて秋田領に入る際に、この沼を見て「秋田沼」と名づけたのかもしれない。

秋田沼は周囲が五百メートルばかりの小さな沼である。小径《こみち》もなく、森の中の隈笹《くまざさ》が生《お》い茂る薄気味の悪い場所だから、滅多《めった》に人が訪れることはないが、それでも、物好きな釣り人が入り込む。沼には腹の赤いイモリと一緒にフナやコイが棲《す》み、すれていないせいかよく釣れるらしい。そして、多くても年に一度か二度、あるいは数年のあいだを置いて、気まぐれのように鉄魚が針にかかる。

地元の人間が沼で釣りをすることはない。余所者《よそもの》が出掛けて行って、何やら得体の知れぬ魚を釣ったという話を伝え聞くのである。あまり見かけない魚なので、いろいろと、それこそ尾ヒレのついた怪談ばなしがつきまとうのだが、鉄魚そのものは学問的にも認知された魚である。

鉄魚というのは硬骨目《こうこつもく》コイ科の魚で、形状はフナに似ているが、それぞれのヒレがきわめて長く、体色も変化に富んでいる。フナと金魚の交配種と考えられ、日本各地の池沼に野生する。

山のてっぺんに近い秋田沼にフナやコイ、それに鉄魚までが棲息《せいそく》するようになったのには理由がある。分水嶺《ぶんすいれい》を秋田側に下る役内川の下流、横堀《よこぼり》という集落にコイや金魚の養殖業者がいて、かつては鬼首峠を越えて仙台付近まで売り歩いた。その際、途中の秋田沼で水替えをして、弱った魚を沼に放したのが生き延びたというものだ。閉塞《へいそく》的な山中の沼で、幾世代も繁殖を繰り返しているうちに、突然変異で鉄魚が誕生したのかもしれない。

それにしても、余所者が鉄魚を釣った報《むく》いが、町の人間に及ぶのは間尺《ましやく》に合わない。今度はいったい、どんな災難が起きることやら——と、このところ、寄るとさわると、鬱陶《うつとう》しい話題で持ちきりであった。

第一章　七人の小町《こまち》

1

「ことしの小町《こまち》は粒揃《つぶぞろ》いだなや」という声が群衆のあちこちから聞こえてくる。そのつど、高橋典雄《たかはしのりお》は頰《ほお》から顎《あご》にかけての筋肉がむず痒《がゆ》く、思わずほくそ笑みながら顎を撫《な》でるのであった。

「小町まつり」に出場する七人の小町娘を町内から選び出すのは、ここ数年間、高橋の役割になっている。というより、もともとこのイベントを発案したのが高橋なのだから、これはいわば彼の既得権《きとくけん》のようなものだ。少なくとも高橋自身はそう信じている。

小町まつり自体の歴史はずいぶん古いらしい。一説によると、二百年を超えるのではないかともいわれる。はじめは、旧小野《おの》村――現在の大字《おおあざ》小野の集落だけの小さなお祭りだったのが、昭和三十年の町村合併で雄勝町《おがちまち》が成立して間もなく、この町の最大級のイベントとして定着した。

雄勝町は秋田県最南端の町である。県内を南から北へ流れる大河・雄物川《おものがわ》はここに発している。源流付近の山間《やまあい》には秋の宮温泉郷があり、地図の上だけで見ると、国道13号と108号が交差する、交通の要衝《ようしょう》のようだが、実際にはほとんど取り立てていうべきもののない地域である。

高度経済成長だバブルだと、日本じゅうが浮かれ騒ぎ、繁栄するのをよそに、取り残されている地域はいくらでもある。ことに山形《やまがた》県と秋田県境のこの辺りは十年一日のごとく、発展のテンポがまったく遅い。

奥羽《おうう》本線の真室川《まむろがわ》―及位《のぞき》―院内《いんない》付近の沿線は、どっちを見ても山ばかりで、人家も疎《まば》ら、山賊でも出そうな雰囲気だ。新幹線は山形止まり。高速道路はおろか幹線道路の整備も進まない。

本州を東西に横切ることで知られる国道108号にしろ、ほとんど昔のまま。二つある峠付近はいまだに冬季通行止めというありさまだ。要するに国の行政からそっぽを向かれている、典型的な過疎《かそ》地なのである。

大きな産業もなく、したがって就職口も少なく、人口は減少の一途を辿《たど》っている。コメ主体の農業はお先真っ暗だし、国が何もやってくれない以上、町や住民自らが何とか現状を打開しなければならない。しかし、工業団地を造成して企業を誘致しようと努力しても、交通事情が悪いところにもってきて不景気とあっては、絶望的だ。

しかし、町当局としては、いたずらに手を拱《こまぬ》いてばかりいるわけにはいかない。高橋もその一員だが、観光行政に携《たずさ》わる職員を中心に、町起こしのプロジェクトを、いろいろと打ち出しつつある。

何もない過疎地としては、その何もないことを武器にするよりほかはない。さいわい、世はあげてエコロジーの時代に入った。交通の便が悪く、大企業もない代わりに、自然環境のよさということなら掃《は》いて捨てるほどある。山は緑、水は清らか、酒は美味《うま》いし、ねえちゃん——いや、女性は名うての美女の産地である。よし、これからは観光立国だ——というわけで、秋の宮温泉郷とならぶ観光の目玉として「小町まつり」ががぜんクローズアップしてきた。

秋田県雄勝町の小野地区は小野小町《おののこまち》生誕の地として知られている。

小野小町ゆかりの地は全国到るところにあるけれど、ここがもっとも有力とされる。

小野小町は大同《だいどう》四（８０９）年に、現在の雄勝町小野字桐木田《きりきだ》——当時の出羽国福富《でわのくにふくとみ》荘《しょう》桐ノ木田に生まれ、京に上るまでこの地で過ごしたというのである。

慶長《けいちょう》年間に刊行された『拾芥抄《しゅうがいしょう》』に、小野小町の出自《しゅつじ》を「出羽国郡司小野良実ノ女」としてある。それでもなお、真相のほどは定かではないけれど、とにかく、ほかの土地に伝わる俗説よりは、はるかに信憑性《しんぴょうせい》に富んでいることはたしかだ。それに、現在も小野地区の周辺は美人が多い。俗に「秋田美人」というが、瓜実顔《うりざねがお》、雪のような色白で、黒曜石《こくようせき》のようなつぶらな瞳《ひとみ》の女性はほんとうに珍しくない。

「小町まつり」は毎年六月の第二日曜に、小野小町塚で行なわれる。国道13号脇の小さなお堂だが、周辺はよく整備され、藤《ふじ》や芍薬《しゃくやく》が咲き誇り、祭りの当日は、かなりの人出がある。巫女《みこ》舞いや謡曲《ようきょく》、稚児《ちご》行列《ぎょうれつ》など、催《もよお》しや出し物は多彩だが、何といっても人気の焦点は、メインイベント——七人の小町娘の登場である。

小町娘の選定の条件は、第一に未婚であること、第二に雄勝町在住者であること、第三に初出場であること——。

いずれも大した条件ではないように思えるのだが、実際にこれだけの条件を満たす美少女を探すのは、なかなか難しい。毎年、確実に人口は減り、出生率も低下している。高校を卒業すると、進学や就職で町を出てゆく娘も多い。対象となる若い女性の絶対数が少ないのだから、その中からさらに美人を——となると、いくら美人の産地とはいえ、相当な難問なのである。

高橋典雄の本業はれっきとした商工観光課の職員だが、一年じゅう、それこそ昼も夜もなく、小町探しに明け暮れているといっていい。東にめんこい娘がいると聞けば駆けつけ、西にスタイルのいい娘がいると聞けば車を飛ばす。祭りの日が迫っても小町娘の頭数《あたまかず》が揃わないといってはオロオロ歩く。

もっとも、そんな苦労は苦労のうちに入らないというのが周囲の定説である。むしろ、「そういうひとにわたしはなりたい——」と願っている連中が多く、高橋としてはこの既得権を守るのに、たえず気を使わなければならない。

今年はまずまずいい娘が揃った。見物人の中から満足そうな声が上がるのを聞くと、高橋も苦労が報われた満足感に酔いしれる。七人の娘たちを発掘し、祭りに参加するよう説得した日々が、脳裏《のうり》に蘇《よみがえ》る。

小町に選ばれるのは一種の名誉だから、あまり断わられることはないのだが、それでも頑固に辞退する家がないではない。もともと東北の中でも、秋田のこの辺りは謙虚で引っ込み思案の気風なのである。「うちの娘を見世物にしたくはねえ」と言い張る父親を、吹雪《ふぶき》の夜道を何度も足を運んで、拝み倒すようにして承諾《しょうだく》させたケースもある。

小町娘の選定は、中学や高校の卒業式前までが勝負で、進学や就職で町を出た後では、文字どおり後の祭りである。極端にいえば、赤ん坊はともかく、小学校の高学年ぐらいから、これはと思える女の子に目をつけておく。ここ数年、そんなことばかりやっているから、高橋は町じゅうの少女の動向に関しては信じられないほど精通した。

今年はほんとうにいい娘が揃った。七人が七人、それぞれに美しい。背恰好《せかっこう》もふしぎなくらい、似通っている。こんなことは、十年の経験でもはじめてであった。

芍薬の花が咲き競《さきそ》う参道を通り、藤棚《ふじだな》の下をくぐって、七人の小町がそろりそろりとやってくる。市女笠《いちめがさ》から垂らした紗《しゃ》の布切《ぬのきれ》を、両の手でそっと広げ、ほんのりと白粉《おしろい》を塗り口紅を差した顔を、恥ずかしげに覗《のぞ》かせながら歩む。

左右の観客からは拍手と歓声が浴びせられる。カメラのシャッターがつづけざまに切られた。アマチュアばかりでなく、マスコミ取材のカメラも少なくない。テレビの取材もいくつか来ている。

観衆の中からは、「きれいだなや」「うちの嫁こさ欲しいな」などと、好意的な感想が聞こえる。男たちには、すでに酒はたっぷり入っているはずだが、珍しく卑猥《ひわい》な野次《やじ》らしきものが飛ばないのは、一応、神前の行事だからである。

祝詞奏上《のりとそうじょう》、巫女舞いにつづき、小町の魂《たましい》をなぐさめる謡曲が謡《うた》われる中、七人の小町は小町堂の周囲を巡る。後ろにはきらびやかに着飾った稚児行列も従って、祭りの雰囲気は最高潮に高まる。

謡曲が終わると、小町娘たちは神前に設《しつら》えられた緋毛氈《ひもうせん》の台上に上がり、横一列に正座する。

小町娘に選ばれてから祭りの日まで、およそ一カ月にわたる特訓があるが、じつは、その特訓の大半は、この正座の訓練に費《つい》やされるといってもいい。椅子《いす》の生活がふつうのことになって、娘たちには長時間の正座という体験はほとんどない。

小町まつりでは、七人の小町がそれぞれ和歌を朗詠《ろうえい》するのだが、その間およそ十五分あまり。これは彼女たちにとっては山伏《やまぶし》の修行《しゅぎょう》ほどにきびしいもののようだ。

特訓の際には、決まって何人か、足が痺《しび》れて立ち上がれなくなる者が出た。それでもたいていの場合、一カ月の特訓で矯正《きょうせい》できるものなのだが、本番の緊張した状態から、思わぬアクシデントが発生しないとは保証のかぎりではない。

現に、何年だか前、小町の一人が立とうとして足がもつれ、前のめりにつんのめって、三方《さんぽう》に飾ったお供《そな》え物を突き飛ばしたことがある。まあ、お祭りのことでもあるし、それもご愛嬌《あいきょう》と笑ってすましたが、責任者である高橋にしてみれば、面目《めんもく》丸つぶれだ。

セレモニーは次々に進行し、七人の小町の和歌朗詠が、最後の「花の色は　うつりにけりないたづらに　わが身世にふる　ながめせしまに」で締めくくられた。

いよいよ小町たちの退場シーンである。さあ、無事に歩いてくれるだろうか……と、高橋は彼女たち以上に緊張した。

七人の小町はいっせいに立ち上がった。その挙措《きょそ》はできるだけ優雅に、できるだけゆっくりと――が理想である。全員、まずまず合格点をつけられる身のこなしで、どうやら足の痺れも克服したらしい。高橋はようやくホーッと息をついた。

そのとき、観衆の人垣の中から、老人が一人、ヨロヨロと歩き出た。少し薄汚れてはいるが、仕立てはよさそうな背広姿である。背広の下はスポーツシャツで、一見した感じでは、小町まつり見物に来た観光客――といった印象だ。

老人は祭りの酒に酔っているのか、足がもつれぎみだ。それでも、まっすぐ目標を見《み》据《す》える目つきで前進して、じきに緋毛氈の台に近づいた。

七人の小町たちは、接近する老人を気味悪そうに見ているが、セレモニーの最中だけに逃げだすわけにいかず、一様に胸の前で手を合わせ、立ちすくんだ。

役場や青年会から動員された警備の係員も要所要所に配置されてはいるのだが、老人を制止するのには少し遠かった。むしろ、小町たちにつきっきりの高橋のほうが、距離的には近かったが、それでも、観衆をかき分けて行かなければならない。

老人は七人の小町の真ん中に、頭から突っ込むように倒れ込んだ。朽《く》ち木《き》を倒したような、無防備な、無機質な倒れ方であった。

悲鳴は小町娘たちばかりでなく、観衆の中からも上がった。老人は小町娘の着物の裾《すそ》をつかんだ恰好で、倒れ伏したままだ。

ようやく駆け寄った高橋が老人を押さえ込み、「あんだ、何するだね！」と怒鳴《どな》った。老人は緋毛氈に手をついて、起き上がろうと努力している様子だったが、すぐに力尽きて、顔だけを左側にねじ向けた。老人の黄色くドロンと濁《にご》った目が、何かを訴えかけているように思えて、高橋は老人の腕を抱え、引き起こそうとした。

そのとき、老人の口から白いあぶくと一緒に言葉が洩《も》れ出した。

「ギンコウノハカ……」

そう言ったように聞こえた。

「ん？　何だ？」

問い返したが、言葉はつづかない。何か言おうとして、口をパクパクさせるのだが、声にならないらしい。目に残っていた光が、急速に弱まるのが分かった。

そのときになって、高橋は老人の様子がただごとでないのに気がついた。仲間の助けを求めて振り返った目の先に、若い見知らぬ男が屈《かが》み込んできた。

「医者を……いや、救急車を呼んでください。それと、警察官も」

男はほとんど命令口調で言った。男の口調に抗しきれないものを感じて、高橋はすぐに立ち上がり、観衆の外側にいる役場の職員に「一一九番してけれや」と叫んだ。

何か騒ぎが持ち上がったと察知したのか、交通整理の巡査がこっちへ向かってくるのが見えた。

見下ろすと、見知らぬ男は老人を仰向《あおむ》けに寝かせ、胸を押している。心臓マッサージの心得があるらしい。その効果があったのか、いったん閉じられた老人の目が開き、口からあぶくが噴き出た。何やらまた不明瞭な言葉が聞こえた。

男は「しっかりしなさい！」と叱《しか》りつけるように言い、耳を老人の口許《くちもと》に寄せた。

そのとき、高橋には、老人が「……オニコウベ……」と言ったように聞こえた。

2

素人目《しろうとめ》には、老人はすでに息が絶えているように見えたが、とにかく救急車は老人を乗せて走り去った。周囲の人垣も散って、祭りの終わりとともに、辺りは静かになった。

交通整理に当たっていた横堀派出所の警部補が、あらためて高橋に事情聴取をした。奥山《おくやま》という顔なじみの警部補である。横堀派出所は隣りの湯沢《ゆざわ》市にある湯沢警察署の出先で、警部補以下四名が常駐している。役場のすぐ近くだから、毎日のように顔を合わせる。

「喧嘩《けんか》とか、そういうことではねえのでしょうな？」

「んでねえすな。病気だすべ」

高橋は答えた。老人の倒れ方は、飲みすぎのようにも見えたが、いずれにしても事件がらみのこととは考えられない。

「どこの人だか、分かんねえのすか？」

高橋は訊《き》いた。警察ばかりでなく、役所の人間としては、その点だけが問題だ。

「ああ、所持品に、身許を示すようなものは何もねかったすな。んだば、高橋さんも知らねえというと、雄勝町の人ではねえのですかな？」

「いや、違うすべ。見たことねえもんな」

狭い町である。かりに最近、移転してきたのだとしても、役場が把握《はあく》していないはずはない。

「ひょっとすると、鬼首の人でねえかと思うんすが」

「鬼首というと、鳴子のですか？　なしてです？」

「はあ、よぐ分かんねすけど、倒れたとき、たしか鬼首と言ったような気がしたもんで。んだ、あの人も聞いておったすよ」

高橋は少し離れたところで、こっちの会話に耳を傾けている男を指差した。

奥山警部補はその男に向き直って、二、三歩近づいた。

「ちょっと訊きますが、おたくさんも、さっきのおじいさんのそばにいたですか？」

「ええ、いました」

男は歯切れのいい東京弁で答えた。いかにも、質問が向けられるのを待ち望んでいたような印象だった。白いテニス帽をかぶり、白っぽいブルゾンの肩に、ニコンの一眼レフカメラを下げている。三十歳ぐらいだろうか。もっと若い感じもするが、分別《ふんべつ》のありそうなところもほの見えるし、ちょっと判断しにくい。涼やかな目元、鼻筋の通った都会的なハンサムである。

「おじいさんは『鬼首』と言ったそうですが、おたくさんも聞きましたか？」

「ええ、聞きました。『鬼首で会った』と言ってました」

「ん？　鬼首で会った……したら、鬼首の人というわけではねえのですな？」

「ええ、さあ、それは分かりませんが、あの言葉のニュアンスからいうと、たぶん違うと思いますよ」

奥山警部補は（どうなんだや？——）と高橋を振り返った。高橋は首をかしげた。

「おれは『鬼首』だけしか聞いてねえすけどな」

奥山は男に向き直ると、しかつめらしく手帳を構えた。

「すみませんが、あなたの名前を聞かせてもらえますか」

「浅見《あさみ》です」

男はすぐに名刺を出した。どうせ住所も必要なのだろう——と心得た様子だ。

「ふーん、東京の方でしたか」

奥山の脇から高橋も名刺を覗き込んだ。

浅見光彦《みつひこ》　東京都北区《きたく》西ケ原《にしがはら》——

勤め先だとか肩書だとかは何もない名刺だった。

「えーと、ご職業は？」

「フリーのルポライターをやってます」

「というと、やはり小町まつりの取材に見えたのですか？」

「ええ、雑誌に依頼されたのです。『旅《たび》と歴史《れきし》』という雑誌ですが、ご存じありませんか？」

「さあ……このへんには売ってないんでないすべかなア」

「いや、そんなはずはありませんが……そうですか、売ってませんか」

浅見は残念そうに天を仰いだ。

「念のため、もういちど訊きますが、おじいさんは、たしかに『鬼首で会った』と言ったのですな？」

「ええ、そう言いました」

「誰に会ったとか、そういうことは言いませんでしたか？」

「いえ、それだけです。ただ……」

浅見はちょっと考えるポーズを取った。

「ただ、何です？」

「はっきりしませんが、『会った』と言ったあと、口をすぼめて、何か言い足そうとした様子だったのです。口の恰好からいって、たぶん『お』の段の言葉で始まることを言いたかったのではないでしょうか」

「『お』の段？……」

「ええ、お・こ・そ・と・の・ほ・も・よ・ろ……の『お』の段です。たとえば、小田《おだ》さんだとか、小林《こばやし》さんだったのかもしれません。それとも『鬼』だったのかな？」

「鬼？」

「ははは、いえ、冗談ですよ」

浅見は屈託《くったく》なく笑ったが、奥山は対照的に苦い顔をした。

「あんた、人が死んだというのに、冗談言っている場合ではねえでしょう」

「あ、すみません、不謹慎《ふきんしん》でした……しかし、あのご老人は亡《な》くなったのですか？」

「ん？　いや、それはまだ確認したわけではねえすけどな」

警部補はいまいましそうに言った。救急隊員が運んで行ったときは、まだ死亡が確認されたわけではなかったのだ。

「もし亡くなられたとしたら、死因を調べたほうがいいと思います」

浅見は真顔で言った。

「ただの病死ではないような気がします」

「ほう、それはどうしてです？」

「よく分かりませんが……まあ、一種の勘みたいなものです」

「勘？……」

奥山はまた（気に入らねえな——）という顔になった。

「ただの病死でねえとすると、何だつうごとですか？」

「さあ……いずれにしても、変死扱いにはなるのでしょう？」

「ああ、それはまあ、そうですがね」

先へ先へと、よく気が回るものだ——と、傍観している高橋は感心したが、奥山警部補はそれがまた面白《おもしろ》くないらしい。

「えーと、浅見さんでしたか。あんた、このあと、どこさ行きます？」

「僕ですか？　僕はここで一泊して、明日は東京に帰る予定です」

「宿はどこです？　万一、死因に不審があった場合には、おたくさんに事情聴取をしねえとなんねえもんでね。迷惑かしんねえすが、協力してください」

「もちろんです。喜んで協力しますよ。今晩は横堀の光風閣《こうふうかく》に宿泊しますが、もしなんでしたら、これから警察のほうにご一緒しても構いません」

おそろしく積極的なことを言う。警察に行くのを楽しんでいるようですらある。高橋は呆《あき》れたが、多少、いやみを言ったつもりの奥山警部補は、警察の権威を失墜《しっつい》させられたような、不本意そのものの苦い顔になった。

「まあ、いずれ出頭してもらうようなことになるかと思いますがね。いまはお引き取りいただいて結構です。それではどうもご苦労さんでした」

挙手《きょしゅ》の礼をして、自分のほうから逃げるように去って行った。あとに残された高橋と浅見は顔を見合わせて、「どうも」と、意味もなく頭を下げた。

「失礼ですが、町役場の方ですか？」

浅見は笑顔で言った。

「はい、そうです」

「もしお差し支えなければ、名刺をいただけませんか」

自ら名刺を出しながら言い、高橋が名刺を渡すと、「あ、観光課の方ですか。ちょうどよかった」と喜んだ。

「じつは、小町まつりの取材かたがた、小野小町の事蹟《じせき》について調べていまして。明日、役場へお邪魔しようと思っていたところなのです」

「ああ、それでしたら、どうぞご遠慮なく役場さ来てください。もし必要であれば、詳《くわ》しい先生を紹介します」

「そうですか、それはありがたい」

浅見は少年のように目を輝かせた。喜怒哀楽《きどあいらく》を無邪気《むじゃき》に顔に出すタイプのようだ。高橋はこの見知らぬ男に好感を持ちはじめていた。商工観光課にいるせいで、高橋はマスコミ関係の人間に接する機会が多い。小野小町にまつわることを取材に、東京からやって来る客も少なくはない。浅見の切れのいい東京弁もべつに気にはならなかった。

「ところで、さっきのご老人ですが、最初に妙なことを言ってましたね」

浅見は真顔に戻って、言った。

「ああ、何か言ってたですな」

「たしか、『ギンコウノハカ』と言ったように聞こえたのですが」

「そう、そう言いました」

「何のことでしょうか？」

「さあ、何だすべ。分かりませんなあ」

「その前後に何か、ほかのことは言いませんでしたか？」

「いや……言ったかもしんねえすが、私には何も聞こえねかったなす」

「ギンコウはＢＡＮＫの銀行だとして、銀行の墓とは何のことでしょうか？」

「さあ？……」

「銀行の袴田《はかまだ》さんとか、あとに何か続けるつもりだったのかもしれませんね」

しきりに視線を空中に彷徨《さまよ》わせて、何かを模索しているが、高橋にはついてゆけない気がした。

「銀行の墓と鬼首ですか……なんだか不気味な組み合わせですねえ」

浅見は臆病《おくびょう》そうに肩をすくめた。表情を見ると、ほんとうに怖《こわ》がっているらしい。ルポライターなんかをやっているわりに、度胸はないのかもしれない――と、高橋はおかしかった。

「もし、あのご老人が殺《ころ》されたのだとすると……」

浅見はポツリと言った。呟《つぶや》くような言い方だったが、高橋はギョッとした。たったいま、浅見の臆病を笑ったが、こっちが逆に度肝《どぎも》を抜かれた。

「えっ、殺されたのですか？」

「いや、もちろん、たとえばの話です。しかし、その可能性は高いと思いますよ。あの死に方はただごとではなかった……」

「しかし群衆の中だすよ。あの衆人環視《しゅうじんかんし》の中で、どうやって殺せるのだんすべ？」

「毒殺でしょうね。カプセル入りの毒物なら、犯行現場と関係ない場所で、死が訪れます。ほら、石垣島《いしがきじま》のトリカブト事件も、たしかそうだったのではありませんか？」

「……」

高橋は反論の言葉を失った。

「それで、仮に殺されたものとすると、突然の死にうろたえながらも、老人は何かを訴えようとしていたにちがいありません。つまり、あれはダイイング・メッセージだったと考えられます」

「ダイイング・メッセージ……なんだか、推理小説みてえだなす」

「そうですね。しかし、事実は小説より奇なりですよ」

「はあ、そういうもんだかなあ……」

高橋はますますついてゆけないものを感じた。

「一つお訊きしたいのですが」と、浅見は高橋の思惑《おもわく》に関係なく、言った。

「七人の小町になった女性たちの住所や氏名は、高橋さんにお訊きすれば分かるのでしょうか？」

「えっ、はあ、それはまあ、私が知っておりますけど……」

高橋はあからさまに警戒の色を浮かべた。これまでにも、小町娘の住所、氏名や電話番号まで聞きたがった連中は少なくないのである。まったく油断がならない。

「あの七人の真ん中にいたお嬢さんは何ていう人ですか？」

「そういうことは、めったに教えられねえことになっておるのですがなあ」

「えっ？　ああ……」と浅見は苦笑した。

「べつに下心があってお訊きするわけではないのです。ひょっとすると、事件に関係があるかもしれませんから」

「事件に？……珠里《じゆり》さんがですか？」

高橋は不用意に口走った。

「ああ、ジュリさんというのですか。樹木の樹に里《さと》――ですか？」

「は？　あ、いや、そうではねえすけんど。しかし、あの子が事件に関係があるはずはねえすべ」

「どうしてですか？　関係がないと、どうして分かるのですか？」

「どうしてって……そしたら訊くけんど、あんたは、なんで事件に関係があるなんて言うんだす？」

「それはもちろん、あのご老人が彼女めがけて倒れたからですよ」

「はあ？……」

「あ、気がつきませんでしたか。老人は倒れたあと、力が尽きるまで、彼女の着物の裾を握っていたのですが」

「ああ、それは知っておったが……しかし、それは偶然そうなったのであって……」

「偶然ですか？　どうしてそんなことが分かるのですか？　僕にはむしろ、老人が最初から彼女に向かって行ったようにしか見えませんでしたが。そうでないとすると、死ぬ苦しみの中、誰に助けを求めることもしないで、なぜ人垣をかき分けるようにして、彼女に近づいて行ったのか、説明ができないのではありませんか？」

「………」

高橋は完全に言い負けた。たしかに浅見の言うとおりかもしれない。殺されたにせよ病気であるにせよ、死にそうに苦しかったら、まず周囲にいる者に向かって、苦痛を訴えるにちがいない。

「……そうすると、じいさんは珠里──あの子の知り合いだすべか？……いや、そうではねえなあ。彼女は怖がっているばかしで、あのじいさんを知っているような様子はねかったもんね」

「仮に彼女が知らなくても、老人のほうは知っていた可能性があります」

「はあ、そういうもんだかなあ……」

「それは調べてみなければ分かりませんけどね。ですから、彼女の名前をお訊きしたのです」

「しかし、もし必要であれば、警察が調べるんでねえすべか」

「もちろんそうでしょう。警察がちゃんと気づいてくれれば、ですがね」

浅見は少し皮肉を交《まじ》えた言い方をした。しかし、高橋はそれを詰《なじ》る気にはなれなかった。現に、もし浅見の指摘がなければ、老人が珠里めがけて倒れ込んだことを、警察はもちろん、高橋だって永遠に気づかないままだった可能性がある。

とはいえ、老人がほんとうに浅見の言うとおり、松島《まつしま》珠里の知り合いであり、彼女をめがけて歩み寄ったのかどうか、まるまる信じる気にはなれなかった。何といっても、老人が毒殺されたということ自体、まだ仮定の段階でしかないのだ。

3

考えてみると、高橋典雄は七人の小町の中で唯一《ゆいいつ》、松島珠里のことだけが、あまり詳しく分かっていない。ほかの六人については、彼女たちが海のものとも山のものとも知れないようなころから、よく知っている。中には大げさでなく、赤ん坊のころから顔見知りの娘もいる。極端に言えば、どこかの奥さんが身籠《みごも》った——というときから、情報が入ってくるのである。

狭い町ということもあるが、役場に勤めていると、冠婚葬祭、いろいろな機会に住民と触れ合うことになる。高橋の車には祝儀不《ぶ》祝儀用の袋が束《たば》になって詰め込まれてある。いつどこで何が起こるか分からない。こっちがうっかりしていても、町の中を走っていると、いきなり葬式に出くわすこともある。大して付き合いはなくても、知らん顔で素通りはできない。そんなときはサッとばかりに黒いネクタイと腕章をつけて、香典《こうでん》を携えて、わざわざ出掛けてきたような神妙な顔を作る。安月給の職員だから、香典の中身は知れているが、その律儀《りちぎ》さは評判がいい。

もっとも、町で評判がいい反動のように、女房の時子《ときこ》にはいつも不平をぶつけられる。

「町会議員に立候補でもする気だか？」などといやみを言われる。だいたい、小町娘選びに関しても、時子はあまりいい気分ではないのだ。

「いい年こいて、若え娘っ子さ言い寄って、みっともねえことしねえでけれや」

「ばか、人聞きの悪いことを言うでねえよ。こっちは町の発展のために一生懸命やっているっていうのに」

「何が一生懸命だかな。その分、うちで小町娘を作るほうさ一生懸命になってくれたらいいのによ」

結婚から十五年になるというのに、高橋にはいまだに子ができない。「おまえのせいだべ」「あんたが悪いんだべ」と、たがいに責任をなすり合うが、高橋に余所《よそ》で実績があるというわけでもないので、あまり強いことは言えないのである。

松島珠里は小野地区の湯沢市寄り、国道13号脇にあるガソリンスタンドに勤めている。この春、七人目の小町が決まらなくて困っていたところ、役場の若い職員が見つけてきて、「あそこにめんこい娘がいる」と教えてくれた。

自分の審美眼《しんびがん》しか信用しない高橋だが、試しに給油に行ってみて納得した。高橋の見るかぎりでは、珠里はここ十年間のどの小町娘よりも美しい女性であった。青いユニフォーム姿が凛々《りり》しく、車に駆け寄って、帽子を取って挨拶《あいさつ》したときの、セミロングの髪をパッと払う仕種《しぐさ》がじつにいい。日焼けした顔に真っ白な歯がこぼれた瞬間の表情は、ドキリとするほど魅力的だった。

高橋はカードでサインするとき、「あんた、どこの人？」と訊いてみた。地元のガソリンスタンドに勤めているからといって、必ずしも雄勝町在住の人間とはかぎらない。

「小野です」

娘は少し警戒ぎみな口調で答えた。

「へーえ、地元の人かね。ちっとも知らなかったけどなあ……」

高橋は意外だった。中学校から上の地元の独身女性のことなら、少なくとも美人と定評のある者については、知らないはずはないと自負していたのに――。

「最近、引っ越してきたのです」

「ああ、そうだったのか。んだべなあ……」

名前を訊くと「松島です」と言う。この辺りでは松島は珍しい苗字《みょうじ》だ。雄勝町では高橋、佐藤《さとう》、菅《すが》あたりの姓が断然多く、菊地《きくち》、由利《ゆり》、大内《おおうち》、沼倉《ぬまくら》、斎藤《さいとう》、戸部《とべ》、押切《おしきり》などがつづく。

四月の末ごろ越してきたばかりで、まだ転入の手続きをしていないのだそうだ。むしろ、彼女の言いにくそうな様子から察すると、現在の住まいも仮の宿ということなのかもしれない。

雄勝町に来るまでは、神奈川県川崎市《かながわけんかわさきし》に住んでいた。家族は珠里と両親の三人。父親の職業は弁護士だという。

「弁護士さんかね。偉いんだなや」

高橋が大仰《おおぎょう》に目を丸くすると、どういうわけか、松島珠里は少し悲しそうに「ええ」と頷《うなず》いた。

「父はまだむこうに仕事があって、ときどきしか来られないのです」

何となく、いわくありげなのは気になったが、家庭の事情など、厄介《やっかい》なことは、高橋はあまり聞かないことにしている。要は本人が美しくて、気立てがよければそれでいいのである。

とはいうものの、小町まつりに出場してくれるかどうかの交渉は、本人ばかりでなく、親にも許可を得なければならない。以前、当人がいいというので、家人の了解なしに出場を決めたら、父親に怒鳴り込まれて閉口《へいこう》したことがある。

珠里は簡単にＯＫした。

「いいですよ、こういう恰好、してみたかったし」

高橋が持参した小町まつりの写真を見て、はしゃぐように言った。カトリック系の女子高でバスケットをやっていたとかで、化粧っ気のないのと同様、明けっ広げで素直な性格らしい。それに、多少、自分のルックスに自信があるのかもしれない。

母親のほうは病弱だとかで、訪ねて行ったときも、寝巻にガウンを引っかけたような恰好で、玄関先で応対された。たしか、まだ四十代なかばのはずだが、ほつれ毛が額《ひたい》にかかっていたりして、実際の年齢より十も老《ふ》けた印象であった。

松島母子の住まいはガソリンスタンドからそう遠くない、ごく最近建った小綺麗《こぎれい》なアパートである。

ほんのひと昔前なら、純農村地帯のこの辺りにアパートが建つとは想像もしなかったところだが、湯沢市近郊に電子機器メーカーの下請け工場などができて、県内外から移り住む者が増えてきた。

アパートも、ただの木造モルタルの貧相なものでなく、アーリーアメリカン調の白い壁に緑の屋根——といった、しゃれたデザインのものがごくふつうになって、松島母子の住まいもそういうタイプのアパートだ。家賃は東京あたりとは比較にならないほど安いが、それにしても、父親が弁護士でありながら、まだ高校を出たばかりの娘が働いているのには、何か離婚問題のような理由でもあるのだろうか。立ち入った質問をしない主義の高橋も、気にはなった。

珠里は六人の小町仲間ともすぐに打ち解けた。よほど人懐《ひとなつ》っこい性格をしているにちがいない。かといって、すれっからしというわけではなさそうだ。カトリックの学校がどういうものなのか、高橋は知らないが、少なくとも珠里を見るかぎりでは、規律にうるさい学校だったことを思わせる。

祭りの日が近づくと、練習は毎週五回。公民館で夜の九時ごろまで行なわれる。ほかの子はたいてい車で通ってきたが、珠里は来るときはバスで、帰りは高橋が送った。車でほんの十分足らずの距離である。高橋は雑談をしながら、それとなく珠里の家の様子を聞き出そうとするのだが、珠里は話題がそっちの方向に行きかけると、急に無口になった。

どうも、彼女が日ごろ、はしゃいだり陽気さを装《よそお》っているのは、何かを隠していたい裏返しなのではないか——と、高橋はそんなふうに思えて、それ以後は、あえて追及するような真似《まね》はしないことにした。

そんなわけで、一カ月あまりの付き合いにもかかわらず、高橋は松島珠里のほんとうの姿は、何ひとつ分かっていないような気がするのだ。

浅見という見知らぬルポライターに、高橋は松島珠里のごく簡単なプロフィールだけを話した。氏名、年齢、職業、川崎に住んでいたこと、ミッション系の高校を出ていること――。

ここまでは誰だって知りうる、いわば履歴書の内容みたいなものだ――と、高橋は自分に言い聞かせていた。この先は何を訊かれても答えるつもりはなかったし、答えようにも、高橋自身、あやふやな知識しか持ち合わせていない。

もっとも、どういうわけか、まるでそのことを察知したかのように、浅見もそれ以上の質問はしなかった。

べつにメモを取るわけでもなく、高橋の話に軽く相槌《あいづち》を打っていたが、話が一段落《いちだんらく》すると、「それじゃ、また明日」と手を振って、さっさと行ってしまった。何となく気抜けするような、心残りのするような、あっさりした立ち去り方であった。

小町まつりの後片づけを終えて、夕方から公民館で慰労会を開いているところに、奥山警部補がやって来た。慰労会の会場である会議室の入口のところで手招きして、高橋が行くと小声で言った。

「じつはですな、あのじいさんは殺された疑いがあるすな」

「えっ、んでしたか？」

高橋は反射的に松島珠里のほうに視線を走らせた。珠里はふだんの服装に戻って、仲間たちと笑いあいながら、テーブルの上の料理をぱくついている。

「ついさっき、本署のほうから連絡があって、解剖の結果、何とかいうアルカロイド系の毒物が検出されたとのことでした」

奥山警部補は警邏《けいら》畑《ばたけ》ひと筋できた警察官だけに、毒物の名称などにはうといらしい。

「んだら、やっぱし毒殺でしたか」

高橋は思わず呟《つぶや》いた。

「やっぱしというと、高橋さん、あんた分かっておったんだかや？」

警部補は不審そうな目を向けた。

「いや、私ではねえすけど、あのときおった浅見という人がですな、たぶん毒殺されたんでねえかと言っておっただす。それも、カプセル入りの毒——んだ、トリカブトとか言っておったっけが」

「それだば、まさにアルカロイド系の毒物だべさ」

奥山はしだいに鋭い目つきになった。

「えーと、たしか、横堀の光風閣さ泊まっただな……高橋さん、あの男、ほかには何か言ってねかったすか？」

「んだすなあ……ちょっとおかしなことを言っておったけんど……」

高橋はチラッと斜め後ろに視線を送った。松島珠里は、相変わらず屈託なく、小町仲間と笑い興じている。

「ん？　おかしなこととは、何だす？」

「いや、はっきりしねえすけど、あのおじいさん、倒れてすぐ、妙なことを言ったのではねえかと……それは私も聞いては、おったのですが」

「妙なこと？　というと、『鬼首』とはべつにだかや？」

「そうです。鬼首と言う前に、『ギンコウノハカ』と……」

「ギンコウノハカ？……何のことだべ、それは？」

「分かんねえすな。だから、聞き間違えではねえかと思って、あのときは言わねかったのだけんど」

「なるほど。しかし、そういうことは、なるべく早めに話してもらわねえと困るしなあ。いかに些細《ささい》なことでも、捜査の参考になる可能性があるからすなあ」

奥山警部補はしかつめらしい顔を作って、言った。高橋は「そうでしたな」と認めたものの、老人が珠里に向かって歩み寄り、倒れたあと、彼女の着物の裾をつかんでいた話は、ついにしそびれてしまった。

奥山はそのあとすぐ、引き上げた。東京から来たルポライターを訪ねて光風閣へ行くつもりらしい。最後に慰労会場に顎をしゃくってひと言、「酒気帯《しゅきお》び運転はしねえでくださいや」と釘を刺した。そんなことを言われなくても、役場の人間である以上、「飲んだら乗るな」は鉄則である。高橋は、勧められる酒をすべて断わった。

「大事な小町娘を送って行かねばなんねもんな」

冗談めかして言ったが、それは本心でもあった。会の途中で、高橋は七人のうち未成年の三人だけをマイカーに乗せて、自宅まで送り届けた。順々に下ろして、最後に珠里が残った。

「今日はえらい事件だったなや」

高橋はさり気なく切り出した。

「ああ、あのおじいさんね。ほんと、びっくりしちゃった。あれからどうなったのかな？　死んじゃったんですか？」

「どうもそうらしい。さっきお巡《まわ》りさんが来て、そう言っていた」

「ふーん、そうなんですか……かわいそう」

「あのおじいさん、珠里ちゃんの知り合いだなんてことはねえべな」

「えーっ？……」

珠里は助手席から高橋の顔を覗き込むようにした。

「まさか……知りませんよ、あんなおじいさん。気味悪いわァ……」

珠里は顔をしかめた。もちろん、嘘《うそ》をついているはずもない。高橋は「ははは」と高笑いをしながら、奥山警部補にその話をしなくてよかった——と思った。奥山に隠していたことに、多少の後ろめたさを感じていないわけではなかったのだ。

4

横堀温泉——といっても、横堀に温泉が出るわけではない。横堀は雄勝町の中心部でJR横堀駅の周辺に、ささやかな街が広がるというだけの、何の変哲《へんてつ》もない田園地帯だ。その横堀の町外れに最近建った光風閣に、秋の宮温泉郷の湯元からタンクローリーで源泉を汲《く》んできて、毎日、何回となく新しい湯を供給している。いわば秋の宮温泉の出店《でみせ》のようなものである。

それにしても光風閣は鄙《ひな》にはまれな堂々たる旅館であった。いや、ロビーの規模などはシティホテルなみといっていい。大浴場は湯量も豊富で、その割りにお客が少ない。広い湯船に漬《つ》かったり上がったりするたびに、恐縮するほど、湯が溢《あふ》れ流れる。

すっかりいい気分になって浅見が部屋に戻ると、まるで待っていたように、刑事がやって来た。例の警部補が先導している。

「ちょっとお邪魔しますよ」と、二人の警察官は座敷に入り込み、座卓を挟《はさ》んで浅見と向かいあった。

警部補は奥山、湯沢署の刑事は山根《やまね》といった。山根は三十歳代半ば。奥山よりは少し若い。名刺には「巡査部長」とある。いわゆる部長刑事だ。浅見の経験からいうと、このくらいの年齢の刑事がいちばん手ごわい。

あの老人が死んだ。それも毒物による殺人の疑いがある――と聞いても、浅見はそれほど驚きはしなかった。もっとも、警察はそれが気に入らないらしい。

「聞いたところによると、浅見さんは最初から殺人事件ではないかと考えておったそうですな」

山根はまるで尋問《じんもん》口調で言った。

「ええ、そんな気がしました」

「その理由は？」

「ですから、奥山さんにも言ったように、単なる勘のようなものです」

「それだけですか？」

「はあ……と言いますと？」

「勘だけで殺人事件と断定できるとは思えないもんでねえ」

「断定はしませんが、自殺でないとすると他殺——つまり、確率からいっても二分の一でしょう。それに、あの場所で自殺するとは考えにくいですからね」

「それはそうですが、それ以前に病気だと思うのがふつうでねえすかなあ」

「いや、病気の可能性はまったく考えられませんでしたね。現場をご覧になっていなかった人には分からないでしょうが、あのご老人は人垣をかき分けて倒れ込んだのです。病気で苦しくなったのなら、周りの人に救いを求めるでしょう」

「それと毒で苦しくなったときと、どう違うのです？」

「僕はまだ経験がないので、はっきりは分かりませんが、一般的に言って、自分が毒殺されたと察知した場合には、人は大きく分けて二つの行動パターンを取ると思うのです。一つは慌《あわ》てふためいて助けを求めるケース、こっちのほうがふつうでしょうけどね。僕なんかもさしずめこのクチです。もう一つは、もはや助からないと覚悟を決め、最期《さいご》のときにしておかなければならないことをしようと考える。ことに毒物の性能を熟知《じゅくち》している場合には、そうするのではないでしょうか」

二人の警察官は顔を見合わせ、相手の意思を確かめあった。

「そういうもんですかなあ」

山根は、自分がその立場に置かれたときのことを想像するように、胃のあたりを押えながら、天井を見上げて、首を振り振り言った。

「仮にあなたの言うとおり、毒を飲まされたのだとすると、自分ならまず、毒物を吐き出そうと考えますがなあ」

「毒物の種類にもよるのではないでしょうか。たとえば青酸性の毒物のように、胃の中でカプセルが溶けた瞬間に激痛が走るような場合には、一刻も早く吐き出そうとするでしょう。しかし、神経毒の場合には、気がついたときには、すでに手遅れで、すぐに口もきけないような状態になります。あの老人はまさにそういう状態でした。だから僕は、アルカロイド系の神経毒による殺人事件と判断したのです。ご老人自身、そのことが分かっていたにちがいありません。突然の死を察知し、しかも、自分に残された時間のないことも分かっていた。だから最期の目的に向かって突進したのです」

「は？　何に向かってですと？」

「最期の目的です」

「目的とは、何ですか？」

浅見は一瞬、とまどった。高橋が当然、そのことも話していると思っていたのだが、どうやら二人の警察官は、老人が珠里という小町娘を目指したことについては、何も聞いていないらしい。

「ですから、その、小町娘に向かったのではないかと思うのですが」

「え？　小町娘が最期のときの目的だったというのですか？」

「はあ、たぶん……」

浅見は自信なさそうに答えた。

「ははは、なるほど、じいさんだからといって、男であることには変わりないからねえ。この世の名残《なご》りに小町娘に抱かれて死のうとしたって、いっこうに構わねえというわけですか。そいつはいい、ははは……」

山根部長刑事は大いに嬉しがって、揶揄《やゆ》するように笑った。浅見という東京から来た生意気なルポライターに、度肝を抜かれっぱなしだったが、どうやら大した相手でない──と、安心した様子であった。

「ところで、あのご老人はどこ《そこ》の誰なのですか？」

浅見は山根の機嫌を損ねないように、なるべく素朴《そぼく》を装って、訊いた。

「いや、それは目下《もっか》調べているところで、まだ分からねえです。身許を示す物は何も持ってねえし、現金も一万円ポッキリ。洋服は薄汚れているが、かといってただのホームレスとも思えねえし……」

「一万円ポッキリ——というのは、一万円札一枚という意味ですか？」

「そうですよ」

「洋服にはネームの縫《ぬ》い取りなんかなかったのでしょうか？」

「ああ、それは切り取られておったすよ」

「下着はどうでしたか？　つまり、きれいなものを着ていましたか？」

「いや、あんまりきれいとは言えねかったな。三日か四日は替えてねえんでねえべか」

「ふーん、それは面白いですねえ……」

言ったとたん、二人の警察官の怖い顔に気づいて、浅見は慌てて言い直した。

「いえ、たいへん興味ある状況です」

「どう興味あるというのです？」

山根が訊いた。

「一万円札一枚しか持っていなかったということがです」

「一万円しか——ですか。われわれ安月給から見ると、一万円も——という言い方もできるけんどね」

「ははは、それは僕だって同じです。しかし、一万円札だけで、小銭をぜんぜん持っていなかったのが、きわめて珍しく、興味深いという意味です」

「はあ……」

山根部長刑事には浅見が何を考えているのか、しばらくのあいだ分からなかったらしいが、一人の老人が――老人にかぎったことではないが――一万円札を一枚だけ持っていて、小銭はまったく持っていない状態というのは、たしかに不自然だ。

「何か、そのことに特別な意味でもあるんだすか?」

奥山警部補が、不安そうに訊いた。

「ええ、たとえば、誰かに、東京へ帰る交通費でももらった感じではありませんか?それに、汚れた下着を何日も替えないでいたというのとが、どう結びつくか——です。その点を、警察ではどのように判断されているのですか?」

「警察としては、まだ何も判断は下してねえですけど……それが何か意味があるのですか?」

「ええ、洋服も下着も着替えられなかったような、不自由な状態だったこととと、一万円ポッキリしか所持していないこと——この二つの点を併《あわ》せ考えてみると、なんとなく、老人が置かれていた状況が想像できます」

「はあ、置かれていた状況ですか……」

「たとえば、監禁されていたとかです」

「監禁……」

山根はいちいちおうむ返しに言う。浅見の発言がよほど意外性に満ちて聞こえるのだろう。

「これで、老人が素通しのメガネや付け髭《ひげ》でも持っていれば、年老いたスパイか何か、いよいよサスペンスドラマみたいなことになるのですが……そうそう、メガネは持っていたのでしょうね？　あの老人の年齢からいって、当然、老眼鏡ぐらいは持っていそうなものですが」

「いや……」

山根はまた奥山と目を交差させた。

「えっ、持っていなかったのですか……それだったら、間違いなく監禁されていたのですよ。一刻も早く身許を確認すべきですね。ひょっとすると、どこかで誘拐《ゆうかい》事件でも起きているのじゃありませんか？」

「誘拐？……」

「ええ、あの老人の、人品骨柄《じんぴんこつがら》いやしからぬ雰囲気からいって、おそらく要職についていたか、現在も重要なポストにいる人物のような気がしますからね。もしもそうだとすると、営利誘拐の可能性だって考えられます」

「ほんとですか？」

営利誘拐だなどと、物騒なことを言われて、山根はまだ半信半疑の状態だが、浅見の話を無視できなくなってきている。

「ほんとかどうかは分かりません。ただ、こっちの警察に行方《ゆくえ》不明者の捜索手配が行なわれていないとすると、東京かどこか、かなり遠いところで、ごく最近に発生したものか、あるいは何かの事情で、その事実を公開していないのかもしれません。だとすると、ますます、営利誘拐の線が強い感じになってきますけどね」

「うーん……」

山根はついに唸《うな》り声を発した。最初は、この怪しげなルポライターを少し叩いてみようか――というつもりでいたのだが、すっかり予定が狂ったという感じだ。

「もしあなたの言うとおり、要人の営利誘拐だなんてことになると、うちみたいな田舎《いなか》のちっぽけな警察の手におえる代物《しろもの》ではねくなってきますな」

冗談めかして言っているが、顔は深刻そうだ。

「一応、警察庁のほうに問い合わせてみたらいかがですか？」

浅見はまた、お節介焼きを言って、山根にジロリと睨《にら》まれた。

「それはおたくに言われなくても、警察がきちんとやります」

山根は面白くなさそうに口を尖《とが》らせてそう言うと、奥山警部補に「行きますか」と声をかけながら、席を立った。

第二章　ギンコウノハカ

1

翌日は雨になった。気象情報ではこのまま梅雨《つゆ》入りをすることはないと言っていたが、長雨になりそうな雲行きだ。

雄勝町役場は横堀の街のはずれ近く、光風閣からつい目と鼻の先のようなところにあった。浅見は車を光風閣に置いて、旅館から借りた大きな名入りの傘《かさ》をさして、散歩がてらに少し回り道して歩いて行った。

街の真ん中を国道13号が南北に貫《つらぬ》いている。昨日、ためしに走ってみたが、細長い家並みはすぐに行きはずれた。日本じゅうどこにでもありそうな、小さな侘《わび》しい町である。街を出はずれると、左右に田んぼが広がっている。田んぼの向こうは、東には奥羽山脈、西には出羽《でわ》丘陵の山裾《やますそ》が迫っている。
米どころ秋田平野はここに始まり、「両関《りょうぜき》」や「爛漫《らんまん》」といった酒づくりで有名な湯沢市、かまくら祭りの横手市《よこて》——と、北へゆくほどに平地の幅は広くなるのだが、雄勝町域だけにかぎっていえば、猫の額ほどの盆地である。

昨日の小町まつりは賑《にぎ》わったが、一夜明けてみると、そぼ降る雨のせいばかりでなく、街のたたずまいは活気に乏《とぼ》しかった。

このあたりはかなりの豪雪地帯だそうだ。雪国特有の、軒《のき》の突き出た低い家並みが、街の表情を憂鬱《ゆううつ》そうに見せる。

浅見はあらかじめ、小町まつりの取材に備えて、町勢要覧を取り寄せたのだが、立派なパンフレットにあふれんばかりに盛り込まれた写真は、ほとんどが観光ガイドのような、山や川、鳥、魚といった自然の風景と催し物の写真ばかりで、そこにどういう家が建ち、どういう生活があるのかが、まるで伝わってこない。

雄勝町は自然に恵まれた、こんなに素晴らしい町ですよ——と、外の人々に向けて、精いっぱい、明るく振舞い、熱弁をふるっているのだろうけれど、この街の風景を見て、あの町勢要覧と思い合わせると、地元の人々がこの町に夢を託してゆくことに、不安を感じ、自信を失っているのではないか——と他人《ひと》ごとながら心配になってくる。

周囲の山々はほとんどが杉林である。花粉症問題で、かつて杉の植林を奨励した国の政策を告訴した人がいた。米づくり中心の農政が内外の批判を浴び、植林事業も告訴されて、「農業日本」は危殆《きたい》に瀕《ひん》している。国と政府を信じてきた農家や、農村地帯に生きる人々に、はたして希望ある明日は待っているのだろうか。

街角の小さな洋装店のショーウインドーには、流行遅れのブラウスが飾られていた。浅見が何の気なしに佇《たたず》んで、ウインドーを覗くと、ガラス戸を開けて出てきた女性が、ちょっとびっくりしたように、度の強い金縁《きんぶち》メガネの奥から浅見を見つめ、それから天を仰いで、また店の中に引っ込んだ。

浅見は踵《きびす》を返して役場へ向かった。

このところ、日本じゅうの役場が新築ブームのように、豪華で大きな建物になりつつあるけれど、雄勝町役場は中庸《ちゅうよう》を得た、少し古びた三階建てだった。職員の数もそう多くはなさそうだ。四つの町村が集まっても、この程度の規模ですむのだから、いかに過疎《かそ》が進行したかを推測できる。

商工観光課は二階にあった。高橋典雄は浅見の顔を見ると、急いで立ってきて、「どうぞ、あっちさ行きましょ」と、隣りの応接室に引き入れた。

「いやあ、びっくりしました。あなたの言われてたように、昨日のあれは殺人事件だったのだそうですなあ」

座るより前に高橋は言った。「ま、どうぞ」と浅見に席を勧め、それからまた「いやあ……」としきりに驚いている。

「そこさもってきてすよ、浅見さんが言われた、アルカロイドでしたか。そういった毒が使われたとか聞きました」

「えっ？　というと、もうニュースになったのですか？」

浅見は朝起きてからずっと、テレビのニュースに注意していたが、それらしい話題は出てこなかった。

「いや、警察の人から聞いたのです。それでもって、たったいま、警察のほうから電話があってすよ、浅見さんがこっちさ見えたら、止めておくようにと言われたのです。いま、観光資料はお持ちしますが、その後もしばらく待っていてください」

高橋がいろいろな種類のパンフレットを探して、戻ってくるのと同時に、女性の職員がお茶を運んできた。浅見は礼を言いながら何気なく彼女の顔を見て、あまりの美貌《びぼう》に驚いた。

昨日の七人の小町は、さぞかし選び抜かれた少女たちだと思ったから、それほど意外に感じなかったのだが、こうして、何でもない場所で、それ以上に美しい女性に出くわすと、意表を衝《つ》かれたように感激する。

「へへへ、美人でしょう」

高橋は浅見の驚いた様子を見て、小気味よさそうにニヤニヤ笑って言った。

「この人も何年か前の小町娘です」

女性ははにかんで、色白の頬をバラ色に染めた。

「そうなのですか……どうぞよろしく」

浅見は慌てて立ち上がり、とにかく頭を下げておいた。これがきっかけで、今後の人生が変わることだって、あり得ないわけではないのだ。

「いやあ、すごいですねえ。ああいう美女がゴロゴロいるのですか」

女性が去ったあと、浅見は声をひそめて訊いた。

「ははは、ゴロゴロというわけでもねえすけど、美人は多いですなあ。もっとも、中にはうちの嫁さんみたいのもおりますけ、あまり自慢ばかしはできねえすけど」

高橋は謙遜《けんそん》とも本音《ほんね》とも取れる顔である。

それから、いかなる理由で当雄勝町には美人が多いかの話のマクラのように、小野小町伝説の解説をしてくれた。いや、伝説どころか、小野小町生誕は高橋にとっては歴史上、動かしがたい事実として語られた。

ひととおり話の区切りがついたとき、高橋はふと思い出したように、「んだんだ」と言った。

「昨日浅見さんが言っておられた、松島珠里さんのことだけんど、やっぱし彼女は、あのおじいさんのことは知らねえそうです」

「あ、そうですか、もうお訊きになったのですか」

「んだす。責任者としては、ちょっと気になったもんでなす」

高橋はどうやら「責任者」の部分を強調しておきたいらしかった。

浅見としては、小野小町伝説についてだけ聞いてしまえば、後のことはあまり興味がなかったのだが、観光係としてはそれ以外の雄勝町の魅力についても説明しないと気がすまないのか、高橋はパンフレットを一つ一つ広げては町の観光資源の豊かさを力説した。

それによると、雄勝町の観光の目玉は第一が小野小町だが、それ以上に自然の恵みの豊かさを挙《あ》げておきたいらしい。ことに雄勝町を取り囲む山々の稜線《りようせん》めぐりが自慢のようだ。

「高松《たかまつ》岳、山伏《やまぶし》岳、虎毛《とらげ》山、神室《かむろ》山……」

高橋は遠くの山並みを望むような目をして、懐かしそうに並べたてたが、山歩きに縁のない浅見は、どれも知らない名前だった。

「もちろん、それと、温泉だすな」

客の反応がいまいち物足りないことに気づいて、高橋は話題を変えた。

「紅葉を眺めながら、秋の宮温泉郷でのんびり過ごしていただきたいし、それから、役内川の渓流釣りと鮎《あゆ》釣りは全国的に有名です。そうそう、役内川や院内の『ナイ』というのは、アイヌ語で谷を意味する言葉ですが、ここには縄文《じょうもん》時代のいわゆる先住民族が住んでいた遺跡がいたるところにあるのです。あとは院内の銀山《ぎんざん》異人館《いじんかん》も一見に値《あたい》しますよ」

「銀山があるのですか？」

「はい、いまは廃山してしまったのですが、院内の銀山は慶長十一年――というから、関《せき》ケ《が》原《はら》の合戦のころ以来、三百五十年間、繁栄をきわめたのです」

「そうなのですか。僕は銀山といえば島根《しまね》県の石見《いわみ》銀山ぐらいしか知りませんが」

「それだったら、ぜひ見学して、認識を新たにしていただきてえですなや。んだす、それだば、これからご案内しますか」

高橋は時計を見たが、そのとき、山根部長刑事が現われた。後ろに見知らぬ男を連れている。

「ちょっと高橋さん、申し訳ねえすが、ここを貸してもらえねえすべか」

山根は冷たい目をして高橋を追い出すと、後ろの男を浅見に紹介した。男は自ら「秋田県警捜査一課の松山《まつやま》です。今回の事件の捜査主任を務めることになりました」と言って、名刺を出した。

名刺には「秋田県警察本部刑事部捜査一課警部　松山四郎《しろう》」とある。

「じつはですな」と山根が説明を加えた。

「昨日、浅見さんが言われたように、これこれこういう老人の、身許不明者が殺されたけんど、東京の警察庁のほうさ行方不明人の捜索願が出てないかどうか、問い合わせたのであります。そうしたところ、内々に捜索願が出されている人物と酷似《こくじ》しているという回答があったのです」

「ほう、誰なのですか？」

「それがですね……」

山根が言いかけるのを制して、松山警部が脇から言った。

「それは残念ながら、申し上げるわけにいきません――というより、われわれにも詳しい事情は知らされていないのです」

松山は山根と同じ程度の年齢に見えるが、東京の大学でも卒業したのか、高橋や山根のような訛りが少ない。妙なもので、べつに訛りのあることが人格に関係するわけではないはずなのに、東北弁の重い感じに較べると、言葉つきが変わっただけで、捜査能力までが冴《さ》えているような感じがする。

おそらく明治以来、東北人は言葉でずいぶん損をしているにちがいない。

「なるほど……」と浅見は頷《うなず》いた。松山が言うとおりかどうかはともかく、東京の情報が完全にこちらに伝わっていない可能性は考えられないことではないと思った。

「それで、今日は何か？……」

浅見は小首をかしげるようにして、訊いた。捜査本部ができたばかりの忙しい時期に、わざわざ主任警部がやって来るからには、何かそれなりの用件があるはずだ。

「それでです、じつはこれはお願いというべきなのですが、浅見さんはいろいろ、事件のことに関して詳しい様子ですが、それをひとつ、外部には洩らさないでいただきたいのです」

「ほう、口止めですか」

「そのとおりです。ことに、マスコミ関係には絶対に内密にしておいていただきたい。いまのところ、公式には、あの老人は薬物中毒で死んだということだけしか発表していませんのでね。いや、これは自分らの頼みではなく、警察庁からの注文であるのです」

「警察庁の方がそう言っているのですか？」

「そのとおりです」

浅見はいやな気がした。警察庁のどこのセクションか知らないが、ひょっとするとこっちの素性《すじょう》を知っていて、暗に「警察庁刑事局長であるお兄さんの立場上、余計な動きをしないほうがよろしいですぞ——」と言いたいのかもしれない。

松山警部が単に警察庁に指示されたとおりのことを言っているにすぎないのか、それとも、そういった裏の事情まで聞かされて知っているのかどうかは分からない。比較的、丁寧《ていねい》な言葉づかいをしているのは、こっちを警戒しているというよりも、彼の性格的なものかもしれない。

「分かりました、おっしゃるとおりにしましょう」

浅見はあっさり答えた。もともと、マスコミはおろか、誰かに喋《しゃべ》りまくるつもりなどないのだ。しかし、あまりあっさり応じたので、松山は不安になったらしい。少し上目遣いになって、「それで、今日、東京へ帰るのですね？」と確かめた。

「いや、分かりません。もう少し取材したいところが出てきましたから、その状況によっては、明日か明後日まで滞在するかもしれません」

「それは取材、ですか？」

何を勘繰《かんぐ》っているのか、松山は「取材」のところに妙に力を入れて訊いた。

「ええ、取材です」

「どのへんを取材するのですか？」

「さっき高橋さんと約束したのは、とりあえず院内銀山というのを……」

浅見はそう答えながら、ふと、「銀山」にひっかかるものを感じた。しかし、何がどうひっかかるのか、見えてはこない。

「……なんでも、銀山異人館というのがあるそうなので、それを見学する予定です」

「なるほど。そこを見学したら帰られるのですね？」

「いや、ですから、何とも言えません。気が変わることだってあります」

浅見は半分、依怙地《いこじ》になって、突っぱねるように言った。松山は苦い顔をした。

「それとも、僕がこちらにいては、何か具合の悪いことでもあるのですか？」

「いや、そういうわけではありませんが。まあ、しかし、とにかく事件のことにはくれぐれも触らないよう頼みます」

松山はくどく念を押して、山根と一緒に引き上げていった。

2

高橋はマイカーで浅見を案内すると言ってくれた。

「これも観光課の役目ですからね」

「しかし、僕の書いている雑誌は、どちらかというと歴史中心ですから、あまり観光ガイドの役には立ちませんが」

「いやいや、何でもいいのです。要するに、わが雄勝町の名前が活字になってくれさえすれば、それで満足です」

ＪＲ奥羽本線の横堀駅から一つ東京寄りの駅が「院内」である。院内銀山異人館は院内駅舎の延長といってよく、一階の一部は駅の施設になっている。赤レンガの外壁に黒っぽい屋根を載《の》せた、鉄筋コンクリート二階建て。かつて銀山はなやかなりし当時の外国人技術者の宿舎を模して建てたものだろうけれど、おそらくこの雄勝町の中で、もっとも美しい建物と思われる。

「銀山」と冠《かんむり》があるけれど、一階には「雄勝町魅力発見の部屋」と名づけられた、物産や観光をビデオで紹介する施設もあり、そのほか、高橋が言っていた縄文土器など、先住民族の遺物が陳列してある。

中心になっている院内銀山の歴史と特色を表わした展示物の中で、明治中期ごろの銀山町を復元した精巧な模型が圧巻だ。大きな谷を埋めつくす勢いで、町が形成されていった様子がひと目で分かる。

「ずいぶん大きな規模だったのですねぇ」

浅見は感心して言った。

「んだすなや。最盛期の人口は一万五千、戸数は四千戸だそうだすから、そこだけでもいまの雄勝町より大きかったことになります」

「いまはどうなっているのですか？」

「いまはもう、完全な廃墟《はいきょ》です。建物は事務所も住居も跡形《あとかた》もなくなってしまって、墓石だけが並んでおるんだす。ちょっと不気味だすけどね」

「墓石？　墓ですか……」

「んだす、お墓です。お墓がズラーッと並んでいるんです。どのくれえあるのか数えたことはねえすが、そりゃ膨大な数の墓です。鉱山労働者とその家族のほか、流れ者だとか、飯盛り女みたいなものもいたのではないでしょうか。もちろん、当時は土葬だったはずですから、土の中には遺骨があるわけで、銀山跡の谷の中さ行くと、鬼気せまるも

「のがあるんだす」

浅見は背中がゾクゾクッときた。そのくせ口のほうだけは威勢よく、「行きましょう、そこへ」と言った。

院内駅から国道13号に戻って、ほんの少し南へ行ったところで左へ分岐し、立体交差ですぐに13号を跨《また》いで西の方向へ向かう道がある。この道は、宮城県の石巻《いしのまき》付近から西へやってくる国道108号のつづきである。

108号は、途中、いったん古川《ふるかわ》で国道47号に合流したあと、鳴子から右へ岐《わか》れて鬼首峠で県境を越え、横堀で13号と交差・合流、またここで分岐して108号を復活させるのである。

国道ではあるけれど、まもなく山中に入って、とたんに道幅は狭く、路面状態も悪くなってくる。ちょうどその辺りが銀山跡の入口であった。

細い沢に沿った砂利道を行くと、鬱蒼《うっそう》と繁った杉林の中に入り込む。

「浅見さん、あそこさ穴が開いているでしょう。あれが坑口《こうぐち》です」

高橋は左手をハンドルから離して、左の方角を指さした。なるほど、岩の裂《さ》け目のようなひしゃげた形で黒々とした穴がポッカリ開いている。

「あそこにもあるすべ。それから、あの柵《さく》の嵌《は》まってるやつは、水抜きの穴です。あのトンネルの大きさから見て、相当の出水があったと推定されるすな。ああいうのがいくつもあります。この地面の下に原石を掘った穴がウネウネと延びて、あっちこっちで地上に顔を出しているんだす」

高橋は、鉱員の熱気が乗り移ったかのように、興奮ぎみに解説した。

車は這《は》うようなスピードである。やがて右側の斜面一帯に墓石の群れが見えてきた。どれも三十センチばかりの、小さな、まるで子供の墓のようだ。あるものは朽《く》ち欠《か》け、あるものは苔《こけ》とも草とも見分けのつかぬ植物の中に埋まりかかっている。上空を杉の枝葉に覆《おお》われ、陽の光が遮《さえぎ》られているから、下草やブッシュはあまり繁茂できないらしい。そうでなければ、小さな墓たちは、とっくに茂みの下に埋もれていたにちがいない。

それにしても何という数の墓だろう。ほとんど肩をよせあうほどの密集度である。斜面のいくぶん傾斜のゆるやかな土地を、奥行き二、三十メートル、横の長さにいたっては何十メートルか、それとも何百メートルもあるのか、見当もつかないほどの距離だ。そこを小さな墓石が埋め尽くして、まるで墓石そのものが賽《さい》の河原《かわら》を形成しているように思えた。そのじめじめした地面からは、妄執《もうしゅう》やら怨念《おんねん》やらがたえず立ち昇っている気配を感じる。

「少し歩いてみますか？」

高橋は言ったが、浅見は急いで首を振って、「やめておきます」と答えた。

道はまだ奥のほうまでつづいているのだが、グジュグジュとぬかる地面が薄気味悪い。

車でもそれ以上は進む気にならない。

高橋は車を窮屈《きゅうくつ》そうにUターンさせると、いま来た道をノロノロと引き返した。

「高橋さん、例の老人が言った『ギンコウノハカ』ですが」

浅見はいくぶん上擦《うわず》った声で言った。

「ひょっとすると、ここの墓のことを言ったのじゃありませんかねえ？」

「え？……あ、なるほど、銀鉱ですか……言われてみれば、そう受け取れねえこともねえすかなあ。われわれは銀山とばかし言ってるもんで、ちょっと気イつかねかったすが……けど、銀鉱の墓だとして、どういう意味があるのすか？」

高橋は車を停めて、浅見の顔を見た。

「分かりません」

浅見はあっさり首を横に振った。

「はあ……」

「ただ、いま高橋さんがおっしゃったように、地元では『銀山』と言い、『銀鉱』と言う習慣がないとすると……いや、やっぱり分かりませんね」

浅見は何かつかみかけたものを見失ったように、また首を振った。どうも、この魑魅《ちみ》魍魎《もうりょう》が湧《わ》き出そうな環境は、思考力を減退させるにちがいない。

「ここ、出ませんか」

浅見の提案で、高橋もわれに返ったように、ハンドルを握り直した。

来るときは気がつかなかったのだが、銀山の谷を出はずれる正面の山肌の、目線より少し高い程度の中腹に、へばりつくように小屋が建っているのが見えた。粗末だが、窓もあり、煙突らしきものも見える。道路から入口まで、丸太を組んで作った階段もある。

「こんなところに家があるのですねえ」

浅見の呆《あき》れ声につられるように、高橋は小屋の真下で車を停めた。

「まさか、これも先住民族遺跡というわけじゃないのでしょう？」

むろん冗談だが、高橋は笑いもせずに、唇に指を立てて「そんなことを言ったら、だめです。聞こえるす」と言った。

「えっ、それじゃ、ほんとうに人が住んでいるのですか？」

「いや、いまはいるかどうか分かりませんけど、ときどき人がいるにはいるのです」

「へえー、よくこんなところに住んでいられますね」

浅見は背後を振り返った。森を透《す》かして、墓の群れが見えている。もちろん、あの小屋の窓からも見えているはずだ。あんな小屋には、たとえ一日だっていたくない。

「どういう人ですか？」

「はっきりしたことは分かんねえすけど、大場《おおば》さんという男の人です」

「ほう、名前も分かっているのですか」

「そらまあ、雄勝町さ住んでいる人であれば、一応、戸籍の係の者が身許の確認はしますから。ただ、現住所は名古屋《なごや》のほうだとかいうだけで、それ以上のことは教えてくれねえとか言ってました」

「というと、つまり、ここは別荘ですか？」

「ははは、まあ、別荘と言えるほどのものかどうかはともかくとして、本宅でねえことは確かだなす。それでもって、住民税だとかの徴収《ちょうしゅう》ができねえので、困っているのです」

「歳《とし》はいくつぐらいですか？　ご老人ではないのですね？」

「いや、中年ですな。四十五、六か、せいぜい五十歳ぐらいでしょう」

浅見は小町まつりの老人を意識して確かめたのだが、それは違うようだ。

高橋は小屋の中に人がいるかどうか分からないまま、エンジン音をひそめるように、静かに車をスタートさせた。

まもなく国道に出るところで、角を曲がって歩いて来る男とすれ違った。杉の木の枝打ちでもするような恰好である。

「あっ、あの人ですよ」

高橋が小声で言った。

「あの人がたぶん、大場さんという人です」

「ほう……」

浅見は振り向いたが、車はすぐにカーブして、男の姿は見えなくなった。

「それにしても、不思議な人がいるものですねえ。たとえば、お坊さんが鉱員たちの霊を慰めるために籠《こも》っているとか、そういう趣旨ではないのですか？」

浅見は訊いた。

「いや、それは分かりません。そういう趣旨なのかもしれませんが、お坊さんではねえようです」

国道に出て、天が開けると、ようやく人心地《ひとごこち》がついた。

「浅見さんは今日お帰りですか？」

役場の方向へ向かいながら、高橋は訊いた。

「ええ、そのつもりでしたが……しかし、どうしようか迷っているところです」

「というと、やっぱり事件のことが、何か引っ掛かるのですか？」

「え？　いや、そういうわけではありませんが」

「さっき警察が来たのは、あれは何だったのです？」

「昨日のお礼みたいなものです。つまり、僕が当てずっぽうで言ったことが当たってい
ましたから」

「いやあ、あれは当てずっぽうなんていうものではねがったのではないすか？　昨夜は
また、光風閣のほうさ刑事さんが行ったそうだし……」

「えっ、刑事が来たこと、高橋さんは知ってらっしゃるのですか？」

「ははは、そんくれえの情報は筒《つつ》抜けだす。なんせ狭い町だもんね」

「なるほど……」

警察が口止めに来た理由も、多少は納得できるものがある——と、浅見は思った。

「そんでもって浅見さん、例のおじいさんが小町娘のほうさ向かって行ったということ
なす。あの話は、私は刑事さんに黙っておったのですが、構わねえもんだすべか？」

「ああ、構わないと思いますよ。じつは昨夜、僕が刑事さんにその話をしたのです。そ
うしたら、なんだかばかにしたように笑われただけですからね」

「ばかにした……んだすか、そんなもんだすかなあ……そしたら、べつに何でもなかっ

たのですか」

「それは分かりません。少なくとも、僕はあのご老人が松島珠里さんに向かって進んだのは間違いないと、いまでも思っています」

「というと、浅見さんは珠里さんに会って、話を聞いたりするのですか？」

「ええ、できればそうしたいと思っています。しかし、警察が許してはくれそうにありませんけどね」

「警察が許すとか、そういう必要はねえんでねえすか？　珠里さんに会って話を聞くのは個人の自由だすべ」

「ははは、なんだか高橋さんは、けしかけているみたいですね」

「は？　いや、けしかけるわけではねえすけど……ちょっと気になることがねえわけではねえすから」

「気になること？　彼女のことでですか？」

「そうです。といっても、べつに珠里さんがどうのいうことではなくて、ただ、彼女の家は最近になって雄勝町さ引っ越してきたわけで、この町の住人の中では、唯一、どういうところから来たのか、つまりその、生《お》い立ちというか、経歴というか、そういうことがだすね。まあ、昨日お話しした程度のことぐれえで、ご両親のこととかは、さっぱり分かんねえ人物であるわけで……どういう親戚がいるのかといったことはですね」
「なるほど……だとすると、彼女が知らなくても、老人のほうは彼女のことを知ってい
た可能性はあり得るわけですね」
「そうですそうです。たとえばすよ、もしかしたら、血の繋《つな》がったお祖父さんかもしれ
ねえでしょう。けど、そこまで立ち入って確かめるわけにはいかねえすからなあ」
高橋の詮索癖《せんさくへき》はかなりのものらしい。もっとも、田舎の暮らしでは、これがごくふつ
うのことなのだろう。古来、受け継がれてきたそういう体質やシステムが、地域社会の
安全保障に役立っているのだろうし、その反面、外から流入した人にとっては苦痛なほ
どの、田舎特有の息苦しさを醸《かも》しだす原因なのかもしれない。
その高橋にしても、松島珠里の過去は未知の部分が大きいということだ。
役内川の橋を越えると、横堀の街である。車は役場の駐車場に入った。
「けど、あれだすなあ……」
高橋はエンジンを切って、憂鬱そうに言った。
「浅見さんに珠里さんのことをいろいろ話してしまって、はたしてよかったのかどうか、
心配になってきました」
「ほう、何が心配なのですか？　僕はおかしなことをするような人間ではないつもりで

すが」

「あ、いや、浅見さんは信用できる人だし、そんただことは思ってねえすけど。しかし、何だかよく分かんねすが、彼女によくねえことをしてしまったような気がしてなんねえのだす」

けしかけるようなことを言ったものの、高橋の気持ちは揺れているのだろう。

「大丈夫ですよ。彼女に何か悪いことが起きそうなときは、僕が守ってあげます」

浅見は皇太子のプロポーズみたいなことを言った。高橋もそれに気づいて、浅見を振り返って、苦笑した。浅見も屈託のない笑顔でそれに応《こた》えた。

「もし、会うのでしたら」

高橋は自分の逡巡《しゅんじゅん》を吹っ切ったように言いかけて、また少し躊躇《ためら》ってから、ドアを開ける反動のように言った。

「珠里さんの勤めているガソリンスタンドは、湯沢のほうさ向かって行って、左側です。けど、くれぐれも私が話したことは内密に願いますよ」

松島珠里の「秘密」を話したことを、かなり気に病《や》んでいるにちがいない。高橋の俯《うつむ》きかげんの表情には、苦い悔恨《かいこん》の皺《しわ》が刻まれていた。

「分かりました」

浅見は表情を引き締めて、頷いた。

車の右と左に降り立つと、高橋は「そしたら」と頭を下げ、「私の住まいは秋ノ宮の川井《かわい》というところです。よかったら、帰りにでも寄ってください」と言い置いて、まるで犯罪者のように足早に去った。

3

役場から光風閣に戻り、あらためてソアラで国道13号を北へ向かう。

昨日の祭りが嘘のように閑散とした小町塚の前を通りすぎてまもなく、左側にスタンドが見えてきた。浅見はいったんその前を素通りした。もし違うスタンドだったら、ひやかし同然に逃げ出さなければならない。

すばやく視線を走らせると、たしかにそれらしい女性が佇んでいた。ブルーのユニフォームに同じブルーに白いラインの入った帽子をかぶって、見るからにさわやかだ。

グルッとUターンしてきて、ソアラを乗り入れると、松島珠里は「いらっしゃいませー」と語尾を伸ばして、奥の給油機の前に誘導した。

「ハイオク二十……」と言いかけたのを、彼女の笑顔を見たとたん、浅見は見栄《みえ》を張って「満タン」と言った。なに、どうせいつかは入れなければならないガソリンなのだ。

この店には彼女のほかには若いのと中年と二人の男性社員が勤務している。若いほうはパンク修理か何かにかかりっきりで、中年の、たぶん店主らしいのは、事務所で帳簿の整理でもしているらしい。

松島珠里は甲斐甲斐《かいがい》しく、一人で給油作業をこなした。もっとも、そんなのは当たり前なのかもしれないが、浅見の目には、ジャンヌ・ダルクとナイチンゲールを足して二で割ったくらい頼もしく見える。

浅見はロングドライブに疲れ果てたふりをして、車を出ると大きく伸びをした。

「これから東京へ帰られるのですか？　大変ですね」

フロントグラスを拭《ふ》きながら、珠里はお世辞《せじ》を言った。東京ナンバーの車が、上《のぼ》り方向に走っていたから、そう思ったのだろう。しかし、つい昨日、目と鼻の先で顔を合わせたというのに、浅見が小町まつりの現場にいたことに気づいてはいないらしい。若い娘に無視されて、浅見のデリケートな胸は、少しばかり傷ついた。

「きみも東京から来たばかりの人みたいですね」

浅見はとぼけて言った。

「ええ、まあ、東京じゃないですけど」

「ふーん、東京じゃないとすると……川崎あたりかな？」

「あ、当たりました、川崎です」

珠里はびっくりした目を浅見に向けた。あまり化粧をしていないが、目鼻だちがはっきりしている。日焼けした肌と、大きく黒い瞳が印象的だ。浅見はまともに見つめられて、思わず視線をはずした。

「ははは、発声学の研究をやっているんですよ。とくに東京近郊の標準語地域におけるアクセントとイントネーションについては詳しいのです」

そんな学問があるかどうか知らないが、浅見は真面目《まじめ》くさって言った。

「じゃあ、話し方だけで、どこの出身か分かっちゃうんですか？」

「分かりますよ。出身地だけじゃなく、ほかにもいろんなことがね。たとえば、きみの場合は川崎でも、臨海地区ではなく、山の手のほうでしょう。それから、学校は共学ではなく、女子校に行ってましたね。それも、そうだな、ミッション系の私立……」

「すっごい……」

珠里は驚きのあまり、とっくに満タンになって、ポンプが停止していることにも気づかなかった。浅見が注意を促《うなが》すと、慌てて作業に戻った。

浅見は不思議な気がしていた。彼女の様子を見ていると、母親と二人だけの生活——

というイメージからくる暗さなど、これっぽっちも感じられない。

高橋に聞いた、松島家のかつての住所——川崎市麻生区《あさお》は、比較的高級な住宅地である。そこに住み、ミッションの私立校に通っていたのなら、川崎での暮らしは、それほどみじめなものではなかったと想像できる。少なくとも、こうして見知らぬ土地で働かなければならないいまの状態が、そのころよりも裕福なものだとは考えられない。

それにしては、彼女の明るさは、いったい何なのだろう。

カードで支払いを終えて、車に乗り込む恰好をしてから、浅見はさり気なく訊いた。

「間違いかもしれないけど、きみ、昨日の小町まつりに出ていなかったですか?」

「えっ、それじゃ、お客さん、観《み》ていらしたんですか?」

「そう、おじいさんが倒れたとき傍《そば》にいたんだけど」

「あっ、そうだわ、あのときの……」

松島珠里は浅見の顔をようやく思い出してくれたらしい。

「なんだ、やっぱりそうだったんですか。道理《どうり》できれいだと思った。だけど、ああいう恰好してると、ぜんぜん違って見えるもんですねえ。いや、いまのほうがずっといいですけどね」

「そんな……」

珠里は反射的に笑顔を見せたが、すぐに真顔になって言った。

「だけど、びっくりしちゃいました。そうだわ、あのおじいさん、あのまま亡くなったんですって」

「そうらしいですね。お気の毒だなあ、こんな旅の空で行き倒れちゃうなんて」

「あら、じゃあお客さん、知らないんですか？　あのおじいさん、殺されたんじゃないかって、噂ですけど」

「殺された？　誰に？」

「やだ、そんなの知りませんよ。ただ、そういう噂だって聞きました」

「しかし、あのご老人は東京方面の人ですよ。こんなところで殺されるなんて、ちょっと変だな」

「そうなんですか？　東京の人だったんですか？」

「東京かどうかはともかく、言葉の感じからいって、東京近辺に住んでいる人だと思いましたね。もしかしたら川崎かもしれない」

「えっ、うそ……」

珠里の表情が明らかに曇った。こっちがジョークで言ったことだと分かりそうなものなのに、それを真に受けるほど純情なのか、それとも何かほかの理由があるのか——浅見は強く興味を惹《ひ》かれた。

「僕が聞いたのは、ほんの短い言葉だから、そこまでは判断できないですけどね。しかし、その可能性はあるでしょう。川崎市には百万人以上の人が住んでいるんだから」

「それはそうですけど……」

珠里は困ったような顔で頷いた。

13号は国道といっても、東京近郊の国道と異なって、極端なくらい交通量が少ない。これでよくスタンドの経営が成り立つものだと感心するくらいだ。

「ここは何もないけど、いいところですね。空気が旨《うま》いものなあ」

浅見はまた大きく腕を天に伸ばした。

「川崎は空気が汚ないから、こっちへきてよかったでしょう」

「あら、川崎だってそんなに汚なくなんかありませんよ」

珠里はむきになって反論した。

「昔は汚なかったみたいですけど、いまの川崎はきれいです」

「ははは、きみはよっぽど川崎が好きだったんですね」

浅見は笑いながら言った。対照的に、珠里は悲しそうに目を伏せた。

「そんなに好きな川崎から、どうして秋田に来ちゃったんですか？」

「それはまあ、いろいろと……」

珠里は困惑ぎみの目を道路の方角に彷徨《さまよ》わせた。浅見の質問を持て余して、お客でも来てくれないか——と模索している様子に見えた。本来の明るい性格に似つかわしくない、屈託した表情を見るのが、浅見はしだいにしのびなくなってきた。

それにしてもお客の少ないところである。一度止《や》んだ雨は、重たげに曇った空から、いまにも降りだしそうだが、六月の東北は気温もちょうどよく、眠たくなるほどののどけさだ。

珠里は視線を同僚の若い男に向け、彼が作業に没頭していると見ると、事務所の中の中年男に向けた。

ガソリンを入れるだけにしては、ずいぶん長《なが》っ尻《ちり》の客である。中年男はしばらく前からこっちを気にして、様子を窺《うかが》っていたらしい。彼女の視線を捉えたのをきっかけに立ち上がった。

「こんなこと言って、おかしなやつだと思われるかもしれないけど」

浅見は急いで言った。

珠里は「え？」と、不安そうな目をこっちに向けた。

「何か心配ごとでもあるんじゃない？」

「……いいえ」

返事の前に、ほんの短い躊躇いが挟まっていた。

「ならいいけど、もし何か困ったことでも起きたら、ここに連絡してください」

浅見は押し売りが玄関ドアに足を突っ込むような勢いで、名刺を突き出した。

珠里は反射的に名刺を受け取ったものの、どうしていいものか戸惑っている。

「人生、悪いことばかりじゃないですよ。諦《あきら》めずに、頑張《がんば》って」

それだけ言うと、浅見はソアラのドアを開けて、スルリと乗り込んだ。最後の瞬間、珠里の目に希望の光が宿ったように見えたのは、錯覚なのだろうか。

中年男が出て来る前に、浅見は車を発進させた。珠里は「ありがとうございました」と先導して、道路際まで走った。

道路を北へ向けて走りながら、バックミラーを覗くと、中年男が珠里に何か話しかけ、珠里が名刺を見せ、二人してこっちを見送っている。たぶん「女たらしの不良青年に気をつけなよ」ぐらいのことは言われているにちがいない。

多少のいまいましさが残るのを、（ま、いいか——）と打ち消して間もなく、道路左側を湯沢警察署の建物が通り過ぎた。浅見は少し先の十字路を右折した。ちょうど市街地の中央部に入る道であった。

東京付近で「湯沢」というと、例の、スキー場で有名な越後湯沢《えちごゆざわ》を連想するが、そっちの湯沢は「町」であるのに対して、秋田県の湯沢は昭和三十年以来、れっきとした「市」である。

湯沢は江戸期から酒どころとして有名で、明治年間には「湯沢酒屋十三軒」と記録されている。灘《なだ》の酒に対抗して生まれた「両関」という酒がヒットして、いまや湯沢市の酒造業の売上高は全製造業の五〇パーセントを上回るという、酒の町である。

とはいえ、車から見える範囲にかぎっていえば、湯沢の街はどことなく寂《さび》れた感じがする。無策のまま、むやみやたらにリゾートマンションが林立して、始末に困りはてている越後湯沢とは対照的に、高い建物はほんの数えるほどだ。

実際、湯沢市は、周辺農村部の過疎化が急速に進んだために、昭和四十年代以降は人口も産業も停滞ぎみなのである。商店街にも活気が乏しく、街には老人のように疲弊した雰囲気が漂《ただよ》っている。

小さな街をグルッと回って、元の交差点に戻り、湯沢警察署を訪れた。ほんの二時間ばかり前に、「事件のことを外部に洩らすな」とクギを刺されたばかりだが、外部にではなく警察にやって来るのなら、文句はあるまい――と勝手な理屈をつけていた。

来てみて、浅見はいきなり驚いた。玄関脇に出ているはずの「××殺人事件捜査本部」の貼《は》り紙看板《がみかんばん》のたぐいが見当たらないのである。そういえば、殺人事件が発生した直後という割りには、報道陣の姿もなく、なんとなく閑散とした雰囲気だ。

浅見は玄関を入った。どこにでもありそうな、ローカルの警察署である。目の前にカウンターのような仕切りがあって、交通違反者らしい外来の民間人が、受付の女性職員に小声で何か言っている。

しかし、浅見は、一見何事もなさそうな雰囲気の中に、建物の外とは違う、緊迫したものの気配を感じた。

受付が空《あ》くのを待って、浅見は女性職員にお辞儀をして訊いた。

「えーと、昨日、小町まつりで老人が殺された事件ですが、捜査本部はこちらではないのでしょうか？」

女性はギクリとして、背後に救いを求めるように振り返った。周辺の制服私服、合わせて七、八人ばかりが、いっせいにこっちを見た。射るような鋭い目つきの男ばかりだが、浅見はそういうのには慣れっこである。

男たちの中から、制服に巡査部長の襟章《えりしょう》をつけた、いちばん年長らしい男が近づいてきた。

「どちらさんですか？　マスコミ関係の方ですか？」

いかにも無理に訛りを抑《おさ》えているという感じの、鈍重な喋り方だ。

「はあ、まあそんなようなものですが」

浅見は曖昧《あいまい》な答え方をした。

「それだったら、先ほどの記者会見で発表したことを聞いていませんか？」

「えっ、記者会見があったのですか？　何も聞いていませんが、どういうことなのでしょうか？」

「まあ、聞いていただければ分かるかと思うのですが、昨日の事件は自殺の疑いが濃厚であると判断してですね、捜査本部は解散したのです」

「はあ、そうなんですか……しかし、町ではもっぱら毒殺されたと話してますが」

「ああ、それはまだ正式発表を出す前に噂が先行したのでありますな」

「なるほど……」

浅見は天井を見上げて、首筋を掻《か》いた。

「そうすると、県警の松山警部は、もう秋田のほうへ戻られたのですか？」

「ん？……」

巡査部長は「松山」の名前で対応が変わった。

「警部をご存じですか。えーと、失礼ですが？……」

「浅見という者です。フリーのルポライターをやっています」

名刺を渡して言ったが、巡査部長はただ名刺を受け取って「はあ、東京の方でしたか」とだけ言った。

この名前に特別な反応を見せないところを見ると、刑事課以外の署員には警察庁の指示が伝わっていないらしい。浅見は内心（しめしめ――）と思った。

「警部はいま会議中ですが、何でしたらご用件を伝えますか？」

「いえ、それには及びません。単にご挨拶でお寄りしただけですので。浅見は引き上げたとだけお伝えください」

「分かりました」

浅見は「では」と挨拶をしかけて、ふと思い出したように、訊いた。

「そうそう、あのご老人の遺体は、もう東京のほうへ向かったのですか？」

「いや、まだです」

「あれ？　たしか遺体の引き取りの人が来たと聞きましたが」

浅見は「誰から――」という部分を割愛《かつあい》して、あたかも松山警部からの伝聞《でんぶん》であるかのごとく装った。

「来たことは来ましたが、まだちょっと手続きが残っておるのです」

巡査部長は煩《わずら》わしそうに言った。

「というと、身許は分かったのですね？」

「ああ、一応は、です」

何が「一応」なのか、妙に口ごもっているのが気に入らない。案の定、「どこの人ですか？」と訊いたが、「それはちょっと」と首を振った。

そのとき、松山警部と一緒に紳士が階段を下りてきた。かなり興奮した声で、「そんなばかなことがありますか。父が自殺だなんて……」と言っている。浅見は階段の下で待ち受けて、名刺を出した。

「昨日、お父さんが亡くなられたとき、そばにいた者です」

「はあ……」

紳士は一瞬とまどったが、すぐに名刺を出した。

――亜門《あもん》工業株式会社　取締役　古賀博英《こがひろひで》
「いま、ちょっと耳に入ったのですが」と浅見は早口で言った。

「僕もじつは、お父さんの死に疑問があるのです」

「そうでしょう、そうですとも」

古賀博英は血走った目で強調した。

「父は殺されたに決まっているのです。自殺だなんて、とんでもない」

「なるほど、あなたにはそう思われる根拠が……」

浅見がなおも質問を重ねようとすると、松山があいだに割って入った。

「ちょっと浅見さん、あとにしてくれませんか」

邪険に浅見の胸板を押しのけて、古賀の肩を抱くようにして立ち去った。

4

妙な話だ——と浅見は思った。けさ、わざわざ役場まで出向いて来て、陰険な口封じを画策していながら、何のことはない、その直後と思われる時間に記者会見をやって、昨日の事件は老人の自殺でしたと発表したというのである。
そんなばかな——と思いたくなる。いや、自殺と断定すること自体にはべつに問題はない。しかし、それなら最初に他殺の線を臭わせたのは、あれは何だったのかということになる。いったん他殺を打ち出して、しかも捜査本部まで開設したかのごとく思わせておいて、次の瞬間、じつは自殺だった——などとは、どう考えたって妙である。
何かあるな——と思うほかはない。老人の死が他殺であっては具合が悪いとする、何かの力が働いたにちがいない。

元総理の筆頭秘書が死んだときも、地元ですら「あれは殺されたのだ」という、もっぱらの噂だったそうだ。しかし警察はあっさり自殺で片づけた。理由は腕に無数の「ためらい傷」があったためだそうである。ためらい傷さえあれば、何でも自殺で片づくものなら、寄ってたかって押えつけて、それらしい傷をつけてから殺せばいい。

今度の老人も、政界か財界か知らないが、中枢《ちゅうすう》にいる人物の秘密を握る立場にある人間で、生きていられては何かと都合の悪い存在だったとすれば、警察が「自殺」で幕引きを策した可能性は考えられないこともない。

(汚ねえことをしやがる――)

浅見は心の中で叫んだ。居候《いそうろう》の日常生活では、口が裂けたってこういう美しい言葉を吐いてはならない身分だから、喉から先には絶対に出せないが、心の中でならどんな悪態《あくたい》だってつけてしまうのだ。

しかもどうやら、悪態の先には、警察庁の影がチラホラ見える。そのさらに先の究極には、ひょっとすると兄の存在があるかもしれないとなると、悪態のつきがいもある。

とはいえ、所詮《しょせん》はごまめの歯ぎしりでしかない。兄の意向に背《そむ》いてまで、警察に楯突《たてつ》くことは許されない。せいぜい胸の中でわめいて、ストレスを解消するぐらいが関の山である。

（ま、いいか――）

最後にはそう思うしかなかった。それに、もし捜査方針の変更が兄陽一郎《よういちろう》の意志であるとすると、兄には兄なりに考えがあってのことかもしれないのだ。

浅見は弟としてではなく、人間として兄の正義を信じている。日本じゅうの官僚が不正に加担したとしても、兄は刑事局長の責務を全《まっと》うするだろうと信じている。

しかし、そう思う一方では、警察庁刑事局長の職責とは何か――を考えてしまう。警察は、とどのつまり、国家体制の護持がその宿命なのだ。そのための方便《ほうべん》として、ときには不正に与《くみ》したり見逃したりすることもないとはいえないのではないか。

浅見は鬱勃《うつぼつ》たる怒りと、やり場のない虚《むな》しさをこもごも抱きながら、湯沢警察署を後にした。

ガソリンスタンドの前を通過するとき、チラッと視線を送ったが、松島珠里の姿は見えなかった。それがひどく心残りに思えた。

光風閣を過ぎ、役場の前を過ぎると、しだいに諦めの境地になっていった。どうにでもなれ――という、なかば投げやりな気分でもある。

橋の手前を左折、国道108号に入る。来たときとは逆に、役内川に沿って遡《さかのぼ》り、鬼首峠を越え、鳴子温泉で国道47号に出て、そこから古川のインターを目指す。古川から先は東北自動車道。もはや、味もそっけもなく家路を辿《たど》るのみである。

鬼首峠を越えてしまえば、そこは違う世界のような気がする。高橋に見せてもらった資料によると、鬼首峠付近はかつて「山道七里鳥も通わぬ」とうたわれたそうだ。昔から難所として恐れられたことを物語り、同時に、峠の向こうにある世界との距離の遠さを想わせる。

それにしても「鬼首」とはえらい名をつけたものである。鬼首は宮城県玉造郡鳴子町の字名《あざめい》だが、「鬼首」の由来はいろいろある。

八世紀後半、坂上田村麻呂《さかのうえのたむらまろ》が、東北地方に古くから土着する蝦夷《えぞ》の軍勢を追い詰め、無数の首を討ち取ったというのが、もっともほんとうらしい話だが、同じ田村麻呂がらみの話では、田村麻呂が滋賀《しが》県土山《つちやま》の鈴鹿《すずか》峠に潜《ひそ》む鬼を退治したとき、鬼の首が空を飛んでこの地に落ちたという伝説もある。どうせ噂なら、こっちのほうが楽しい。

だいたい、昔話に出てくる「鬼」とは、畿内《きない》の中央政権に歯向かう地方の豪族や、先住民のことを指して言うと思っていい。大江山《おおえやま》の酒呑童子《しゅてんどうじ》、戸隠山《とがくしやま》の鬼女、そのほかヤマタノオロチ、日光《にっこう》の大ムカデ……みんなそうだ。国家に反逆する者はすべて鬼か化け物扱いするかと思うと、戦時中は「死して護国の鬼となれ」などと煽《おだ》て上げたりしたのだから、都合がいい。

とはいえ、「鬼」という呼称には、やはりある種のおそれが感じ取れる。どんなに自分の行為を正当化しようと、殺人を犯した罪の意識は拭《ぬぐ》えないものなのだろうか。たとえ敵対する者であっても、殺戮戦《さつりくせん》に参加して、首を何級《なんきゅう》討ち取ったなどと喜び勇みながら、心のどこかに恐怖がある。この世では勝ってもあの世で復讐《ふくしゅう》されるかもしれない。いや、怨念がこの世に漂《ただよ》っていて、闇の中からいつもじっとこっちを見つめている——。

鬼とは、自らの心に棲《す》む恐怖心の権化《ごんげ》なのかもしれない。

まだ遠い鬼首峠を望みながら、浅見の胸にはさまざまな想いが去来した。

道は役内川と交差しながら緩《ゆる》やかに登って行く。秋ノ宮のいくつかの集落を過ぎると、左右から岬《みさき》のように山が迫っているところがある。その手前の丸太づくりの大きな三角屋根の建物が目を引いた。

通りに面した小さな看板に「木里樹里館《きりきりかん》」と書いてある。高橋にもらった観光パンフに「森林組合経営の店」と紹介してあった。山で採れるきのこや山菜を売っているはずである。安くて量がありそうなので、浅見は母親への土産《みやげ》を買うことにした。

杉の木の香《か》が漂う、明るい店であった。山菜類やリンゴ、クリなどのほかイブリガッコという沢庵《たくあん》みたいなもの、山ブドウのジュース、菓子類その他もろもろの土産品の中に、「あきたこまち」の袋詰めがあった。この付近の田んぼで収穫したものだそうだ。ビニール袋に小町まつりの小町娘がカラーで印刷されている。市女笠の紗の布を上げ、正面に向かってニッコリと笑いかけるその顔を見て、浅見は驚いた。なんと、あの松島珠里なのである。小野小町の古里《ふるさと》なればこそのデザインだが、高橋の抜け目なさには感心させられる。

浅見は売場の女性に訊いた。

「これ、昨日の小町まつりに出ていた娘さんじゃないですか?」

「はいそうです。今月からこの袋に変えたばっかしです。きれいでしょう。お土産にいかがですか」

勧め上手に言われて、浅見はあきたこまちを一袋と、マイタケやシメジ、ナメコなどいろいろ混ざったきのこの缶詰と瓶詰と袋詰を一つずつ買った。なんだかやけに所帯じみているけれど、居候としてはこの程度には気を使わなければならない。

それからふと思いついて、自宅に電話を入れた。いつもの悪い癖で、旅に出てから一度も電話をかけていない。またぞろ須美子《すみこ》に叱られそうだ。

案の定、須美子は開口一番、「お待ちしてました。坊っちゃまはどうしてお電話をなさらないのでしょうかねえ」と嫌味《いやみ》を言った。

「何かあったのかい？　『旅と歴史』の藤田《ふじた》編集長なら、取材は順調にいったたって伝えておいてよ」

「編集長さんではありませんよ。だんなさまですよ」

「兄さんが？　いいよ、兄さんなんか」

「まあ、なんていうおっしゃり方ですか。だんなさまに叱られます」

「いや、いいんだ」

「よくありません。だんなさまは何度もお電話で、坊っちゃまからご連絡が入るのをお待ちになっておいでです。ホットラインで、とおっしゃってました」

「ふーん……」

ホットラインとは、緊急にして機密を要する場合にのみ使用するように言われている、刑事局長への直通電話である。

（気に入らないな——）と浅見は思った。どうせまた、事件に余計な介入はするなとでもクギを刺すつもりにちがいない。

（よし、そっちがそうなら、こっちが先手を打って、警察の不当な措置《そち》を詰問《きつもん》してやろうじゃないか——）

浅見は須美子との電話を切ると、すぐにプッシュボタンを押した。

はじめは用心深く「はい」と、妙な声を出した陽一郎だが、弟だと知ると「おう、光彦か」と急《せ》き込んで言った。

「いまどこだ？」

「分かってます、もう帰りますよ」

浅見は不貞腐《ふてくさ》れて、言った。

「帰る？　どこへだ？」

「どこへって……決まってるじゃありませんか。生まれ故郷の懐かしのわが家へ、ですよ。もっとも、敷居《しきい》が塀《へい》みたいに高くなっていれば、べつですけどね」

「何をわけの分からないことを言っているんだ。そんなことより、現在いる場所はどこなのかを訊いている」

「秋田県の南の端っこですよ」

「そうか、じゃあまだ雄勝町にいるんだね。だったらそのまま待機していてくれ」

「それは動くなっていう意味ですか？」

「ああ、まあそうだ」

「それはもう分かってますよ。だから、このまま何もしないで帰ろうとしているところじゃありませんか」

「分からないやつだな。僕はそこを動くなと言っているんだ」

「は？　ここをですか？」

「そうだよ」

「この公衆電話の前をですか？」

「おい、きみは僕をからかっているのか？」

「とんでもない、からかってなんかいませんよ」

「だったら言われたとおり、旅館に戻って待機していてくれよ」

「旅館？　あの光風閣にですか？」

「ああ、そんな名前だったな」

浅見は兄が光風閣の名前を知っていることに驚いたが、それ以上に懐《ふとこ》ろが心配だ。

「兄さんは知らないでしょうが、あの旅館は決して安くはないのですよ」

「だろうね、鄙《ひな》にはまれないい旅館だと聞いている。しかし、それにしたって一泊何十万も取るわけじゃないだろう。とにかく何でもいいから旅館に入っていてくれ」

陽一郎は「いいね」と念を押して、ガチャッと電話を切った。警察の不当を詰問するどころではない。いまいましいが、格の違いを痛感させられた。

浅見はとにかく横堀へ引き返すことにして、ノロノロといま来たばかりの道を走った。旅館の支払いはカードだが、カードだからといって、金のタマゴを生んでくれるわけではない。いずれその始末に汲々《きゆうきゆう》とさせられるのだ。

光風閣の前に着いたが、浅見はつい入りそびれ、素通りして街の中を走った。とっくに昼飯時を過ぎていたから、とにかく腹に何か詰め込んでから考えを決めようと思った。

横堀駅近くに「稲庭《いなにわ》うどん」の店があった。稲庭うどんというのは、湯沢市の向こう隣りの稲川《いながわ》町特産で、独特な手法の手延《ての》べうどんとして全国的に有名である。その店で熱いのと冷たいのと二種類のうどんを食べて、腹がくちくなった勢いで光風閣へ向かった。

立派すぎるロビーに入ってゆくと、フロント係が飛んできて、「あ、浅見様、お戻りですか」とバッグをひったくった。

「もうひと晩、お世話になりたいのですが」

「はいはい、ひと晩といわず、何日でもどうぞ」

冗談じゃない、何日も泊まれるもんか――と反論しようとしたが、フロント係は若い部屋係にバッグを預けて、「ご案内、ご案内」と急かした。昨日は二階の端《はし》っこの部屋だったが、今日は一階の大きな部屋に案内された。次の間つきで、テレビまで大きい。

窓の外には庭が見えた。

「えっ、この部屋なの？　高いんじゃないですか？」

浅見が不安を感じて訊くと、部屋係の女性は「はい、当館ではいちばん上等のお部屋です」と自慢そうに言った。

「えっ、うそ……それまずいな、違う部屋に変えてくれませんか」

「そうおっしゃられても、決まっていますから、困ります」

若い女性は泣きそうな顔をしている。

「あ、そう、だったらいいんだけどね……しかし、僕も困るんだけど」

腰がくだけそうになった客を尻目に、女性はさっさとお茶を入れて、「ごゆっくり」と引き上げた。浅見としてはとてもごゆっくりしていられる気分にはなれそうにない。このまま何もしないでいると、既成事実がどんどん進行して、明日になればいやでも高額の宿泊代を請求されるにちがいない。

時刻はまだ午後二時を回ったばかりである。兄はじっと動かずにいろと言うが、いつまで、何のためにか分からないまま、動かずにいるのは拷問《ごうもん》にひとしい。

仕方がないので、浅見はワープロを引っ張りだして、小町まつりと小野小町伝説についての取材結果をまとめにかかった。せめてこうでもして、今晩の宿泊代ぐらい稼《かせ》いでおかないと、月末の収支決算が心配だ。

小町まつりの記述にかかると、脳裏にあの「事件」のシーンが浮かび上がってきた。芍薬や藤の花に飾られた平和で賑やかな祭りの風景の中に、突然現われた悪魔のいたずらのような悲劇である。

祭りの輪の中に倒れ込む老人と、脅《おび》えすくむ七人の小町——。ことに松島珠里の美しい横顔がありありと蘇る。

「そうだ……」と、浅見は思わずひとり言を呟《つぶや》いた。

「このまま帰っちゃいけないよな」

あらためて自分に言い聞かせた。警察が何を言おうと、兄がどんな横槍《よこやり》を入れようと、このままで引き上げるのは正義にもとる——と、日ごろの彼に似つかわしくなく、気張って思った。

「百万人といえども、われ行かんだ！」

浅見は部屋の真ん中に仁王《におう》立ちして、大声で宣言した。とたんにドアが開いて、さっきの若い女性が鬼でも見たかのような顔をして、こわごわと「あのォ、お客さんですけど」と言った。

第三章　怪しい警察

1

　客は二人、どちらもきちんと仕立てのいいスーツを着た紳士風だが、見るからに陰気な客であった。浅見と顔を合わせてもニコリともしないで、上体を正確に三十度傾け、

「お邪魔します」と言った。

　そこから座敷に入ったが、そこには座らず、庭に面した次の間の応接セットを示して
「あちらで」と言った。ズボンが皺《しわ》になるのを気にしているのかもしれない。

　小さなテーブルを挟んで向かいあうと、あらためて挨拶をして、それぞれが黒い手帳から名刺を出した。

　片方が四十歳前後、もう一人は三十二、三歳ぐらいだろうか。いずれも中肉中背で、

特徴のない、サラリーマンタイプの、没個性を絵に描《か》いたような顔である。

年長のほうの名刺には、〔警察庁刑事局主査　沢木義之《さわきよしゆき》〕とあった。もう一人のほうの肩書も同様で、名前は〔高岳尚人《たかおかなおと》〕、名刺を渡すときに「タカオカといいます」と断わった。二人とも低い平板な声の調子が、まるで弔辞《ちょうじ》でも述べているように聞こえる。

「警察庁の方ですか……」

浅見は意外だった。まさか、いきなり兄の部下が現われるとは想像もしていなかった。

「それで、どういうことでしょうか？」

「じつは、自分たちは浅見局長の特命を受けて、こちらに伺ったような次第です」

沢木が弔辞を述べた。こういう陰々滅々とした声を毎日聞いているのかと思うと、浅見は兄が少し気の毒な気がした。

「まず、状況を手短かに説明させていただきます。ご承知のとおり、昨日、雄勝町の小町まつりという催しの中で、老人が死亡いたしました。その老人については、かねてより極秘裡《り》に捜索願が提出されていたとご理解いただきます。老人の氏名は古賀英二郎《えいじろう》、七十四歳、住所は東京都世田谷《せたがや》区上野毛《かみのげ》――職業は現在は無職ですが、三年前までは亜門工業株式会社取締役会長を務めておりました」

「取締役会長……僕は実業界についてはうとい人間ですが、亜門工業とはどういう会社なのですか？」

「そうですね……」

沢木は（どうするか――）と問いかける目を隣りの高岳に向けた。高岳は無言で無表情のまま、仲間の問いかけに応えた。（自分で考えたら――）という冷淡な顔だ。もっとも、沢木のほうも答えを期待したわけではなかったらしい。

「あまり詳しいことはまだお話しできませんが、G重工《じゆうこう》の関連会社であるとご理解いただきます」

「G重工……」

浅見はようやく事態の重大さが飲み込めてきた。G重工は日本を代表する超大企業の一つといっていい。軍艦から缶切りまで、G重工傘下《さんか》の関連企業を末端まで辿《たど》れば、あらゆる製品に何らかのかたちでG重工の息がかかっているといっても過言ではないだろう。

「古賀氏の捜索願が出されたのは四日前のことでして」

沢木は話をつづけた。

「家族の話によると、古賀氏は心臓に持病がありまして、毎日一回、決まった時間に薬を服用しないと危険な状態になるおそれがあるということです。薬は十日分は携帯しているはずだが、それが切れた場合のことが心配なのだそうです。そんなわけで、一刻も早く所在を突き止めたい反面、表立って手配ができない事情があったために、捜索は困難をきわめるものと考えられていたところ、昨日、秋田県警のほうから、本事件に関しての照会がありました。それも、事件直後という、まあ常識では考えられない速さであったものですから、不審に思いまして、詳しい話を聞いた結果、浅見さんのお名前が出てきたというわけです」

「なるほど」と浅見は苦笑した。

変死者の身許確認作業は捜査の進展と歩調を合わせて、順次進められるものである。公開手配が行なわれているならともかく、今回のように何の情報もなく、通常の手続きによる場合は、おそろしく時間がかかる。

一般的に、身許不明変死者が出た場合、死因などを調べる一方、まず所轄《しょかつ》の湯沢警察署管内で家出人・行方不明者などの届け出や捜索願が出ていないか、また、心当たりの関係者がいないかどうかを調べる。湯沢警察署管内といっても、雄勝郡のほぼ全域という、かなり広範囲にわたるから、いくらローカルとはいっても、なかなか大変な作業である。

それで該当《がいとう》する情報が得られない場合は、隣接する警察署と連絡を取り合い、それから秋田市にある県警本部に報告し、県レベルでの調査に入ってゆく。県内での調査で成果が上がらなければ、東北管区警察局管内、そして全国警察の元締めである警察庁へと照会手続きが取られる。最後のところまで行き着くには、場合によっては一カ月以上かかるケースだって珍しくない。

今回は事件現場に浅見という人物が介在して、まず他殺の疑いが濃厚であること、またさらに東京付近に在住する者と思われること——等々を指摘し、早急に照会手続きを取るように勧めた。それを県警捜査一課の松山警部が、判断よく実行に移し、ただちにその日のうちに照会した。

ふつうなら、それからでもいくつもの事務的な手続きを経て、何日かかかるところだが、たまたま、沢木が説明したような事情があったことから、警察庁の担当部署がアンテナを張りめぐらしていたために、即刻反応したというのだ。

「報告に浅見さんのお名前が添えてあったことも、情報の信憑性《しんぴょうせい》を高めておりました。担当官から連絡を受けて、局長におうかがいしたところ、たしかに弟さんが秋田に旅行中であるということで、放置しておくと、軽挙妄動《けいきょもうどう》に走って……いや、これは局長がおっしゃったことですので、お気を悪くなさらないように。とにかくそういうわけで、県警の主任警部にとりあえず浅見さんの動きを抑えてくれるよう依頼しておきましたが、何とか間に合ったようで」

「間に合いましたよ。まさに軽挙妄動の一歩手前のところでした」

浅見は皮肉を言ってから、訊いた。

「それにしても、いったん捜査本部の看板を掲げておきながら、すぐに引っ込めたのはどういうわけですか？」

「表向きには、あくまでも自殺であるとの判断によるものとしてありますが、本事件はしばらく内偵のかたちで進めたいというのが、当方の考えであります」

「なるほど、それで古賀さんの息子さんが怒っていたのですね。『父は殺されたのだ』と、かなり激昂《げっこう》していましたよ」

「そうなのです。秋田県警の警部に抑えておいてくれるよう、頼んだのですが、どうも、連絡がうまくいかなかったのか、手遅れになりました」

「それにしても驚きましたねえ、警察が警察を騙《だま》しているわけですか」

「まあ、そういうことになりますか」

沢木はケロッとしている。どうも、こういう官僚の思考回路がどうなっているのか、浅見にはさっぱり分からない。

「しかし、現実に殺人が行なわれたのですよ。事実関係をオープンにしないでは、捜査は進めようがないのじゃありませんか？」

「いえ、そんなことはありません。基礎データは着々と収集しつつあります。それに、幸いにして、われわれには浅見さんという強力な協力者がおられますからね」

「えっ、僕が？……」

「そうです。浅見さんはじつにタイムリーに事件に関与された。事件発生の直前からずっと現場で一部始終を目撃されたのですからね。おそらく浅見さんは、警察官が百人かかってもかなわないほどの情報量をお持ちではないかと推察しております。そのうえに明敏な解析力と卓抜した推理力……数々の事件捜査でお示しになった実績については、われわれも十分承知しております」

「なるほど、そういう仕組みですか……」

浅見は沢木のお世辞に喜ぶより、むしろ不愉快でさえあった。

「しかし、そう期待されても、僕が捜査に参加するとはかぎらないでしょう」

「へへへ、ご冗談を……」

沢木は卑屈《ひくつ》に笑い、高岳は目を剝《む》いて浅見を見た。

「……まさか、ご本心じゃないのでしょうね？」

沢木は不安そうに、下から斜めに見上げるような目つきになっている。

「本気ですよ。僕も自分の仕事を抱えている人間ですからね。今日は何が何だかわけが分からないうちに足止めを食らいましたが、明日は東京に帰るつもりです」

「いや、それは困ります。第一、刑事局長の……つまり、お兄上のですね、これはいわばご命令であるわけでして……」

「僕は警察庁の人間ではありませんよ。命令を受諾しようと拒否しようと、こちらの勝手です」

「それはまあ、そのとおりですが……」

「とにかく、ひと晩足止めを食った分、稼《かせ》がなければなりませんので、どうぞお引き取りください」

浅見は座卓の上のワープロを指さして、その指をドアの方角へ向けた。

沢木と高岳はしばらく顔を見合わせていたが、諦《あきら》めたように、「そうですか、では失礼します」とお辞儀をして部屋を出て行った。明らかに内心「この分からず屋め」と思っている顔である。兄が送り込んでくるほどだから、二人は警察庁の中でもとくにキレ者で通っている存在と思っていいだろう。局長の弟でなければ、頭など下げる相手ではない。断わられてせいせいした——というところかもしれなかった。

浅見にしたって、少し強情《ごうじょう》がすぎたかなと反省はしている。何もそこまで依怙地になることはないのだ。自分だって、この事件に興味以上のものを感じているくせに、どうしてこういうことになってしまったのか。ボタンのかけ違いというか、騎虎《きこ》の勢いというか、ずいぶんひねくれた対応をしてしまったものである。

ワープロに向かっていても、いっこうに身が入らない。「小野小町」という文字を叩き出すたびに、スクリーンに松島珠里の面影《おもかげ》が浮かぶ。例の「あきたこまち」の袋に印刷されたあの写真の顔である。

彼女をお米のパッケージデザインに使ったのは、役場の高橋の考えによるものだろうけれど、雄勝町にとってはヒット商品と言ってよさそうだ。あの木里樹里館の土産品の中でも、確かに群を抜いて目立っていた。

「目立っていた……」

浅見はふと、自分の考えを口に出して、言った。

それから、部屋の隅《すみ》の電話に向かって、雄勝町役場の番号をダイヤルした。

高橋は「あれ？　浅見さん……」と不思議そうな声を出した。

「もう東京ですか？」

「いや、いま光風閣からかけています。ちょっと事情があって、もう一泊することになりました」

「そうでしたか。そんじゃ、今晩、ご一緒にめしでも食いませんか。光風閣のほうさ私の分も頼んでおきますので」

「分かりました、お待ちしています。ところで高橋さんにお訊きしたいのですが、『あきたこまち』のパッケージに松島珠里さんの写真を使ってますね」

「あ、気づかれましたか。んだす、あれは私が考えまして。雄勝町の農協と手を組んで今月から使い始めたばかしです。いかがです、お気に召しましたか？」

「そうですか、やっぱり高橋さんのアイデアですか。なかなかいいですね。僕は木里樹里館でみつけて買ったのですが、あれと同じ物はあちこちで売っているのですか？」

「いや、あちこちといっても、まだ雄勝町の中だけです。それも木里樹里館のほかは、まだ数軒といったところでねえすべか。来月あたりから、ぼちぼち町の外さ出てゆくことになるし、新米のころになれば、県外にも出回ることになるかもしんねえすな。しかし、農協さんはいいけど、商工観光課としては、あまり遠くまで拡販するのは、いたしかゆしという点もあるのです。つまり、わが雄勝町の観光土産品として大事にしたいわけで」

「なるほど」

それでは後ほど——と電話を切ったあと、浅見はじんわりと寄せてくる緊迫した気配を全身で感じていた。

小町娘のパッケージが、木里樹里館をはじめ、雄勝町のあちこちで、お客たちに笑いかけている情景を空想した。

殺されたあの老人——古賀英二郎がそれを見た可能性は十分、あり得る。

老人がパッケージデザインの珠里の顔を見ている、驚きの表情までが、脳裏に思い描けた。

しかし、だからどうだというのか——。

古賀老人が彼女の写真を見たとして、いったい何に驚いたというのか——。

そう自分に反論しながら、浅見は、老人が松島珠里の小町娘にすがりついていったあのシーンを、スローモーションのように思い浮かべた。

あれは単なる偶然の出来事ではない。老人は、神経の麻痺《まひ》と苦痛の中で、目的意識だけはしっかりと持って、松島珠里の小町娘に辿り着こうとしたのだ。

さっき、警察庁の沢木がいみじくも言っていたように、百人の警察官にも勝《まさ》る情報として、浅見はその事実を確信している。

(その事実を知っているのは、自分と、それからたぶん、高橋だけだろう——)

そう思ったとき、浅見はギョッとした。

目撃者はほかにもいるのでは？――と気がついた。

もちろん衆人環視の中である。単に目撃したというだけなら、数十人の人が該当するにちがいない。しかし、老人の意志を見抜いていた目撃者となると――。

もしそういう人物がいたとしたら――いや、存在した可能性は大いにある。

浅見の想像どおり、古賀老人が監禁されていたか拘束《こうそく》されていたかはともかく、老人の失踪《しっそう》に第三者が関与していたことは間違いないのだから、少なくとも、何者かが老人を尾行し、挙動に注目していたと考えられる。

そして、その尾行者はとりもなおさず、同時に「毒殺者」であったはずなのだ。自分の仕掛けたカプセル入り「時限爆弾」の効果を確かめるのと、万一の不測の事態に備えて、老人の最期を見届けようとしていた――。

浅見はゾクッとした。悪意と殺意に満ちた毒殺者は、老人と小町娘の接点を目撃していたのだ。

2

その夜、約束どおり役場の高橋がやって来た。高橋があらかじめフロントに注文しておいてくれたキリタンポ鍋《なべ》を中心とした、なかなか豪勢な食事になった。

浅見の心細い懐中事情を察したのか、高橋は「今夜のめしと酒は、私が奢《おご》らせてもらいます」と言った。

「高橋さんは車じゃないのですか」

「ははは、なに、それだば心配いらねえす。酒のほうは乾杯だけで切り上げますので、一時間もすれば醒《さ》めてしまうべなす」

横堀の地酒を、浅見も少し飲んだ。

キリタンポは秋田の名物だから、期待どおりといったところだが、いきのいい鯛《たい》やアワビの刺身なども出て、テーブルの上は賑やかだ。内陸も内陸、山間といってもいいようなこの雄勝町で、これほどの鮮魚料理が揃うのは、ちょっと意外な気がする。

「私らが生まれたころはすよ、イサバ屋といって、行商《ぎょうしょう》のおばさんが魚をかついで、一軒一軒売って歩いたそうです。いまは塩竈《しおがま》の市場から、鬼首峠を越えて、活魚をトラックで運んで来る時代だす」

高橋は浅見との再会がよほど嬉しかったらしい。よく食い、よく喋った。

「もっとも、まだ冬の半年間は雪で通行止めだけんど、もうじき鬼首道路が開通すれば、宮城県の鳴子から雄勝町まで、峠を通らねえでもいい、まっすぐの道で、冬でも走れるようになるすもんね」

「ほう、そういう道を造っているのですか」

「んだす。すでに主《おも》だったトンネルは次々に貫通して、全面開通まであと少しというところまできているす。半世紀にわたる悲願というやつだすなあ。戦争中は軍用の弾丸道路が計画されて、軍隊が山を切り拓《ひら》いておったとか聞いてますけんど、敗戦でそれどころでなくなってしまった。昭和四十年までは、国道108号といったって、木こりが歩くような道だったんす」

話しながら高橋の目はキラキラと輝いた。秋田の山村に生まれた人間にとって、太平洋側と一直線で結ばれる道路ができることは、たしかに悲願であったにちがいない。

昭和四十年に秋ノ宮トンネルの完成によって、鳥も通わぬ鬼首峠に、ともかく自動車が通れる「仙秋《せんしゅう》サンライン」という道ができた。とはいっても十一月から五月までの半年間は雪で全面閉鎖される。基本的には何も変わっていなかったのだ。

「わが雄勝町はこれからだす。二十一世紀さ向けて、いままでの遅れを取り戻すのだす。『あきたこまち』もヒットしたし、弾丸道路ではねえけんど、鬼首道路ができれば、小町まつりと温泉と魚釣りとリンゴと山菜と、あとは何だすべ……まあ、とにかく、浅見さんのようなマスコミさんに協力してもらって、観光客をワーッと呼んで、東京さ出て行った人たちも帰ってきて、賑やかな町させねばなんねえす」

喋れば喋るほど、高橋の気炎は上がった。目には涙さえ浮かべて、町の明日に夢を描いている。

いつも陽気を装いながら、じつは、彼は悲しいのかもしれない──と浅見は胸にじんとくるものがあった。

日本じゅうの「田舎」がかかえる宿痾《しゅくあ》といってしまえばそれまでだが、過疎や先細りの企業誘致《ゆうち》、お先真っ暗な農政といった、町の置かれている現状を憂い、故郷を捨てて行かざるをえなかった仲間たちを想えば、自然、涙も出よう。

「そういえば、松島珠里さんのお宅は、川崎からこの町に移ってきたのでしたね」

浅見は高橋の話から連想して、訊いた。

「ということは、彼女のお父さんかお母さんが、もともと雄勝町の出身だったのでしょうか？」

「いや、んでねえすよ。雄勝町とは何の関係もねえ人です」

「お父さんの仕事の関係ですか？」

「たぶんそうでねえかと思いますが、お父さんはまだ川崎のほうで仕事をしていて、たまにしか来られねえとか聞きました」

「別居とか、離婚とか、そういうわけではないのですね？」

「ははは、私も同じことを考えました。住民票も移してねえし、何かわけありかもしんねえすけど、あまり立ち入ったことは聞けねかったすな。それに、何か尋《たず》ねようとすると、珠里さんは逃げてしまうのす。無理に問いただすのもあんべえ悪いし」

「そうですか……」

浅見は首を傾《かし》げた。

「浅見さんは、まだあの亡くなった老人と珠里さんの関係を疑っておるのだすか？」

「いや、疑っているわけじゃありません。ただ、あのときの状況を思い浮かべると、どうしても、あの老人が珠里さんめがけて歩み寄ったような気持ちが拭《ぬぐ》えないのです」

「けんど、たとえそうだったとして、それが何か、重大問題にでもなるのだんすか？」

「さあ……」

浅見はしばらく躊躇《ためら》ったが、結局、高橋には何も告げなかった。「毒殺者」が目撃していたかも――などと言ってみたところで、無用の不安感を与えるだけだし、第一、警察の口止めを無視するわけにはいかない。

その話はそれきりになったが、高橋にしても、あのときの情景は忘れようとしても、当分は脳裏に焼きついているにちがいない。ふっと話が途絶えたとき、「やっぱし、何かあるのだすべかなあ……」と眉をひそめて、遠くを見るような目になった。

高橋は予告どおり、早々と盃を置いて、二時間近く酔いを醒ましてから帰って行った。酒を飲まないときの高橋は、人が変わったように口数が少なくなる。下手《へた》に喋ると、その口の中についうっかり酒を運び込みそうになるのを、おそれているのかもしれない。

わずかばかりのアルコールだが、浅見は疲れていたせいもあって、その夜は欲も得もなく、ぐっすり眠った。


目覚めて窓の外を見ると、ごく近い山も霧雨にけぶっていた。いよいよ本格的な梅雨入りなのだろうか。

人手がないのか、朝食は大広間でお願いしますということになっている。小町まつりの前夜の混雑とはうって変わって、泊まり客はあまり多くない。沢木と高岳もすでに席についていて、「おはようございます」と挨拶した。照れ臭いが知らん顔もできないので、浅見も挨拶を返して、彼らと向かいあう席に座った。

沢木は「どうも、あいにくの雨ですなあ」などと、分別くさいことを言っている。双方とも、まるで昨日の一件は蒸《む》し返さないよう、暗黙の了解が成立してでもいるように、まったくその話題を出さない。

「なかなかいい温泉ですが、フロントで聞いたところによると、ここの湯は山のほうの元湯から運んでくるのだそうですね。それにしちゃ湯量も豊富だし、もったいないくらい溢《あふ》れてますが」

浅見より七つか八つ程度しか違わないのに、沢木は妙に老成した感じがする。弔辞のような平板な口調には変わりはないが、そつのない世間話もできる男だ。

「なんでも、山のほうの温泉には、戦時中、武者小路実篤《むしやのこうじさねあつ》さんが疎開していたとかいう話でした」

「ほう、そうだったのですか」

浅見はようやく相槌《あいづち》を打てる話題にめぐり合った。道理で、この旅館にも例の「仲良きことは　美しき哉《かな》」という、カボチャやナスの描かれた実篤の額が、あちこちの壁に飾られている。

「その当時は鳴子のほうへ抜ける道も、ろくなものはなかったのだそうですね」

「ええ、そうらしいです」

「浅見さんは車だと、古川から来られたのですか？」

「そうです」

「われわれは列車ですが、山形新幹線を降りてからここまでが長いですねえ。帰りは浅見さんの車に仙台辺りまで便乗させていただけるとありがたいのですが」

きわどいところで、こっちの意向を打診している。

「ええ、いいですよ。それじゃ、沢木さんたちも今日、お帰りですか」

浅見は意地悪く言ってやった。沢木は苦笑して、「やはりだめですか」と頭を掻いた。

「兄は何か言ってましたか？」

「はあ、いや、笑っておいででした」

「そうですか、笑ってましたか」

浅見は憮然《ぶぜん》とした思いだ。どうも、あの兄の考えていることはよく分からない。もう少し説得しろとか、何かそれらしいことを言ってくれれば、こっちも考えを変えようがあるというものなのに。

もはや引っ込みがつかない。残る未練を振り捨てて、十時のチェックアウトの時間に合わせて、浅見は東京へ向けて出発することにした。

荷物をまとめて部屋を出てフロントに行くと、すでに支払いはすんでいるという。例の二人連れは出発したあとだった。

雨は相変わらず霧雨状態で降りつづいていた。この分だと、東京までやみそうにない。まあ、途中休み休み、のんびり安全運転で行くとしよう——。

川沿いの道を走って、昨日の木里樹里館の前を通過し、橋を渡ってまもなく「川井」のバス停があった。バス停から三つ目の古い家――と高橋が言っていた。なるほど、三軒目に「高橋」の表札のかかった農家風の家があった。寄って行こうかと思ったが、やめた。どうせ高橋は役場に出ている。

坂道にかかって、十五、六分行くと、稲住《いなずみ》温泉のある集落に入った。「歓迎」のアーチなどがあって、ちょっと温泉らしい雰囲気もあるけれど、ここには旅館は一つしかない。後で知ったことだが、「稲住温泉」というのは、温泉の名称ではなく、その一軒しかない旅館の名前そのものなのである。

浅見は案内表示にしたがって、アーチを潜《くぐ》って左折した。なだらかな斜面を登る道は、赤松の疎林の中に入って行く。行く手に、瀟洒《しょうしゃ》な白壁の二階家が幾棟か、鶴が羽を広げたように建っていた。

浅見は手前の駐車スペースに車を置いて、傘をささずに玄関まで走った。箱根《はこね》の古い旅館とよく似た、由緒ありげないい旅館である。広い庭園の手入れも行き届き、上品で枯淡《こたん》の味は、いかにも武者小路実篤にふさわしい。こんな辺鄙《へんぴ》な山奥の旅館としては、信じられないほどの優雅さが備わっている。

浅見が玄関に佇《たたず》んでいると、和服姿の老人が現われた。みごとな白髪の、たぶん八十はとうに超えている年配と思わせる。

老人は浅見を見て、握りの太いステッキをつきつけるようにして、「連れはまだ来ませんかね?」と訊いた。ブルゾン姿の粗末な恰好をしているから、この旅館の従業員と間違えたらしい。

奥から出てきた、旅館の女将《おかみ》らしい恰幅《かっぷく》のいい女性が「申し訳ありません」と浅見に謝って、「画伯、そちらはお客さまでございますよ」と言った。

「おう、そりゃ失礼をした。許してくださいよ」

老人は鷹揚《おうよう》に詫びて、「広田《ひろた》のやつは、何をしているのかな」と愚痴《ぐち》を呟きながら、庭へ出て行った。

「いらっしゃいませ」

女将はあらためて浅見に挨拶した。

「お泊まりのお客さまですか?」

「いえ、そういうわけではないのですが」

浅見は名刺を出して、「小町まつりの取材で来たのですが、周辺の観光ガイドも添えたいと思って、お邪魔しました」と言った。

「こちらは武者小路実篤さんが滞在されていたのだそうですね」

「はい、戦争中のことで、私がまだ娘のころでございましたけど」

女将は一瞬、懐かしそうな目になった。

「いまのお客さまも、その当時、こちらにお越しになって、武者小路先生とお知り合いになられたのですけれど、それからずっと、ご贔屓《ひいき》いただいております」

「画伯とおっしゃってましたが、絵描きさんなのですか?」

「はい、ご自分のほうから、画伯と呼べとおっしゃって……」

女将はおかしそうに口を押えた。何か内輪話でもありそうだった。

「主に肖像画をお描きになることが多かったのですけど、最近は山水《さんすい》など、軽いお作が多くなったようです」

「何ておっしゃる先生ですか?」

「桜井《さくらい》画伯です。桜井呑玉《どんぎよく》——玉を呑《の》む——おかしな号ですけど」

女将はまた口を押えている。娘時分からのお馴染《なじ》みだから、よほど気のおけない間柄なのだろう。

「こんな言い方をすると失礼かもしれませんが、寡聞《かぶん》にして、稲住温泉なんて、ぜんぜん知りませんでした。それにしても、ずいぶん立派なお宿ですねえ」

「ありがとうございます。自慢めいて申し訳ありませんけれど、いまどきお建てになる旅館では、こんなゆったりした建物はめったにございません。建築も有名な先生に設計をお願いしてございます。あの、もしよろしかったら、ご覧になりませんか？」

女将はそう言って館内を案内してくれた。一室一室が独立した設計で、廊下から二重の格子戸を入ると、それぞれが庭に向かって広い濡れ縁《えん》をもち、まるで離れ家にいるような錯覚を抱く。すべて純日本風の座敷で、次の間はもちろん、水屋のついた茶室まで備わった部屋もいくつかあった。

部屋や廊下の壁のいたるところに、ごくさり気なく飾られた絵や書が、いずれも有名作家の作品であるのには驚かされた。実篤の作品など、光風閣と違って、印刷されたものでない本物ばかりだ。

桜井呑玉の作品もあった。一五〇号はありそうな大きなもので、旅順《りょじゅん》開城の際の、乃木《のぎ》大将とロシア軍のステッセル将軍の会見を描いた肖像画である。日本画と洋画の中間、油絵のような光沢はないが、重ね塗りの効果は出ている。おそらくテンペラ画の手法で描かれたのだろう。

「これは、昭和二十六年でしたか、講和条約が結ばれた年にお描きになったお作です。画伯はロシアがお嫌いなのです」

女将はニコニコしながら説明した。ソ連の反対で、日本が西側諸国とのみ単独講和を結ばなければならなかったことへの、これは皮肉の意味がこもっているらしい。

「変わった人なんですね」

「ええ、ほんとに……でも、真面目で大きなお人です。武者小路先生とお会いになったとき、お庭に出られて、『おれは人生観が変わった』とおっしゃって……そのときの怖いようなお顔は、いまでもはっきり憶《おぼ》えております。ご立派な方ですよ」

「しかし、僕が無知なのか、桜井呑玉さんという名前は、はじめて聞きました」

「ああ、それはね……」

女将はまた口許を覆って、笑いを隠しながら言った。

「画伯は、ほんとうのお仕事はべつですもの。そっちのほうでなら、ご存じかもしれませんよ」

「ほんとうの仕事って、何ですか？」

「それは……いえ、やっぱり桜井先生は画伯です。このあいだもうっかりお教えして、叱られましたから。でも、画伯は子供時代から絵描きさんになりたかったことはほんとうのことです。戦後、公職追放っていうのがあって、それこそ講和条約が結ばれるまでは、絵描き三昧《ざんまい》の毎日だったそうです」

公職追放というくらいだから、戦時中は要職についていたのだろう。軍人だったことも考えられる。だとすると——。

「ああ、それじゃ、桜井さんがこちらに初めて来られたのは、軍の弾丸道路の建設にからんで、ですね？」

「えっ、お客さんはその話、ご存じなのですか？」

「ええ、役場の観光課の高橋さんと食事をしたときに聞きました」

「ああ、高橋さんをご存じですの……ええ、画伯がお見えになったのは、ちょうどそのころですけど。でも、兵隊さんではなかったみたいですよ」

女将の口ぶりからだと、桜井呑玉は軍人ではなかったようだ。軍人でなくて「公職追放」を受けるというと、何をやっていた人物なのか、だんだん興味が湧いてきた。

3

赤松の疎林の中に四阿《あずまや》がひっそりと建っている。雨に濡れた屋根の下で、まるで風景のひとつと化したように、桜井老人がじっと佇んでいた。

浅見は細い敷石を踏んで四阿に近づいた。老人は気配を感じて、うるさそうに振り向いたが、最前の客と認めると、かすかに笑顔を見せた。

「お邪魔してもよろしいでしょうか」

「ん？　ああ、構いませんよ。天地は独占できませんからな」

老人は皮肉をまじえたジョークを言った。

四阿の軒下に粗末な机と、それを囲む四脚の椅子が置いてある。桜井老人と浅見は隣りあう椅子に腰を下ろして、斜面の下の方角を眺めた。

「宿の奥さんから桜井画伯のことを、少々伺いました」

「ほう、そうですか。また余計なお喋りをしたのでなければいいが」

「いえ、それはありません。以前、そのことで叱られたと言ってました」

「ははは、そんなこともありましたかな」

「ただ、戦時中、武者小路実篤さんと同宿されたころのお話はお聞きしました」

「あ、そう」

「実篤さんとお会いになって、ひどく感動されて、人生観が変わったとおっしゃったそうですね」

「ほっほ、それも余計なことだが……しかし事実ではあります。当時はわたしも四十前の血気さかんなころでしたのでな。勝てる自信もない戦争とは分かっていても、何が何でもやり通すことに意義があると信じておった。終戦直前、ポツダム宣言受諾かどうかで、国家の中枢が揺れているとき、阿南《あなみ》陸相の『聖戦完遂』に賛同して陸相とともに国にいのちを捧げるつもりでおりました」

桜井はふと目を上げて、赤松の梢《こずえ》を仰いだ。雨がやむらしい。西の山の稜線《りょうせん》あたりが明るくなっていた。

「この宿に来て、武者小路先生にお目にかかって、ものの考え方というか、べつの生き方があることに目を開かれた想いでしたな。まあ、端的に言ってしまえば、平和主義であるとか、不戦の思想といったものだが、それを含めた、大きな地殻変動がわたしの内部で起きたと思う……それまでの罪を思えば、遅すぎたというべきかもしれんが……その日、阿南陸相が自決されましてね。それは決定的でしたな。わたしの中に構築されていたすべてが、ガラガラと崩壊し去りましたよ」

桜井は淡々とした口調で語って、照れ臭そうに笑った。

「ははは、思いがけず、とんだ繰り言《ごと》をお聞かせした。どうも、あなたには人に話をさせる才能が備わっておいでのようだな。どうぞ忘れてください」

桜井が立ち上がるのを合図のように、玄関から女将が小走りにやって来た。走りながら「お客さま」と呼んでいる。浅見は桜井を呼んでいるのかと思ったが、桜井は「あれはあなたのことだな」と言った。

「女将は、わたしをお客とは思っておりませんからな」

浅見が四阿を出て数歩歩みよったところで、女将は息を切らせて立ち止まった。それから気息《きそく》を整える間もなく、「いま、電話で、聞きましたけれど」と言った。

「ゆんべ、役場の高橋さんが亡くなられたそうです」

「え、何ですって？」

浅見は耳を疑った。

「お客さまが、高橋さんとお知り合いとうかがってましたので、お知らせしたほうがいいかと……」

「もちろんです……しかし、それは事実なのですね？」

「はい、間違いないようです。昨夜遅くに、車が橋から雄物川に転落して、そのままになられたようです」

「なんてこと……」

浅見はガックリときて、その場にしゃがみ込みたくなった。

高橋は強がりを言っていたが、やはりあの酒がまだ残っていたのだろうか。それにしても、雄物川のどこに落ちたのだろう。高橋が川井の自宅に戻る道順は、ついさっき、浅見が辿《たど》って来ている。途中、橋を二度渡るが、そのどちらにも、事故を思わせるような痕跡はなかった。

あるいは横堀を出てしばらくつづく、川土手の上を走る道で、ハンドルを切りそこなったのだろうか。

浅見は沿線風景をあれこれ思い描いたが、結局、事故を起こしそうな場所に思い当たらなかった。

「どうもありがとうございました。とにかく引き返してみます」

浅見は女将に礼を言い、桜井老人に会釈《えしやく》すると、雨で地面の緩《ゆる》んだ林の中を走り抜けて駐車場に急いだ。

川井まではほんのわずかの距離だが、永劫《えいごう》のときのように長く感じられた。

情報がすでに広まっているらしく、高橋家の前には近所の人々が大勢出て、三人五人とかたまって、囁《ささや》き交わしていた。

浅見は車を出て目の前にいるおばさんに、高橋家の様子を訊いてみた。「お母さんも奥さんも、みんなして、湯沢の警察さ行った」ということだ。何人かに質問したが、事故現場が小野地区から雄物川を渡る橋のあたりではないか——といったあやふやなものばかりで、詳しい状況は何も分からないらしい。浅見は諦めて、とにもかくにも湯沢警察署まで突っ走った。

湯沢署は予想外に静かだった。事実はともかく、少なくとも、警察が高橋の死を事故によるものと判断したことを物語っている。

玄関を入ったところで、運よく山根部長刑事がトイレから出てくるのと鉢合わせした。山根は露骨にいやな顔をしたが、「やあ、まだおられたのですか」と頭を下げた。

「雄勝町役場の高橋さんが事故死されたそうですが」

「ああ、そのようですな。ちょっと前に家族も来て、ゴタゴタしていたけんど、いまは病院のほうさ行きました」

山根は地元の出身でないせいか、比較的冷静に、この事故を受け止めている。

「事故、なのでしょうね？」

「は？　事故のはずですが」

「事件性は考えられなかったのですか？」

「さあ、どうですかね。自分は現場に行ってないもんで、詳しいことは知らねえすが、いまのところ、事件だという話は聞いてねえんでないかな」

「事故処理を担当された方に紹介していただけませんか」

山根は浅見を交通課の部屋に連れて行って、係長の永倉《ながくら》という警部補を紹介してくれた。

「ああ、いいですよ」

永倉の話によると、高橋の車が雄物川に転落しているのを発見したのは、地元の住人で、出勤途中のことだという。

国道13号を小野地区で西の方角へ折れて、雄物川を渡ると泉沢《いずみさわ》という集落がある。そこに住む青年が湯沢市内の勤め先に車で向かう途中、川の中に突っ込んだ恰好でほとんど水没している車に気がついた。

すぐに警察に通報し、警察が出動して車の中で男が死んでいるのを発見、クレーン車で引き上げた。死亡していた男性が雄勝町役場の高橋であることは、警察官の中にも顔見知りの人間がいて、すぐに分かった。

小野地区は光風閣から高橋の自宅に戻る道とは、まったく逆の方角である。小野から雄物川を渡った泉沢の集落には高橋の姉の嫁《とつ》ぎ先がある。あるいはそこへ行く途中、何かの原因で運転を誤り、橋の袂《たもと》で道路を逸走《いっそう》し、川に転落したものと考えられた。

車の中に日本酒のカップが二個転がっており、死体からもかなりのアルコールが検出されたことから、酒酔い運転の疑いが濃厚だった。

「それはおかしいですね」

浅見は思わず大きな声を出した。

「おかしいって、何がです？」

永倉係長は、交通課の威信にかかわると言いたそうに、怖い顔を作った。

「高橋さんは車に乗る二時間近く前には、酒をやめていたのです」

「は？　それどういう意味です？」

浅見は高橋と光風閣で食事をしたことを話した。しかし、それはあまりいい結果をもたらさなかった。

「ほう、それじゃ、あんたが高橋さんと一緒に酒を飲んだのですな？　つまり、飲酒運転をするのを知っていて、引き止めなかったわけだ」

「いや、彼は酔ってはいませんでしたよ。いまも話したように、二時間近く前には盃を伏せたのです。そのことは、光風閣の人も知っているはずですから、聞いてみてくれませんか」

「もちろん確認は取りますがね。しかし、現に高橋さんは相当量の酒を飲んでいたことは事実ですからな。となると、あんたと別れて車に乗ってから、またワンカップの酒を買って飲んだというわけですか」

「そんなことをする人じゃありませんよ。あのときだって、じつに律儀《りちぎ》に酒をやめたのですから」

永倉は浅見のしつこさに顔をしかめて、「間違いありませんよ」と、断定するように言った。

「時間は……」と浅見はふと思いついて訊いた。

「死亡推定時刻は、昨夜の何時ごろだったのですか？」

「午後十一時前後でないかと推定されたようですな」

「午後十一時前後？……僕と別れて光風閣を出たのは、たしか九時前だったはずです」

「なるほど、そしたら、それからまた飲み直したということでしょう」

「どこで、ですか？」

「それはもちろん、車の中ででしょうが」

「そんな……」

浅見は地団駄《じだんだ》を踏む思いだった。高橋がそんな人間でないことは、彼を知る者なら誰だって分かるはずだ。たった二日の付き合いである浅見ですら、高橋の見かけによらぬ繊細な人柄は感じ取っている。

「刑事さんはタッチしていなかったのですか？」

浅見は思わず声高《こわだか》になった。

「刑事？　もちろん現場には刑事も行きましたよ。二人……いや、三人かな。とにかく行って、ひとおりのことはやりましたよ」

「それで、疑わしい点は何もなかったのですか？」

「なかったのでしょうなあ。検視の先生も何も言わなかったし」

「死因は何だったのですか？」

「もちろん溺死《できし》です」

「運転していたのは、高橋さんに間違いないのですか？」

「はあ？……」

「シートベルトはしていましたか？」

「いや、ベルトはしていねかったです」

「それじゃ、死体は運転席になかったのじゃありませんか？」

「……ま、それはそうだが……しかし、水の中さ漬かってしまえば、死体は浮かんで、車の中で移動しますからなあ」

「だったら、事故当時、高橋さんが必ずしも運転席にいたかどうかは、分からないのではありませんか？」

「ん？　それはどういう意味です？」

「誰かべつの人物が運転して川に飛び込み、その人物だけが脱出した可能性もあるのではないかという意味です」

「そりゃまあ、可能性ということなら、そういう可能性も考えられますがね。しかし、それだったら、常識的に考えて、事故直後に、近所の家さ助けを求めるでしょうが」

「純粋に事故なら、そうでしょう。しかし、最初から殺意があったとしたら、話はべつです」

「何ですと？……」

永倉は険しい声になって、慌てたように周囲を見回した。交通課の連中が数人、いっせいにこっちを見た。

「そしたらあんた、これは事故ではないと言うのですか？」

「ええ、事故を偽装した殺人だと思います。しかも、ごく初歩的な偽装殺人です」

「ちょ、ちょっと待った……」

永倉はうろたえて浅見を制し、立ち上がると、浅見の腕を引っ張るようにして、二階の刑事課に連れ込んだ。

それから、山根部長刑事を呼んで三人一緒に取調室に入り、さらに高橋の「事故」を扱った押切《おしきり》という若い刑事を呼びつけた。

「冗談でねえだよ」と、永倉は結論として山根に文句を言った。

「山根君が連れて来たので、一応、話を聞くだけは聞くべえと思ったのだが、あれは事故でねえ、偽装殺人——それも初歩的な偽装殺人だとまで言われては、こっちの立つ瀬がねえもんな。第一、刑事だって三人も現場さ行って死体も見て、事故の結論を出しているのだから、後のことはそっちでやってもらいてえもんだ」

永倉は憤然《ふんぜん》として席を立つと、挨拶もしないで行ってしまった。

「何を怒ってるんだかな」

山根は面白くもなさそうに呟いた。それから浅見のほうに向き直って、「だいたい、あんたがおかしな話を持ち込んだのがよくねえよ」と言った。

「おかしいかどうか、その前にもう一度、高橋さんの事故を再調査してくれませんか。それと死因に不自然な点はないか。たとえば外傷などはなかったのか」

「それはありました」

押切刑事が言った。

「額と後頭部の首の付け根あたりに打撲痕《だぼくこん》がありました。額のほうはたぶんダッシュボードにでもぶつけたものだと思いますが、後頭部のほうは天井かどこか、はっきり分かりませんでした」

「それで、検視結果は何も問題なかったのですか?」

浅見はつい、信じられない——という詰問調になった。

「はあ、べつに大したことではないという判断だったと思いますが……」

若い押切刑事は上司の判断に口を挟む立場にはなかったのだろう。明らかに不満を抱いていたようなニュアンスの言い方だ。

「押切君よ、それだったらまんつ間違いねえべさ」

山根が部下を窘《たしな》めるように言った。

「現場には萩谷《はぎや》部長が行ったんだべ。ベテランの萩谷さんがそういう結論を出したのなら、間違いねえ」

「ええ、たぶん間違いはないと思います」

浅見は一応、山根に賛意を表してから、言った。

「しかし、念のため、もう一度後頭部の打撲痕について、精密な検査を実施するよう、依頼していただけませんか」

「そりゃまあ、そうすることにやぶさかではねえすけんどね。しかし、萩谷さんはどう言うべかなあ……」

山根は押切刑事の顔を横目で見た。明らかに遠慮を感じさせる彼の口ぶりから察すると、萩谷という部長刑事は、階級が同じでも山根より年長なのだろう。

若い押切は山根よりさらに当惑げに顔を上げて言った。

「とにかく、そう申し上げてみます」

「お願いします」

浅見は深く頭を下げた。この際は、若い刑事の純粋な使命感に期待するしかない。

4

浅見たちが取調室を出るのと同時に、廊下の奥の会議室から、制服私服取り混ぜて、四人の男たちが出てきた。

その中の一人が「あ、浅見さん」と言った。警察庁の沢木だ。隣りには高岳もいる。秋田県警の松山警部も一緒だった。隣りの警部の襟章をつけた制服姿は、おそらく湯沢署の刑事課長だろう。

浅見の隣りの山根部長刑事は、沢木が浅見の知り合いであるらしいことに驚いて、目を丸くした。

もっとも、沢木は不用意に浅見の名を呼んだことを悔やんだにちがいない。しまった──という顔をしてから、諦めて松山警部に何か囁いた。

松山は刑事課長に「それでは後ほど」と手を上げ、課長は山根と押切を連れて行ってしまった。

そのあと、浅見とほかの三人は、出てきたばかりの会議室に入った。

「ははは、やっぱり来てくれたのですね」

沢木は愉快そうに言って、浅見の手を握った。

「なんだか、まるで僕が必ず戻って来ることを予測していたみたいですね」

浅見は憎《にく》まれ口を叩いたが、沢木と、それに高岳までが、嬉しそうに笑っている。

「じつは、局長がそうおっしゃってましてね、そのとおりになったものですから、さすがにご兄弟だと感心したようなわけで」

やっぱり兄は自分より、一枚も二枚も上手《うわて》らしい──と、浅見は憮然とした。

「そうだったのですか」と松山が複雑な面持《おもも》ちで言った。

「浅見刑事局長さんの弟さんだったとは、ちっとも知らないもんで……それならそうと教えてくれれば……」

「いや、申し訳ない」

沢木は松山に頭を下げ、浅見に「妙なところでバッタリ会ってしまいましたね」と、ぼやいた。

「で、今回は警察に何の用事ですか？」

「じつは、昨夜、雄勝町役場の高橋さんという人が、車ごと雄物川に転落して亡くなりました」

「そのようですね。さっきそんな話をしていました」

「それで、こちらの署では、飲酒運転による事故死として処理されたようなのですが、高橋さんは酒酔い運転なんかしていないのですよ」

「ほう？　どうして知っているのですか？」

「昨夜、高橋さんと最後に会って食事をしたのは、この僕なのです。彼のことをよく知っている僕としては、正直言って、どうしても納得できません。いまも、こちらの押切さんに、再度、精密な検査を行なっていただくようお願いしたところですが、沢木さんからもそう言ってください」

「承知しました」

すでに予備知識があったのか、沢木は説明の途中で大きく頷いて、松山警部に「お願いします」と頭を下げた。松山はすぐに立って、刑事課に伝達しに行ってくれた。

「ところで、浅見さんが戻られたということは、われわれの捜査に協力していただけるものと解釈してよろしいのですね？」

「はあ、まあ……」

浅見は仕方なく頷いた。

「それはありがたい。ところで浅見さん、お断わりしておかないといけませんが、この捜査のほうは、あくまでも地元署には関係なく——というより、隠密裡に進めていますので、そのおつもりで願います。あ、どういうわけかは、いずれお話しします」

沢木は小声で、浅見の質問も反発も封じ込めるようなことを言った。

「さて、状況は昨日お話ししたようなことですが、もう少し具体的にご説明しましょう」

沢木はそう前置きして、事件の背景から、一昨日の事件に到るまでの基礎的なデータを語った。

小町まつりの日に死んだ古賀英二郎はことし七十四歳。亜門工業の代表取締役会長を三年前に辞任し、名ばかりの相談役の肩書をもらったあとは、世田谷区上野毛の自宅で悠々自適《ゆうゆうじてき》の日々を送っていた。

古賀の屋敷には長男の博英夫婦とその息子と娘。それに、敷地内の別棟には、古賀が付近に所有しているいくつかのアパートの管理人であり、古賀家の雑事などをする夫婦が住んでいた。

古賀が家を出たのは事件が起きる十日前のことで、ボストンバッグ一つをぶら下げて、行く先も告げずに出掛けたという。そんなふうに気儘《きまま》に小旅行をするのが、古賀の唯一の楽しみだったそうだ。

旅行に出掛けたが最後、電話連絡もあまりしてこないのは、いつものことだから、はじめのうちは、家の者たちもそれほど心配はしなかった。

ところが、四泊で帰ってくる予定になっていたのが、五日目になっても帰宅せず、何の連絡もない。六日目には会社の重役連中と会食をする予定があったにもかかわらず、何の音沙汰《おとさた》もなしに欠席した。

こんなふうに、約束を無断ですっぽかすようなことは、古賀の性格から言って、絶対に考えられないという。長男夫婦より、むしろ会社の連中のほうが心配した。いくら元気とはいっても、七十四歳は老齢である。どこで何が起こっても不思議はない。

そして七日目、長男夫婦は亜門工業の重役たちとも相談して、警察に行方不明の捜索願を提出することにした。

その際、亜門工業側の意向で、古賀家の所轄である玉川《たまがわ》警察署とはべつに、警察庁捜査第二課のほうにも手配を依頼している。

「捜査第二課？……」

浅見はその名称を聞いて、怪訝《けげん》そうに沢木の顔を見た。捜査第二課は政治経済事犯担当である。沢木は軽く頷いたが、そのときは浅見の疑問に答えず、話を進めた。

捜索願が提出された三日後、秋田県警から、秋田県雄勝町の「変死者」についての情報が入った。この変死者の特徴が、届け出のあった古賀英二郎と、外見や年齢などの様子がほぼ一致する。

ただちに指紋、写真などを相互に電送しあった結果、当該変死者が古賀本人にほぼ間違いないことを確認できた。

秋田県警からの連絡では、殺人の疑いもあると伝えられた。そう判断した理由を警察庁側から問い合わせる過程で、「浅見光彦」の名前がとびだしてきたのである。

この時点で、警察庁は秋田県警に対して、捜査内容の公表を一時ストップするように指示を出した。表面的には「自殺」で処理して内偵の形で捜査を進めてほしいというものである。それと同時に、沢木、高岳の二人の担当官が現地に急行、秋田県警の捜査当局に事情の説明に当たった。

「その事情というのは」と、沢木はきびしい表情になって言った。

「某政治家——としか、いまは申し上げられないのですが、与党の大物政治家と考えていただいていいでしょう。その人物から、古賀英二郎氏に関するある情報が入っておりまして、それは、一種の脅迫といって差し支えないようなものだそうです」

「脅迫？　古賀氏がですか？」

「そうです。日ごろの温厚な古賀氏を知る人々にとっては、きわめて信じがたいし、たいへん奇妙なことなのですが、それは事実のようです」

「何をどう脅迫したのですか？」

「それも残念ながら、いまは申し上げるわけにはいきません。あるいは永久に公表できないといった性格のことです」

「つまり、某政治家のいわば政治生命に関わる重大事なのですね」

「それもあります。しかし、それ以上に大きな問題を内包しているとお考えください」

「ほう……政治家個人の問題を超えるというと、何か国家的レベルの話ですか？」

「たぶんそうでしょう。いや、われわれもそれが何なのかは聞いていないのです。おそらく、政治家の先生ご自身、具体的な話はなさっていないのではないかと思います」

「いずれにしてもスキャンダルであることは間違いありませんね。だとすると、またぞろ、ロッキード事件みたいな、外国企業や外国の政治家を巻き込んだ汚職事件か何かなのでしょうか」

「さあ、どうでしょうか……その程度のことなら、警察も検察ももっとはっきりした行動を起こしていると思いますが」

「なるほど……」

浅見は驚いた。ロッキード事件規模の大疑獄事件を「その程度のこと」と言うからには、もっと規模が大きいか、あるいは国家の威信や国際的信用に関わる大問題ということになる。

「まさか、皇室に関係したことではないでしょうね？」

浅見はふと思いついて訊いてみた。皇室に関しては、たとえどんな些細《ささい》なスキャンダルでも、絶対のタブーである。

「えっ？　と、とんでもない……」

沢木は椅子から腰を浮かせるほど驚いて、慌てふためいたように周囲を見回した。部屋の中には高岳と松山警部と浅見しかいない。それほど遮音《しゃおん》効果のいい壁とは思えないが、立ち聞きや盗聴の心配もまずないとしたものだろう。それを確かめて、沢木はほっとしたように額の汗を拭いながら、「あまり驚かさないでくださいよ」と言った。

「皇室は関係ありません。いや、われわれが具体的なことを知らされてないというのは事実ですよ。しかし、そのことだけは、はっきりしています。間違っても、よそでそんな噂を流さないでくださいよ。お願いしますよ」

沢木はテーブルに手をついて頭を下げた。お願いなんかされなくたって、そんな無分別をするわけがないのに——と、浅見はむしろおかしいくらいだったが、沢木の真剣さを目の当《ま》《あ》たりにすると、笑いごとではない。

「どうぞご心配なく」

浅見のほうもばか丁寧に頭を下げた。

「それにしても、それほどのスキャンダルというと、何なのでしょうねえ?……」

「まあ、しばらくはその方面の追及は差し控《ひか》えていただくとして、ともかく古賀氏毒殺事件の真相解明のみに絞《しぼ》って、お知恵を拝借願いたいのです」

「そうは言っても、脅迫事件の真相が分からなくては、知恵の出しようもないのではありませんか? 常識的に言っても、脅迫された側が先手を打って、古賀氏を抹殺した可能性だって考えられるわけですからね」

「いや、それはありません」

沢木は断定的に言った。

「某政治家の先生の側からは、そういう動きをすることはありえません。第一、もし抹殺するとすれば、むしろ隠密裡に行なうのではないでしょうか」

「なるほど……しかし、どうもよく分かりませんねえ」

浅見は首をひねった。

「古賀氏が某政治家氏を脅迫していたとしてですよ、その脅迫の内容が国家の威信に関わる重要問題だから、その脅迫自体が犯罪行為であっても、オープンにできないという事情は分かりますよ。しかし、当の古賀氏が死んでしまったいまとなっては、その脅迫事件はもはや過去の話でしょう。古賀氏が殺された事件は、もはやそれとは関係のない次元で起きた、単純な殺人事件ということになるのではありませんか？　だったら、なにも警察庁からわざわざ出張して来られなくても、通常の殺人事件として、地元警察の管轄で捜査を行なえばよさそうに思うのですが」

「おっしゃるとおりです」

沢木は頷いた。

「浅見さんのご指摘どおり、警察庁としても、これ以上、本事件にタッチする必要はないのではと考えたことも事実です。ただ、古賀氏を殺害した手口からいっても、これは単なる物盗《ものと》り目的の犯行でないことは明らかでありまして、となると、前段の事件――つまり、某政治家に対する脅迫と、何らかの関わりがある可能性もまた、考慮しないわけにいかないのです」

「なるほど……そうすると、脅迫の犯人が古賀氏から別の人物に移行するというわけですか」

「そうです、人物もしくはグループです」

沢木は沈痛な顔をしている。たしかに、古賀を一定期間監禁したあげく、ああいう形で殺害するのは、複数の人間の犯行と見るべきかもしれない。

「分かりました。要するに、警察としては——というより、某政治家氏にとっては、古賀氏を殺害した犯人を捕まえることより、その何だか知らない秘密が公《おおやけ》にならないことのほうが、より重要なのですね」

「いや、もちろん、犯人逮捕が重要であることは事実ですよ。しかし、その反面、秘密を漏洩《ろうえい》させてはならないというのも、われわれに課せられた必要な条件ということです」

「警察も大変ですねえ」

浅見は心底、同情した。推理小説みたいに、単純に謎を解き、犯人を捕まえて事件を解決しさえすれば、それで万々歳《ばんばんざい》というわけにはいかないのだ。

ことに、国家の威信だの国際的信用だの、体制の安寧《あんねい》だのが絡《から》むと、単純な解明ではことがすまない。ときには、うやむやのうちに幕を引いてしまうケースは、これまで何度となく繰り返された疑獄事件の決着のつけ方をみても、珍しくはない。

「大変なのです……」

沢木は肩を落とし、溜息《ためいき》と一緒に、はじめて弱音を吐いた。

第四章　珠里《じゅり》の失踪《しっそう》

1

古賀英二郎が殺された事件は、じつに謎が多く、そのほとんどが解明されていない。

古賀が毒入りのカプセルを飲んで死んだことは、ほぼ間違いないものであったが、そのカプセルを古賀自身の任意で飲んだものなのか、それとも何かのクスリと偽《いつわ》って飲まされたものなのか。まあ常識で考えれば後者ということになるのだが、その点についてすら、決定的な証拠はまだ何もない。

毒物の種類は、やはり浅見が推測したようなアルカロイド系の神経毒が使用されたもようだ。

古賀は、いつどこで毒物を飲んだのか？

また毒物を飲ませた人物は何者なのか？

それ以前に、自宅を出てから殺害されるまでのあいだ、どこにいたのか？

監禁されていたものだとすると、犯人側の目的は何なのか？

そもそも、古賀を殺害した目的、動機は何なのか？

ダイイング・メッセージである「ギンコウノハカ」と「オニコウベデアッタ」とは何のことなのか？

古賀が松島珠里の足元に歩み寄ったように見えたのは、単なる偶然なのか、それとも何か意味があるのか？


浅見の頭の中のメモ帳には、いくつもの「？」が書き込まれている。

その「？」のすべてについて、浅見は沢木に話したが、唯一、最後の松島珠里に関する部分だけは除外しておいた。

山根たちにその話をした際、かなりばかにしたようなあしらいを受けたせいでもあるけれど、それればかりでなく、浅見の心の中で、無意識のうちに、彼女を捜査対象にしてしまうことを避けたい気持ちが働いたのかもしれない。

「古賀氏が自宅を出てからの足取りは、まったく分かっていないのですか？」

浅見は訊いた。

「自宅から最寄りの上野毛の駅まで歩いて行ったところまではっきりしているのですが、そこから先はいまのところ不明です」

沢木は言った。

「オニコウベは宮城県鳴子町の鬼首だと考えていいでしょう」と松山警部が言った。

「どこから来たのかはともかく、鬼首で誰かと——たぶん犯人と会ったということなのでしょうね。ともかく、いま浅見さんが説明したダイイング・メッセージを信用して、鬼首付近に捜査員を送って、聞込みに当たらせることにします」

松山は部屋を出て行った。

「もう一つのギンコウノハカとは何のことですかねえ」

高岳がメモを見ながら言った。

「それですが、じつは、雄勝町の南端のほうの山の中に院内銀山というのがあります。鉱山そのものはすでに廃坑同然になっていますが、ここに江戸時代からの穴掘りの鉱員たちの墓が無数といっていいほど並んでいるのを見てきました」

「なるほど『銀鉱の墓』ですか……それでいかがでしたか？　何か、事件と関係するようなものがありそうなのですか？」

「いや、まだそこまでは……」

浅見は苦笑した。

「昨日、たった一度だけ、見学に行っただけのことです。あまりの墓の多さに度肝《どぎも》を抜かれて、逃げ帰ってきました……あ、そうそう、そこに案内してくれたのが、さっき死因の再調査をお願いした高橋さんなのです」

「なるほど、そういうわけですか。ん？　まさか浅見さん、その人の『事故死』が、銀山を案内したことと関係ありというのではないのでしょうね？」

「さあ……そんなことはないと思いますけどねえ」

浅見は首を振ったが、もし高橋の死が単なる事故によるものでないとしたら、銀山へ行ったことに、犯人側の殺意を呼び起こす、何らかの意味が隠されているのかもしれない。そのうえ、浅見も殺意の対象になる可能性があった。

（しかし、何が？——）

院内銀山の墓の行列——というより、墓そのものが山を作っているような風景を思い浮かべて、浅見は背筋に悪寒《おかん》を覚えた。

夕刻、浅見と警察庁の二人は光風閣に戻った。フロント係は浅見の顔を見ると、（どうなっているんですか？——）と言いたそうに目を丸くして、しかし笑顔でお世辞を言いながら、荷物を部屋まで運んでくれた。

夕食は三人に松山警部も加わった。今夜はキリタンポ鍋ではなかったが、浅見は昨夜の高橋との夕餉《ゆうげ》を思い出さないわけにいかなかった。あの高橋がもうこの世にはいないのかと思うと、胸のうちをうそ寒い風が吹き抜ける想いだ。

浅見以外の三人は軽くビールを飲んだ。なるべく事件のことを離れようとするのだが、それぞれの身の上話などを肴《さかな》にしても、あまり盛り上がらない宴《うたげ》であった。

食べ物があらかた片づいたころ、松山に電話が入った。部屋の片隅で電話を受けて、振り返った松山は緊張した顔で「やはり、殺しの疑いがあるようです」と言った。

高橋の後頭部の打撲痕は、砂袋のような何か表面の柔軟な、しかし重量のある物で殴《なぐ》られたものとの見方が出てきたというのだ。

打撲痕そのものは前額部の打撲に較べれば、それほどのダメージがあったようには見えないが、打撲によって頸椎《けいつい》に損傷を受ける程度のショックがあったと考えられる。それで高橋は意識不明になって、その状態で車ごと川に突っ込み、溺死《できし》した可能性が高いということであった。

「現在、殺人事件の疑いが濃厚とみて、捜査を始めたと言っております。刑事の絶対数が少ないので、周辺の各警察署に応援を求めたところだそうです」

湯沢署は典型的な地方の警察署で、平時は七十五人程度の規模である。そのうち刑事課は十八人、ほぼ同時にややこしい変死事件が二件も発生しては、たちまちお手上げだ。

「私もこれからすぐ、捜査会議に参加しますので、これで失礼」

松山は緊張した顔のまま、挨拶もそこそこに引き上げて行った。

残った三人を重苦しい雰囲気が包んだ。

「子供のころ見た夢で、幽霊から一生懸命に逃げて、ようやく角を曲がったら、そこにまた幽霊が待っていたっていう——そんな感じですね」

浅見がせっかく苦労して、面白くもないジョークを言ったのに、警察庁の二人はニコリともしない。それどころか、局長の弟のくせに、よくもまあ、そんな下らないことを言うものだ——という顔である。

「不思議なのは」と、浅見は仕方なく、白《しら》け状態からの脱出を自ら図《はか》ることにした。「昨夜、高橋さんがなぜ自宅と逆の方角へ向かったのかです。この旅館の玄関を出て行くまでは、そんな素振りは少しも見せなかったのに……」

言いながら、浅見は昨夜の高橋のことを、あれこれと思い出した。高橋は鬼首道路が開通することによって、雄勝町と鳴子町との距離がグンと接近することに、ほとんど感動といっていい喜びを表現していた。その話をするときの、高橋の少年のようにキラキラ光る目が印象的だった。

(それから、最後に松島珠里の家の話をしたっけ――)

そう思った瞬間、浅見は心臓にズキリと痛むようなショックを感じた。

そういえば、小野の集落の、高橋が転落した雄物川を渡る橋の方角に、たしか松島珠里の家があるはずだ。

誰もが、高橋は姉の嫁ぎ先の家を訪ねようとしたのでは――と考えているのだが、はたして、あの時刻に訪ねて行く必要があったのだろうか?――。

浅見はふいに立ち上がった。

「ちょっと出かけてきます」

沢木は驚いて「どちらへ?」と訊いた。

「すぐそこのガソリンスタンドです」

「ガソリン? これから、ですか?……」

沢木と高岳が呆れた目を見交わすのを尻目に、浅見はほとんど走るように玄関へ向かった。

ガソリンスタンドはまだ営業していた。夜に入って、ますます車の通行量が少ない道路だ。浅見が車を乗り入れると、事務所から中年の男が飛び出して、威勢のいい声で「いらっしゃいませーっ」と怒鳴った。

浅見は窓を開け、緊張しながら「給油じゃないのです」と頭を下げた。

「ちょっとお訊きしたいことがあるのですが、松島珠里さんのお宅を教えていただけませんか？」

「あっ、あんた……」

男は浅見が昨日の昼の客であることを思い出したらしい。憤然とした顔になった。

「あんた、珠里に何かちょっかいでも出したのでないのかね？」

「ちょっかい？　とんでもない、僕は何もしませんよ……しかし、松島さんが何かそんなことを言ったのですか？」

「いや、そうではねえけど、今日、休んでしまってさ。それも無断欠勤だもんね。何があっただか、心配でなんねえのだが、あんたのせいでねえのか？」

「いや、それは違います……病気ということはありませんか？」

「病気だったら病気って、電話ぐれえすんべよ。何も連絡なしで休むのは、よほど来たくねえ理由があるんでねえかな。あんた、ほんとに何もしねかったか？」

「くどいなあ、してませんたら……もし心配なら、彼女の家に行って、様子を聞いたらいいじゃありませんか」

「そうしたくても、人手がねえもんで、出るに出られねえんだ。明日の朝、早くにでも行ってみんべえと思ってるけんどな」

「だったら、僕が行ってみます。住所を教えてくれませんか」

「そんなもん、教えられっか」

「教えていただきます。ことは緊急を要するかもしれないのです。現に昨日、役場の高橋さんが亡くなったでしょう」

「えっ？……」

中年男はギョッとなった。浅見はポケットから沢木の名刺を出して、男に見せた。「警察庁」の文字はてきめんに効き目があった。男は脅《おび》えた表情になって、松島家への道順を教えてくれた。

松島珠里のアパートは、田んぼの中に新しくできたような住宅地だった。田畑にしないのがもったいないような平地だから、おそらく減反政策によって田んぼがつぶされたものだろう。ちゃんと舗装道路も入り、分譲の区画らしきものはあるのだが、建物はまだ三棟しか建っていない。

松島家の入っているアパートは夜目にも白い、アーリーアメリカン調のしゃれた建物で、全部で十世帯は入れそうだが、明かりのついている窓はわずか二軒だけだった。一階はすべて、外からそれぞれの部屋の玄関に直接入れる。松島家は一階の端の部屋だ。窓の明かりは消えている。

時刻はまだ八時過ぎである。就寝時間には早すぎる。

浅見は不吉な予感がこみ上げてきた。

玄関のドアの脇にあるボタンを押したが、かすかにチャイムの音は聞こえるけれど、内部で応答する声はない。

一階で唯一明かりのついている、松島家とは反対側の端の部屋を訪ねた。そこは管理人の住居になっていた。五十がらみの男が応対した。

「松島さんですか？　昨夜はいましたけど、けさから顔を見てねえすよ。どこかさ行ったんでねえすべか」

「というと、昨夜のうちにどこかへ行かれたという意味ですか？」

「さあ、それは知んねえけど、朝は見なかったなや。奥さんは体の具合が悪いみたいで、めったに顔を出さねえけど、娘さんは早くからガソリンスタンドさ行って、働いているし……んだ、このあいだの小町まつりさ出た、なかなかのべっぴんさんだ」

「ええ、僕も見ました。彼女の前におじいさんが倒れかかったのを助けたのです」

「ああ、あんときの親切な人はあんたでしたか。えらいもんだなや、あんなふうにとっさに手を出せねえもんだ。そういえば、あのおじいさんは亡くなったそうですなあ」

「ええ、お気の毒なことです。最初見たときは、あんなふうに倒れたので、松島珠里さんのお知り合いかと思ったのですが、違いました。ところで、松島さんのご主人はどういう方ですか？」

「いや、めったに来ねえもんだから、それがすよ、ご主人は仕事で東京にいるとかで、一度も会ったことがねえのだす」

「引っ越して来られてから、一度も、ですか？」

「んだす。挨拶ぐれえしてくれてもいいのにな」

管理人としては、その点が多少、不満ありげであった。

「昨夜は、松島さんのお宅に、誰かが来たような形跡《けいせき》はありませんでしたか？」

「いや、来てねえと思いますよ。もっとも、べつに監視しているわけでねえすけどね。ここら辺りは夜ともなれば、まんつ静かだもんで、テレビを消したあとだば、誰かが来たっていえば、まあ、すぐに分かります」

「昨夜はテレビを消したのは何時ごろですか？」

「うちは十時過ぎにはたいてい寝てしまうで、ゆんべもまあ、そんころまでだすな」

「そうすると、熟睡するまでのあいだは、物音がすれば分かりますね」

「んだすな」

「どのくらい眠りに落ちないものですか?」

「さあ、どのくれえだべ。ゆんべは酒を飲んだから、早くに眠ってしまったかもしんねえすな」

「なるほど……」

浅見は礼を言って、管理人室を辞去した。どうやら、訪問者のあるなしを管理人が察知できるのは、午後十時過ぎのほんの三十分間ということらしい。

高橋が珠里を訪ねたと仮定し、光風閣からまっすぐにここに来たのなら、午後九時前後と考えていいだろう。その時刻は管理人夫婦の部屋にはテレビがついていて、外の音は聞こえなかったようだ。

浅見は階段を上がって、二階の中央に、一つだけ明かりのともる部屋を訪ねた。

チャイムを鳴らすと、すぐにドアが開いて若い男が顔を覗かせた。制服のような作業着姿である。

「夜分すみません、ちょっとお尋ねしたいことがあるのですが」

「何でしょうか。いま出かけるところなもんで」

「あ、お出かけですか」

「ええ、夜勤です」

どうやら、若い男は警備関係の仕事をしているらしい。

「下の松島さんのお宅ですが、昨夜からずっと留守のようなのです。どこへ行かれたか、何か心当たりはありませんか？」

「え？　そうですか、留守ですか。昨夜はおったみたいだけど」

「えっ、いましたか？」

「ええ、僕が出かけるとき――だいたいいま時分ですが、たしか明かりがついて、話し声がしてたです」

「えっ、話し声がですか。それは松島さん親子の声でしたか？」

「ええ。それと、男の人の声も聞こえたみたいな気がするのですが、あれはもしかするとテレビだったかな」

「テレビ……どうしてテレビだと思うのですか？」

「はっきりしねかったけど、標準語で喋《しやべ》っていたし、少しきつい感じに聞こえたもんで、そうかなと……」

「外に車はありませんでしたか？」

「車？　僕のと管理人さんの車はあったですよ。ほかはねかったですね」

「時刻は八時ごろなのですね？」

浅見は時計を確認した。

「ええ、そうです。八時半までに勤めに出て、九時に交代するもんで」

言いながら、青年は時間を気にして、「そしたら、出かけねばなんねえすから」と、いったん奥へ引っ込んで、バッグを持って玄関を出た。

「松島さんのとこ、何かあったのですか？」

階段を下りながら、青年は訊いた。

「いえ、そうじゃないのですが、ちょっと用事があって、なんとか連絡を取りたいのです」

「娘さんのほうはガソリンスタンドに勤めてますけど」

「ああ、珠里さんの勤め先にも行ってきましたが、休んでいるのだそうです」

「そうですか……そういえば、今日は声が聞こえなかったすね」

松島家の真っ暗な窓を見て、青年は少し気掛かりそうに言ってから、車に乗った。年恰好からいっても、美しい珠里に関心があっても不思議はない。

松島家の母娘は、少なくとも昨夜の八時ごろまでは自宅にいたということ。そして、遅くともけさから所在不明になっていることは、どうやら間違いないらしい。

しかも珠里が勤め先を無断で休むほど、何か切羽《せっぱ》詰まった事情が母娘に持ち上がったと考えられる。

2

その事情とは、二階の青年が声を聞いたという、男の客の訪問と、何か関係があるのだろうか。

時間のずれからいって、その男が高橋でないことはたしかだが、高橋は、はたして松島家を訪ねたのだろうか？

浅見は午後九時前後の松島家の状況を仮想してみた。アーリーアメリカン調の、まだペンキの匂いがしそうなアパートに、松島母娘と「男の客」がいて、そこに高橋が訪ねてきた——という状況である。

そこで何が起きたのかはともかく、そのおよそ二時間後には、高橋は雄物川に突っ込んで溺死する運命にあった。

高橋が松島家を訪れたと仮定して、いったい、高橋の身に何が起こりうるというのだろう？

松島家にいた客とは何者だったのか？

客は一人か、それとも複数だったのか？

次々に脳裏を過《よぎ》る想念が、浅見の焦燥《しょうそう》と不安をかき立てる。

光風閣に戻ると、警察庁の二人はロビーにいて、浅見の帰りを待ちわびていた。浅見の突然の中座は、彼らに疑惑と不安を抱かせていたにちがいない。

「何かあったのですか？」

ロビーの片隅にある応接セットに腰を下ろすのを待ちかねたように、沢木が浅見の顔を覗き込んで、訊いた。

「少し顔色が悪いですよ」

「はあ、ちょっと気になることがあったものですから……しかし、べつにどうってことはないのかもしれません」

「どういうことなのですか？」

浅見はしばらく気持ちを整理して、「じつは……」と、小町まつりのときの古賀老人の最期の模様から、現在の松島母娘の怪しい不在に到るまでのことを、かいつまんで話してみた。

「いずれも僕の思い過ごしのような、取るに足らぬことなので、あまりお話ししたくはなかったのですが……」

浅見は苦笑して、頭を掻いた。

たしかに、老人が珠里の足元めがけて倒れ込んだことも、高橋が昨夜、松島家を訪れた可能性についても、松島家の母娘が「消えて」しまったらしいことも、すべて想像と仮定のうえの話でしかない。

そのうえ、松島家の「客」が高橋の事件に関わりがあるのか、第一、松島家そのものが事件に関係しているのか——といったこともまた、漠然《ばくぜん》としている。

沢木も高岳も、浅見の話をどう受け止めていいものか、困惑ぎみであった。

「しかし、もしも松島家の母娘が、実際に行方知れずということにでもなっているとしたら、これはただごとではありませんねえ」

沢木は、まるでそうなっていることを期待するような口ぶりで言った。

「いずれにしても、一日や二日、母娘の姿が見えないからといって、騒ぎ立てることはできませんが」

高岳は先輩の期待に水を差すように、冷静な口調である。

二人と別れて部屋に戻ると、浅見は自宅に電話を入れた。須美子が出て、いきなり
「あら、坊っちゃま、お帰りになるのじゃなかったのですか？」

「ああ、予定が急に変更になってね、詳しいことは兄さんに聞いてよ」

「それでしたら、もっと早くにお知らせくださればいいのに……女の方から電話があったことをお伝えしたかったんです」

「女の人？……」

浅見は電話をしてきそうな女性に関するデータを、頭じゅう捜し回ってみたが、結局、思い当たるものが見つからない。

「女性って、誰から？」

「松島さんておっしゃる、たぶん若い女の方です」

「えっ、松島珠里さんから？」

「さあ、ジュリさんかどうか、下のお名前までは知りませんけど」

須美子の言い方には、かすかなトゲが感じ取れたが、浅見はそれを無視した。

「電話があったのはいつのこと？」

「昨夜の十時半ごろです」

「えーっ？……」

浅見は脳の機能を最大限に回転させた。松島珠里が昨夜十時半に電話をかけて寄越した目的、そのときの彼女が置かれていた状況を、ありとあらゆる方向から推理し、そして一瞬の間にその試みを放棄《ほうき》した。

「で、彼女は何て？」

「ほんのひと言でしたから、よく分からないのですけど、お父さんを助けてほしいようなことをおっしゃってました」

「お父さんを？……彼女はそう言ったのかい？　自分の父親を『お父さん』て呼んだりしたのかい？」

「いいえ、そうじゃなくて、正確に言いますと『父を助けてくださいとお伝えくださ い』っておっしゃいました。『ください』を二回つづけて、あまり美しい話し方ではないですよね」

須美子は女性からの電話だというと、好意的になれないヘキがある。

「そんなことはどうでもいいんだよ」

浅見はめずらしく、須美子にきつい言葉を言った。須美子のしょげる顔が見えるようでかわいそうだったが、いまはそんな悠長なことは言ってられない。

「父を助けてください——と、そう言ったんだね？　それだけかい？　ほかには何も言わなかったかい？　たとえば、どこへ行くとか、そういったことは」

「ええ、何も……なんだかとても慌ただしい感じで、ろくすっぽ挨拶もしないくらいでしたから」

そのことも須美子が松島珠里に好意的になれない原因になっているのだろう。しかし浅見には、その慌ただしさが、不吉な結末を予測させる以外の何物でもなく思えた。

電話を切ってから、浅見はそのまま座り込んで思案にふけった。

珠里からの電話があったという昨夜の十時半は、高橋が殺害される直前といっていい時刻である。

父を助けてほしい——という電話を、しかも慌ただしくかけたということは、珠里自身にも危険が迫っていたことを窺《うかが》わせる。それは誘拐か、ひょっとすると生命に関わるほどの危険かもしれない。

しかし、それならばなぜ一一〇番通報をしなかったのだろう？

名刺を渡して「心配ごとがあったら電話するように」とは言ったけれど、それにしても、なぜ、どこの馬の骨とも知れぬ、東京の風来坊《ふうらいぼう》みたいな男を頼ったのだろう？

若く美しい女性に頼りにされたことは嬉しいはずだが、それを単純に喜んでいるどころの話ではない。

浅見は沢木たちの部屋に電話して、ちょっと相談したいことがあるので、そちらへお邪魔していいか訊いた。

「いや、こちらから浅見さんの部屋に行きますよ。あまり広くありませんのでね」

沢木はそう言った。どうやら、浅見には上等の部屋を提供して、自分たちは狭い部屋に二人で入っているらしかった。浅見は彼らに申し訳なく、いよいよこの「捜査」から逃げだせなくなったと腹を決めた。

沢木と高岳はすでに浴衣《ゆかた》に着替えて、風呂に行こうとしていたところだった。

浅見は、松島珠里から、東京の自宅に電話があったことを話した。

「父を助けて――ですか……」

沢木は腕組みをした。

「問題はです、彼女がなぜ、一一〇番しなかったのかということです。常識的に言って、警察よりも僕みたいな風来坊のほうが信用できるとは思えません。考えられる理由は、よほど何か警察に恨《うら》みがあるか、でなければ、彼女の父親自身が警察に追われる立場の人間であるということでしょう」

「なるほど。何かの犯罪に関係している人間かもしれませんね。それは明日にでも調べてみましょう」

「それと、なるべく早い段階で松島家の内部を家宅捜索して、指紋などの採取をすべきだと思います。ことに高橋さんの指紋があるかどうか……」

言いながら、浅見はその可能性の高いことを、ほとんど確信した。

翌日、警察は松島家を捜索して、高橋のごく新しい指紋を採取している。指紋は松島母娘のものと見られるもの数個のほか、まったく異質のもの――おそらく複数の人間のものが数個、発見された。

高橋が松島家を訪れたことが決定的となって、彼の死に松島母娘とその客が深く関わっていたことも、動かしがたいものになった。

ほぼ同時に、神奈川県警経由で松島昭二《しょうじ》に関するデータが送られてきた。

松島昭二　四十七歳
本籍地　愛知県知多《ちた》郡――
現住所　神奈川県川崎市麻生区――
職業　弁護士

浅見は驚いて、データを持参した沢木の顔を見つめた。

「そうなんです、弁護士とは驚きました。まあ、たしかに弁護士であれば、犯罪に関係していることも事実ですがね」

沢木はいくぶんジョークをまじえた言い方をしている。

「扱っている事件はどういう傾向のものが多いのでしょうか？」

「経済事犯が多かったようです。商法上のトラブルを解決するのが得意で、川崎市内ばかりでなく都内中小企業数社と顧問契約を結んでいました」

浅見は沢木が、松島昭二のことを過去形で喋るのが気になった。

「いま、松島氏はどこにいるのですか？」

「所在不明だそうです。川崎駅近くのビルに事務所があるのですが、このところずっと、そこに顔を出していないということです。事務所は仲間三人の弁護士と共同で作ったもので、他の二人は通常どおりの仕事をしていますが、松島氏は三月ごろから欠勤しがちで、五月に入ってからはまったく現われず、連絡もつかない状態がつづいているということです」

「家族は——奥さんと娘さんがこちらに引っ越したのは、たしか四月下旬だったはずですが?」

「松島弁護士本人も、ほぼ同じ時期に川崎の住所地から脱出していたようですね。つまり、松島氏が事務所に出なくなったころと考えていいでしょう」

沢木の言った「脱出」という言葉が、松島家の置かれていた状況を物語っている。

「何があったのですかねえ?」

「当時、松島氏は係争中の事件をいくつか抱えていましたので、それのどれかに関係していることが考えられます」

「その中に危険な要素のある事件もあったのですか?」

「いや、その点は、神奈川県警側でも分からないと言っています、事務所の仲間に訊いてもそれらしい事件には思い当たらないということです。それに、仲間といっても、事件によっては単独で動いているケースもあるのだそうで、松島氏が危険な事件にタッチしていた可能性も、まったく否定はできないようです。いずれにしても、まだ今朝分かっただけの第一報ですから、今後の調べによっては、何か新事実が出てくると思います」

弁護士一家の失踪——というと、何年前かの横浜の弁護士一家三人が、深夜、忽然《こつぜん》と姿を消した事件を思い出す。しかし、そのケースでは三人とも行方不明のままだが、松島家の場合は、ともかくいったんは、母娘二人の所在は明らかだったのだ。

何らかの危険があったために、まず松島弁護士だけが身を隠し、妻と娘を遠隔地に逃がした——ということも考えられる。

「警察が松島氏を追っていたということはないのでしょうか？」

「現在までのところでは、たとえば松島氏本人に対する何かの犯罪容疑があるといったことはないと言っています。ただし、それも今後、何か新事実が浮かび上がってこないとは断言できませんがね」

浅見は思いついて、訊いた。

「松島家から採取した指紋の中に、松島弁護士のものはなかったのですか？」

「いや、それは確認してませんが……なるほど、もし昨夜の『客』が松島氏だとすると、母娘は拉致《らち》されたものではないことになりますね」

「それ、至急に調べさせましょう」

高岳が席を立って、連絡を取りに行った。

3

高橋の遺体が川井の自宅に戻ったのは、その日の昼近くだったそうである。明日は友《とも》引《びき》ということで、あわただしく葬儀をすませ、遺体は荼毘《だび》に付された。

浅見が高橋家を訪ねたのは午後三時過ぎで、高橋家は親類縁者や近隣の人々が集まって、精進落としの席が始まろうとしていた。

天寿を全うしての大往生《だいおうじよう》ということならまだしも、働き盛り、しかも文字どおりの予期せぬ悲劇だっただけに、時子未亡人はもちろん、高橋と親しくしていた人々は悲嘆にくれていた。まったくの余所者《よそもの》でしかない浅見にとっても、その姿は見るだに痛ましかった。

祭壇の上の高橋の写真は、白い歯を見せて大きく笑っていた。

高橋の周辺に対する捜査は、けさから本格的に行なわれている。葬儀の席にも捜査員が何人か来て、事情聴取を行なっているもようだ。

高橋に他人の恨みを買うようなことがあったかどうか――それについては、誰もが一様に否定した。「ノリさんぐれえ、いい人はいねかっただよ」と、彼を知るほとんどの人々が言っている。

浅見は未亡人一人に絞って、一昨夜の高橋の不審な行動に、何か思い当たることがないかを訊いた。

たぶん、刑事たちにも同じ質問を受けたにちがいない。未亡人は「何もないです」と悲しそうに首を横に振った。

もう涙も涸《か》れはてて、疲労感の中で惰性《だせい》のように動いているのだろう。

夫人は高橋と同様、いかにも人の好さそうな、大柄な女性だ。かつて雄勝町役場に勤めていたころ、高橋と職場結婚をした。しばらくは共働きだったから、仕事ぶりを含めて、高橋の人となりは熟知しているはずだ。

「妙なことをお訊きしますが、高橋さんに何か、女性関係のようなものはなかったのでしょうか?」

浅見の失礼な質問に、時子はかすかに苦笑して見せて首を振った。

「あのひとは真面目で、そんなことのできるような性格ではないです。んだから、小町娘を探して回っていても、誰もおかしな心配をしたりしねかったのです。もし何かあれば、小さな町ですので、すぐに分かります」

だとすると、高橋が珠里の家を訪ねた目的が、そういう浮《うわ》ついたものではなかったことは確かだ。

じつを言うと、浅見は高橋の死は自分に責任があるように思えてならなかった。一昨日の晩、高橋と最後に交わした会話は松島珠里に対する疑惑についてである。自宅に帰る高橋にとって、その疑惑は負担に感じられたのではないだろうか。

高橋にしてみれば、明日は東京へ帰るという浅見に、なにがしかの「土産」のつもりで、松島家の過去を探り出そうと考えたのかもしれない。

時刻は午後九時少し前——食事を終えて、まだしばらくは団欒《だんらん》のひとときである。母と娘の家庭への突然の訪問も、それほどの失礼ということはなかったろう。

だが、そこに先客がいた——。

(先客か——)

その先客が高橋の死に関与している可能性は十分、ある。

その人物にとって、高橋の出現は予想していなかった突発事だ。それにしても、そこにいる姿を高橋に目撃されては、都合が悪かった——それも、口封じのために殺してしまわなければならないほど、決定的なことというのは、いったいどういう状況だったのだろう?

目撃者を殺害してまで隠蔽《いんぺい》しなければならない犯罪——とは、それもまた殺人か、あるいはそれに匹敵する程度の犯罪と考えるのがふつうの感覚だ。

もしかすると、高橋は運悪く殺人の現場を目撃したのでは——という想像が走った。

（まさか——）と浅見は、その不吉な想像をすぐに打ち消した。珠里の母親が殺された現場など、想像もしたくない。もっとも、そんなふうに、惨劇や酷《むご》たらしい情景から目を逸《そ》らせずにはいられないところが、浅見の弱点ではあった。いろいろ思いめぐらす意識の中でも、ともすれば、いやなものから逃げだそうとする衝動を常に感じる。


何の収穫もないまま、浅見は光風閣に引き上げた。沢木たちはまだ湯沢署へ出かけたままだった。浅見は寸暇を惜《お》しんで、ワープロに向かい、『旅と歴史』用の「小町まつり」の原稿を書いた。

小町まつりの由来や、小野小町の事蹟のこと、雄勝町周辺の観光ガイド——といった内容の読物である。しかし、考えてみると、この観光ガイドもじきに実情に合わなくなってくるだろう。鬼首道路が開通すれば、それだけでもう、この付近の様相は一変してしまうにちがいない。

浅見の脳裏には、またしても高橋のことが蘇《よみがえ》ってくる。鬼首道路の開通を話すときの、あの少年のような目の輝きと、興奮を抑えきれない、朴訥《ぼくとつ》そのもののような語り口。

――わが雄勝町はこれからだす。二十一世紀さ向けて、いままでの遅れを取り戻すのだす。東京さ出て行った人たちも帰ってきて、賑やかな町させねばなんねえす。

高橋は純粋に喜びを表明していたけれど、道路行政には、利権がらみの汚職がつきもののように言われる。

例の山梨《やまなし》県出身の保守党のボスが、県内外の建設業者、土木業者から、まるで、昔の悪代官《あくだいかん》そのものの手口で、露骨に賄賂《わいろ》を要求し、それに対して業者側もまた、権力に群がる悪徳商人よろしく、言われるままに貢《みつ》ぎつづけていた事件は、記憶に新しいところだ。

それと同じようなことは、山梨県のケースほどひどくはないにしても、全国いたるところで繰り広げられていると思っていい。そういうスキャンダルがこの事件の背景にもあるのだろうか。

浅見はしかし、そうは思いたくなかった。山梨と秋田の県民性を比較できるほど、浅見に知識があるわけではないが、高橋をはじめとするこの土地の人々と接するごとに、浅見は牧歌的な、ほのぼのとした温かみを感じるのである。

それとは対照的に、浅見はかつて山梨県、ことに甲府《こうふ》周辺の宝飾品メーカーを取材した際、信じられないほど陰険《いんけん》で閉鎖的な雰囲気を実体験している(『日蓮伝説殺人事件』

参照)。

山梨県民の誰もが陰険だったり、こすっからかったりしているとは思えない。あの老《ろう》醜《しゅう》そのもののようなボスが、彼ら県民をどれほどスポイルしたことか。また、それ以上に、どれほど県民性をイメージダウンさせたことか。それを思えば気の毒だが、とはいえ、県民自体にも責任がなかったわけではあるまい。少なくともボスのおかげで県内の公共事業は活況を呈して、地元企業の多くが潤ったし、リニア路線も誘致できたのだ。その恩恵のおこぼれにあずかり、ボスや業者の悪業を見て見ぬふりをしてきたことについては、全国民に対して恥を感じるべきである。

あの山梨県の「繁栄」と、秋田県南部のこの辺りの状況を比較すれば、ここでも山梨同様の汚職が行なわれ、鬼首道路がその成果だったなどとは思いたくなかった。半世紀を超える「悲願」の産物である鬼首道路に対してそんなふうに思うのは失礼だし、第一、贈り物にしてはあまりにも遅きに失《しっ》し、あまりにもささやかすぎる。少なくとも殺人につながるようなグロテスクなものではありえない――と、浅見は思い捨てることに決めた。

夕刻遅く、沢木と高岳が戻って来て、浅見の部屋を訪れた。

「松島家から採取された指紋ですが、照合した結果、松島さん母娘のもののほか、松島昭二氏の指紋がいくつか出ました。ほかに、あまり鮮明ではないが、高橋さんのものと思われる指紋と、さらにべつに男性のものと思われる、比較的新しい指紋が採取されたのですが、これが何者のものであるのかは、いまのところ特定できておりません」

「おそらく、高橋さんを殺害した犯人のものなのでしょうね」

浅見は沈痛な想いで言った。

沢木たちを追いかけるようにして、松島昭二弁護士が扱っていた事件の明細を持って、松山警部がやって来た。

神奈川県警から湯沢署あてにファックスで送られてきたものだそうだ。

松島昭二が仲間二人と共同使用しているオフィスの名称は「神東《じんとう》法律事務所」——たぶん神奈川県の東という意味なのだろう。

現在十四件ある係争中の事件の中に、仲間と関係なく、松島が単独で扱っている事件は、いずれも民事ばかりが六件あった。そのうちの五件については、経過した期間も長く、調査や交渉の様子を窺い知るに足る資料も、ある程度は揃っている。

残る一つは二月六日に依頼人と接触したばかりのもので、会社間の発受注契約を一方的に破棄されたことに対する損害賠償請求——といった内容だ。

浅見はどうも、経済の話は苦手だから、細かい文字で書かれたリポートを見ると睡魔《すいま》に襲われる。

「見たかぎりでは、これらが殺人事件に結びつくようなものだとは考えにくいですね」

浅見は早々に資料から目を離し、サジを投げたように言った。

「そうですねえ」

松山も頷いた。

「それにしても、弁護士さんというのは、ずいぶん忙しい商売なんですねえ」

浅見は資料を眺めながら、むしろそのことに感嘆の声を発した。

「こんなに事件を抱えていたら、さぞかし儲《もう》かるでしょうね」

沢木が言った。

「じつは、私の身内にも弁護士がおりますが、仕事が少なくて、いつもピーピー言ってるほどです。おそらく、弁護士さんの中でも、これほど景気のいい人はそうはいないと思いますよ。かなりの実績があるか、それとも、よほどいいコネがあって、その人の紹介で依頼人が多いのじゃないですかねえ」

「ほう、そういうものなのですか……」

浅見は頷きながら、ふと思いついて、沢木に言った。

「そのへんの事情、少し調べていただけませんか」

「そのへんの事情と言いますと？」

「つまり、依頼人を紹介してくれるコネというのは、どういう人物なのかです」

「ははは、いや、コネがあるかどうか分かりませんよ。私が勝手にそう想像しただけなのですから」

「でも、一応当たってみても無駄じゃないと思いますが」

「はあ、それはまあ、無駄ではないかもしれませんが……しかし、それが何か？」

沢木は浅見の真意を測りかねて、怪訝《けげん》そうな目をした。

「分かりません」

浅見は首を振った。

「分かりませんが、いまの何もない状況を打破するには、何でもかんでも、疑問に思ったことを調べるところから始めるよりないと思うのです」

「なるほど、それが浅見探偵一流の捜査術というやつですか」

松山は真顔で感心し、沢木も高岳も大きく頷き、拍手でもしそうな雰囲気だが、浅見は「やめてくださいよ」と大いに照れた。

松山が手配して、その「調査」は思ったより簡単に結果が出た。

神東法律事務所のスタッフに確かめたところ、依頼人のすべてというわけではないけれど、ファイルされている過去の資料も含めて、松島昭二弁護士への依頼人のかなりの数は、一人の人物の紹介によるものであった。

その人物の名前は「広田毅一《きいち》」。

「画商だそうです」

松山が調査結果を補足した。

「絵の売買を通じて広田氏と知り合った社長連中が、広田氏から優秀な弁護士がいると紹介されたのが、松島弁護士だったようです。それが次第に口コミで広まって、商売繁盛につながったということですね」

「広田氏と松島氏とは、どういう関係なのでしょうか？」

「そこまではまだはっきりしません。ただ、依頼人の中の一人は、広田氏にその質問をしたところ、親戚《しんせき》みたいなものだと言われたそうです」

「親戚？……どういう親戚なのでしょう。松島氏の関係ですかね。それとも、奥さんのほうの系統ですか？」

「そこまではまだ……」

松山は苦笑した。

「しかし、必要なら引きつづき、急いで調べさせますが」

「ぜひお願いします」

浅見はきちんと頭を下げ、松山はすぐに立って、捜査本部に飛んで帰った。

「どうも、なんだか肝心《かんじん》な捜査のほうよりも、そっちのほうばかりに力点が置かれてしまいましたねえ」

沢木は不満そうに、笑いながら言った。

「われわれとしては、古賀英二郎氏の事件にも、もうちょっと関心を持っていただけるとありがたいのですが」

「そうでしょうか。僕は両方の事件は、必ずどこかで繋《つな》がっていると、確信に近く思っていますよ」

「そうすると、やはりいまも、古賀氏が松島珠里さんをめがけて倒れかかったのは、間違いないとお考えですか」

沢木の口調には、必ずしも浅見の考えに賛同できかねるニュアンスがあった。

「ええ、それは間違いありませんよ」

浅見はきっぱりと断定して、背中を伸ばした。そう口にするたびに、確信は大きく膨《ふく》らんでくるような気がした。

古賀英二郎の事件から四日目、高橋が殺された夜から三日目の朝、浅見は『旅と歴史』の原稿をようやく書き上げてファックスで送った。これで本格的に事件に向かいあう態勢が整った。

4

警察は高橋の「事故」を殺人事件の疑いありと判断してから、のべ二百人規模の捜査員を投入して、精力的な初動捜査を展開していた。東京あたりなら、二百人ぐらいを動員するのはわけないが、地方の、それも郡部でこれだけの人数を揃えるのは、じつはなかなか容易ではない。隣接する警察署から手の空いている署員をかき集め、足りない分は県警本部から機動捜査隊に応援してもらう。

周辺の聞込み捜査で、高橋のものらしい車が、小野地区を走っていたという目撃談が一つだけあった。時刻は午後九時少し前ごろだそうだから、信憑性《しんぴょうせい》はかなり高い。ただし、高橋が松島家に出入りする姿を目撃したという情報には、なかなか行き当たらなかった。また、松島家やその周辺で、日ごろ見かけない、挙動不審の男を見た者がいないかどうか訊いて回ったが、こっちのほうもまったく成果はなかった。

一方、神奈川県川崎市の神東法律事務所へは、二名の捜査員が出張して、松島家一家の消息を追った。

捜査員は松島昭二弁護士の依頼人何人かに当たって、彼らを松島に紹介した広田毅一なる人物を洗い出し、川崎市内にある広田家を訪ねている。

広田が住むマンション「ドムス・川崎」は川崎市宮前区《みやまえ》——松島家の前の住所地とそう遠くないところにある。

ドムス・川崎は、バブル経済初期に建った、いわゆる億ションのはしりのような高級マンションである。その140平米《へいべい》もある部屋に、広田は独《ひと》りで住んでいる。一戸建ての住宅なら140平米はそう広くはないが、マンションとしてはかなりの広さだ。

「いやあ、美術品の倉庫同然ですよ」

広田は捜査員の羨《うらや》ましそうな質問に答えてそう言った。広田は画商だが、特別の画廊やオフィスを持っているわけでなく、自宅兼用のオフィスをベースにして、ブローカー的な商売をしているらしい。

今年七十三歳だそうだが、頭髪の濃さといい、顔の色艶《いろつや》のよさといい、広田はまだ六十そこそこといってもおかしくないほど、若々しかった。

広田には家族がない。兄弟姉妹もなく、結婚もしなかったそうだ。

「きざな言い方をしますと、いい絵が恋人みたいなものですな。若いころから絵を見るのが好きで、それが高じて、とうとう絵を商《あきな》うようになってしまいました。そんなわけですから、あまり商売っ気のあるほうじゃないのですが、ひところは何が何だかわけが分からないままに、むやみに儲かりましたなあ。しかし、バブルがはじけてからこっち、ひまで困っておりますよ」

そう言いながら、大して困ったような顔でなく、笑った。

もっとも、捜査員から松島家のことを訊かれると、とたんに広田は顔を曇らせた。

「松島君が行方不明になっているのだそうですなあ。どういうことなのか……横浜の弁護士さん一家のこともありますのでね、心配です。無事でいてくれるといいのですが……」

「広田さんはいろいろな人に向かって、松島さんとは親戚みたいなものと言われていると聞きましたが、どういうご関係ですか？」

「松島君のおやじさんと古くからの友人でしてね。彼のおやじさんと、それにおふくろさんも早く亡くなったもんで、まあ、親代わりというと大げさだが、こっちも天涯孤独の気楽な身分でしたからな、子供のころからいろいろ面倒を見させてもらったのです」

結局、広田の口からはそれ以上、松島家の人々の消息を示唆《しさ》するような話は引き出せなかった。

その報告を、浅見は光風閣の部屋で沢木から聞いた。

「そうですか……」と頷いたが、無意識のうちに不満が表情に出たらしい。沢木は浅見の顔を覗き込むようにして、「何か、物足りない点でもありますか？」と訊いた。

「は？　いえ、そういうわけではありませんが……」

修業が足りないな――と浅見は自分を叱った。正直なのもいいけれど、感情をすぐに面《おもて》に表わすようでは、大和《やまと》オノコとして恥ずかしい。

「できれば、広田氏と松島氏のお父さんの友人関係というのを、もう少し詳しく知りたかったような気がします」

自分が当事者なら、それ以上に、もっと突っ込んだ質問をしただろう――と思う。

「分かりました、すぐに調べさせましょう」

沢木は安請け合いしたが、その結果はすぐというわけにはいかなかった。川崎に出張中の捜査員に指示して、広田毅一を再度、訪問させたところ、広田は不在だったというのである。その報告を聞いたとき、今度は顔色に出さず、沢木にも何も言わなかったけれど、浅見はいやな予感がした。

そして、その予感どおり、広田の「不在」は意外に長引くことになる。

ただ、捜査員が松島の周辺を調べているうちに、松島に関するあまり芳《かんば》しくない情報を入手した。松島は顧問契約を結んだ会社の情報を、その会社と係争関係にある企業にリークした疑いで、弁護士会の追及を受けているというのだ。「下手《へた》すると、弁護士資格剥奪《はくだつ》の可能性もある」と、情報源の人物は語っていたそうだ。その人物はそれ以上の詳細については語らなかったし、弁護士会も調査段階という理由で、沈黙を守っているから、情報の信憑性は確認できていないが、松島家の慌ただしい移転など、怪しむに足る点は確かにあった。

その日は午後から、浅見は沢木と高岳を院内銀山跡に案内した。相変わらず人気《ひとけ》のない陰気な谷である。長雨で湿った地面はまだ乾かず、タイヤの下でジクジクと泥の音が聞こえた。深い雪が溶けてまもなく、梅雨の季節に入って、この谷は一年じゅう、湿気が抜ける間がないにちがいない。

御幸坑《みゆきこう》の前に車を置いて、そこから先は砂利道を歩いた。

右手の山肌を埋め尽くす墓の群れには、沢木も高岳もうんざりしたような顔をした。

「どうも、これが『銀鉱の墓』だとすると、取りつく島もない感じですねえ」

沢木はお手上げのポーズをしてみせた。

「これを全部掘り返すっていうわけにはいかないのでしょうか」

高岳のほうは若いだけに、威勢のいいことを言う。

「ははは、無茶を言うなよ。墓一つ掘るんだって、手続きが面倒なんだからね。それに、ひょっとすると、ここは史跡か何かに指定されていて、草一本抜いたっておこられるかもしれないぞ。ねえ浅見さん」

「いや、僕の調べでは、御幸坑と金山《かねやま》神社だけは秋田県の指定文化財になっていますから、手をつけることはできないにしても、ほかのところは、そこまではうるさくないみたいですよ」

「それにしたって、墓を掘り返すのは、宗教上の問題があったりで、無理でしょう」

「はあ、それはまあ、そうかもしれませんが……」

そう言いながらも、三人は墓の様子を一つ一つ確かめるように、ゆっくりと歩いた。もしも、墓に何か新しく手をつけたような形跡があれば、それを手掛かりに、謎解きができるかもしれない。

しかし、結局はむだな作業であることを、三人はやがて悟《さと》ることになる。

無限のような数の墓をどのくらい検分したことか、途中でいやになって、御幸坑の前まで戻ったときには、目がクラクラするほど疲れきった。この谷には、森の精気ばかりでなく、墓の主たちの魂魄《こんぱく》が立ち込めていて、その毒気に当たったのではないかと思えるような気分であった。

三人は御幸坑の前にある由緒書《ゆいしょがき》の看板を読んだ。

御幸坑のいわれは、明治十四年九月二十一日、明治天皇が院内銀山を訪れ、当時の五番坑に入坑されたことからきている。

昭和六年九月二十一日、明治天皇御臨幸《ごりんこう》五十周年を記念して、五番坑を「御幸坑」と命名、九月二十一日を全国の鉱山記念日とした――といったことが書いてある。

ほかの坑口は、朽ち果ててブッシュの中に埋没《まいぼつ》したものが多い中で、御幸坑だけは石材が将棋の駒の形に積み上げられ、しっかりと坑口を確保してある。高さ二メートル、幅三メートルほどの坑口には木製の柵《さく》があり、その上には注連縄《しめなわ》が張られている。

「まるで古墳ですね」

高岳がうがったことを言った。たしかに、古代の天皇陵を連想させないこともない。奥のほうは真っ暗だが、そこに石棺が横たわっていても不思議はないような、近づきがたいものがある。

「いや、私は松代《まつしろ》の大本営《だいほんえい》を連想したよ」

沢木が言った。その見解にも頷けるものがあった。浅見は一度だけしか見学していないので、記憶はかなり曖昧《あいまい》だが、戦争末期に長野《ながの》県松代に設置されつつあった大本営のためのトンネルが、こんな感じだった。

松代の「大本営」に天皇ご一家を迎え、来たるべき本土決戦に備えようとしたのだが、当時の軍部は真剣にそんなことを考えていたのかと思うと、そら恐ろしい。沖縄《おきなわ》戦の経験からいっても、本土決戦に突入していたら、何百万か、あるいはそれ以上の国民が死んだにちがいない。

しかし、浅見はその前の高岳が言った「古墳」という言葉にひっかかった。

「銀鉱の墓とは、御幸坑のことを言っているのではないでしょうね」

「えっ?……」

沢木と高岳は同時に振り向いて、顔を見合わせた。

「高岳さんが言われたように、たしかに古墳みたいな印象がありますよ」

「なるほど……」

沢木は頷いたが、すぐに首をひねった。

「しかし、もしそうであれば、『銀鉱の墓』などと、わざわざ持って回った言い方をしないで、『御幸坑』と言いそうなものじゃないですかね」

「そう、ですね……」

浅見もそれは認めた。「古墳」といってみたところで、単に高岳や浅見の、ごく個人的な印象のうえのことでしかない。

「一応、調べてみても無駄ではないと思いますが」

高岳はこだわった。

「それもそうだね。御幸坑の管理はどこでやっているのかな？」

由緒書の末尾には「院内銀山御幸坑保存顕彰《けんしょう》会」とあるけれど、それが現存する団体なのか、それとも、この由緒書のいわば文責を明示するために、便宜《べんぎ》上、そういう名称をつけたのか、はっきりしない。

「役場へ行って訊いてみますか」

浅見の提案で雄勝町役場へ行くことにした。

銀山跡を出た正面の、例の山小屋風の建物に、沢木も興味を示した。

「こんなところにも家があるのですねえ。人は住んでいるのですかね？」

「らしいですよ。もっとも、別荘みたいにたまに来るだけだそうですが」

「へえ、別荘ですか、これが？」

沢木の口調には、軽《かろ》んじるニュアンスがあった。

役場の玄関を入るとき、浅見はまたしても高橋のことを思い出した。しかし、役場の中は、思ったほど沈んだ雰囲気はなかった。一階受付の女性もいつもどおりの笑顔で迎えてくれたし、何やら忙しげに行き交う職員の姿もふだんと変わりはない。

ここのスタッフの一人が、ある日突然、消えてしまったというのに、少なくとも表面上は何事もなかったかのように見える。

世の中とはそういうものなのだな――と、浅見はあらためて世の無常を想った。

「院内銀山御幸坑保存顕彰会」の実体は何なのか、総務課の若い職員にもぜんぜん分からなかった。「しばらくお待ちください」と言ってから、ずいぶん待たされた。たぶん、あちこちのセクションをめぐりめぐって調べてきたのだろう。

この日は、たしかに湿度は高いが、気温のほうはさほどでもなかったにもかかわらず、若い職員の額や首筋は、気の毒なくらい汗にまみれていた。

「えーと、院内銀山御幸坑保存顕彰会というのはですね、あそこに由緒書の看板を建てる際に祝典のようなことをしたのだそうですが、そのセレモニー用に作った会の名称ではないかということです」

「ほう、すると、保存だとか管理をしているのは、こちらの雄勝町役場ですか？」

「いえ、そうではないです。保存や管理に当たっているところは民間の企業だそうです。ここがそうです」

職員はメモしてきた紙をテーブルの上に置いた。

三人はいっせいにそのメモを覗き込み、それからいっせいに「えっ」と小さな叫び声を上げ、たがいの顔を見交わした。

メモには〔G重工株式会社〕と書かれていたのである。

職員に礼を言って役場を出たあとしばらくは、興奮のあまり、浅見はもちろん、ほかの二人も口をきかなかった。

思いがけないところで、思いがけない事実にぶつかったものである。死んだ古賀英二郎がかつて会長を務めていた亜門工業は、G重工傘下《さんか》の、いわば系列子会社であった。

「驚きましたねえ」

沢木がようやく、絞り出すような声で言った。

「驚きました」と浅見も答えた。

「だとすると、やはりあの御幸坑が『銀鉱の墓』に間違いありませんよ」

高岳は気負っている。

「それはどうか分からないが」

沢木はあくまで慎重だ。

「たとえ御幸坑が銀鉱の墓だったとして、古賀氏はなぜそんな呼び名を言ったのか。それに、だからといって、どういう意味があるのか、まったくの謎だね」

「何はともあれ、御幸坑に入ってみませんか。べつに墓荒らしをするわけではないのですから、構わないでしょう」

浅見の提案で、ふたたび院内銀山へと向かった。

新しい知識をもって、あらためて御幸坑の前に立ってみると、何やら得体の知れぬ怪物の棲家《すみか》に侵入するような、武者震《むしゃぶる》いをおぼえた。

御幸坑の坑口を半月型に囲むコンクリート製の柵を跨《また》ぐときは、それほどではなかったが、坑口を塞《ふさ》ぐように横たわる木製の柵を跨ぎ、注連縄の下を潜《くぐ》るときは、神域を侵《おか》すような後ろめたさを感じた。

ひんやりとした湿気が背筋に入り込んで、臆病な浅見はすぐに引き返したい衝動に駆られた。独りなら必ずそうしているだろう。

由緒書によれば、明治天皇は坑内に数十歩歩まれた――とある。今は、はたしてそんなに奥まで入り込めるのかどうかは分からないが、とにかく三人は恐る恐る、狭い坑道を進んだ。

三人とも、町で買ってきた懐中電灯を手にしている。高岳が足元を照らし、浅見と沢木が行く手の闇《やみ》を照らした。

入口まではかなりよく整備されていたが、坑内はほとんど手入れをしていないらしい。地面は分厚いコンクリートで固めてあるが、左右と天井は掘削《くっさく》の痕《あと》も生々しい岩壁が露出した状態である。いずれも長い歳月を感じさせる苔《こけ》と、風化によって崩壊した岩の粉のようなもので覆われている。

十メートルばかり先に円形の礎石《そせき》跡のような台があって、脇の、半分朽ちかけたような立て札に「明治天皇行幸御立ち台」と書かれてあるのが、わずかに読めた。

それからさらに三十メートルも進んだところに、頑丈な木柵が地面から天井まで、きっちりと構築され、それ以上は進めない。小さなくぐり戸はあるにはあるが、おそろしく古いタイプの、ほとんど錆《さ》びついたような南京錠《なんきんじよう》がかかっている。

浅見は柵や鍵の様子を子細《しさい》に調べた。

「最近、鍵がはずされたことはなさそうですね。どこもかしこも錆びています」

実際、錆はカビのように、鍵穴を埋めそうなほども膨らんでいる。そこに鍵を差し込めば、接触した部分の錆が落ちて、痕跡が残るはずだ。

柵の真ん中に打ちつけた木札に「危険につき進入禁止」とあった。奥の闇を透かして見ると、ただむやみに暗く、黒い霧でもかかっているようにしか見えない。柵の向こう側には崩落の土砂もあるから、事実、かなり危険ではあるらしい。その土砂を踏んだ足跡などもない。

三人は坑道を引き返しながら、コンクリートの地面や壁をもういちど検分した。どこかに隠し戸があるかもしれない——と、ドラマか小説の筋書のような期待も、かなり本気で抱いた。

しかし、それらしいものは見当たらない。明治天皇のお立ち台もコンクリートになかば埋まっていて、とても、秘密の入口にはなりそうにない。

「だめですねえ」

沢木はどことなくほっとしたような口ぶりで言って、さっさと坑口に向かった。浅見も高岳も、慌てて彼に追随した。

第五章　画伯《がはく》と画商

1

当面、収穫はなかったとはいえ、御幸坑がG重工の手で管理されていることを発見したのは大きな前進ではあった。何も土地鑑《とちかん》がないと思われていた古賀英二郎だが、G重工と亜門工業の関係からいって、古賀の過去を洗い直せば、院内銀山か御幸坑とのつながりが出てくるかもしれない。

沢木と高岳の警察庁コンビは、光風閣に戻ると、すぐさま東京と連絡を取って、その手配をした。

湯沢署の捜査本部は大動員をかけた割りには成果が上がっていないようだ。何しろ、高橋典雄の事件当夜の行動についての目撃者探しからして、難航しているのである。

松島家の人々の行方もさっぱり摑《つか》めない。珠里の電話など、いかにも拉致《らち》されたことを匂わせる状況や、松島家を訪ねたと思われる高橋が殺されたことから言っても、彼ら親娘の生死が危ぶまれる。

状況は八方塞《はっぽうふさ》がりというほかはない。焦燥と挫折感の中で、刻一刻、時は容赦《ようしゃ》なく流れつつある。

浅見たち三人が銀山を「探検」した翌日、古賀英二郎のデータがファックスで送られてきた。だが、古賀が銀山や雄勝町と関係していた証拠は何もなかった。

古賀が代表取締役会長まで務めた亜門工業は、たしかにG重工の系列会社の一つで、社員の中にはG重工から出向してきた人間も少なくないが、古賀は亜門工業生《は》え抜きだ。

亜門工業は昭和二十五年、戦後の混乱が収まり、朝鮮戦争が勃発《ぼっぱつ》したころに創立されたのだが、古賀は亜門工業の創立時に入社したメンバーの一人として、早くから幹部に昇進、ついには会長にまで登り詰めた。G重工や官庁からの天下り、それに銀行筋の人材だけが登用されがちな系列会社の人事にあっては、希有《けう》の存在といっていい。

G重工グループの一員として、亜門工業がG重工の事業の一翼を担《にな》うケースもないわけではない。「御幸坑保存顕彰会」も、たしかにG重工の文化事業の一つにはちがいないが、音楽ホールを寄付するとか、美術館を造るとかいった事業とは較べようもないほどささやかなものだ。そんなものに、いくら系列とはいえ、建て前上は別会社の亜門工業が関係するはずもなかった。

古賀と院内銀山を結ぶ線が絶たれ、捜査はまた振り出しに戻った。いったい何があったのか――すべてはいぜん、闇の中。田んぼの稲は天に向かって青々と生え揃ったが、人間どもの憂鬱は雨雲のように重くなるばかりだ。

そういう中で、警察の動きに変化が生じた。突如、沢木と高岳の警察庁コンビが任務を離れるというのである。

「上のほうからの指示で、われわれにもその理由ははっきり分かりません」

沢木は当惑げに言ったが、本当か嘘か、彼らの言うことをまるまる信用するわけにはいかない。

「兄もそれは承知しているのでしょうか？」

「もちろんです。おそらく浅見さんのほうにも、局長ご本人から同様の指示があると思います」

事実、その会話が交わされた直後、兄の陽一郎から電話で、東京へ引き上げるようにと言ってきた。

「どういうことなのですか？」

浅見は受話器に噛《か》みつきそうに、憤然として言った。

「捜査の途中で打ち切りというのは、何かの圧力によるものなのでしょう？」

「まあ、そうカッカするな。単純にいかない理由があるのだから、止《や》むを得ない」

「またしても、超法規的措置というやつですか」

「そう思ってくれていい」

「それで、古賀氏の事件はどう処理するつもりですか？」

「当初の方針どおり、自殺として処理する」

「そんな馬鹿な……あれが自殺であるはずがないでしょう」

「いや、自殺だ。いいか光彦、あれはあくまでも自殺だったのだ。現に所轄の湯沢署でもその線で捜査を終結させている」

「警察がどうだろうと、僕は納得できませんよ。いや、遺族だって納得しないでしょう。それ以前に正義が許しませんよ」

「正義はどうか知らないが、遺族もそれで納得してくれることになっている」

「くれることになっている？　遺族を説得したのですか？……驚いたなあ。それで兄さんはどうなんですか？　兄さんも納得できるのですか？」

「ん？　私か……」

刑事局長はしばらく沈黙してから、苦しそうに「ああ」とだけ言った。

「どうもよく分からないなあ……」

浅見は溜息をついた。

「某大物政治家が古賀氏に脅迫されていて、古賀氏が殺されたあと、脅迫が新たな人物かグループの手に移るおそれがあるというのでしょう？　その連中からの脅迫はどうなったのですか？」

「ある、といっておこう。今度の捜査終結宣言も、そのことに対する配慮だと理解してもらいたい」

「それもまた、某大物政治家の指示によるものですか」

「そうだ」

「何者なのですか、某大物政治家とは？」

「それは言えないよ」

「僕にも言えないのですか」

「うん」

「軽挙妄動が心配ですか？」

「はは……」

陽一郎は軽く含み笑いをしたが、肯定も否定もしなかった。それでも愚弟としては、肯定と受け止めるほかはない。

「一つだけ教えてくれませんか」

「何だい？」

「脅迫の内容は何なのですか？　いったい何があったというのですか？」

「おいおい、それこそ、まさに根本に触れることになるだろう」

「いや、名前や固有名詞なんかは聞かなくてもいいのですよ」

「いや、だめだ。関係者の名前よりも、むしろ事件そのものが問題なのだからね」

「事件そのもの？……誰が関わったかというより、事件そのものが重大なのですか？　というと、単なる汚職とか、そういった事件ではないんだ……」

「ん？　ああ、いや……」

陽一郎の口調には（しまった——）という気配が感じられた。

「国際的な事件で、しかもロッキード事件のような疑獄事件ではなく、それよりもはるかに重大かつ深刻な意味をもつ事件だとすると……」

「光彦、無用な詮索をするなよ」

「……しかも、警察庁自ら捜査の幕引きをしようという……」

「おい、聞いているのか？」

「……それに、大物政治家と亜門工業の元会長……G重工……」

「光彦、いいかげんにしろ。盗聴の危険があることも考えろ」

「盗聴？……」

兄の緊迫した口調に、さすがに浅見もギョッとして、周囲を見回した。

「脅かさないでくれませんか。この旅館は大丈夫ですよ。沢木さんたちもそう言っていました」

「いや、事態は時々刻々変わっていると思ったほうがいい」

「ははは、なんだか安っぽいスパイ小説みたいな話ですね」

浅見は笑ったが、陽一郎は硬い口調で「とにかく、ここはひとまず引き上げろ」とだけ言って、電話を切った。「ひとまず」という部分に特別の意味があると、浅見は勝手に解釈することにした。

それからものの五分も経たないうちに、沢木がやって来て、「お帰りになるとき、東北新幹線の古川駅まで便乗させていただきたいのですが」と言った。

「警察は緊縮財政でありますし、それに、途中、いろいろ、今回の件についてお話ししたいこともありますので」

餌《えさ》をチラつかせるのが気に入らない。おそらく兄の命令で、分からず屋の弟を雄勝町の現場から引き離すように——ということなのだろう。

「べつに護送されなくても、ちゃんと帰りますよ」

そう露骨ないやみを言って、沢木を苦笑させたが、しかし、浅見としても沢木の言う「今回の件」に興味がないこともなかった。その話が面白くなかったら、途中で引き返せばいい。

食事をすませ荷物を持ってロビーに出ると、まさに犯人護送そのもののような油断のない顔つきで、沢木と高岳が待機していた。すでに手回しよく、チェックアウトはすんでいた。

二人が左右から浅見を挟むような体勢で、玄関を出た。支配人と部屋係の女性三人も玄関先まで出て「ありがとうございました」と見送ってくれた。長逗留《ながとうりゅう》の上客のはずだが、よほど気詰まりな相手でもあったのだろう。四人の表情には、どことなくほっとしている感じが読み取れた。

「何があったのですか？」

車が横堀の街を出はずれるとすぐ、浅見は催促《さいそく》するように言った。

「はあ……」と、助手席の高岳は背後の沢木に視線を送った。

「局長からお聞きになってませんか？」

沢木は用心深く確かめた。

「事件の話は聞きましたが、関係者の名前は教えてくれなかったのです」

浅見は逆のことを言った。

「たしかに、事件そのものも国際的に重大な事件ですけど、僕個人には関係ありませんからね。野次馬根性としては、むしろ関係している某大物政治家が誰なのか、そっちのほうが知りたいのです」

「そうでしたか、局長は事件のことを話されたのですか……」

沢木は意外そうな口ぶりだ。たしかに意外なことだったにちがいない。実際は刑事局長は何も話していないのだ。しかし、沢木は世間一般の兄と弟の関係を前提にして、浅見の話をもろに信じた。

兄弟の馴《な》れ合いによって、すでに浅見が機密を知ってしまったと思い込んだことで、沢木は心のタガが緩《ゆる》んだらしい。少しくだけた口調になって言った。

「浅見さんがおっしゃるように、個人的にはわれわれにはまったく関係がありませんよねえ。生まれる前の事件のツケを回されては、たまったものじゃありません」

「そう、そうですよ……」

浅見は急いで相槌《あいづち》を打ちながら、(そうなのか、われわれが生まれる前の事件のことなのか――)と、頭の中で現代史を遡《さかのぼ》ってみたが、だからといって、その解答が見えてくるわけではなかった。

たかだか三十年ちょっとしか生きていない浅見にとって、それ以前の事件となると、歴史の中のほんの一ページという認識しかないのだ。その歴史が自分たちの身に関わっているなんてことは、感覚的に言って、関ヶ原《せきがはら》の戦いの流れ弾に当たったのと、それほど大差はない。

「しかし、そうは言っても、国家という単位で見れば、先祖の罪は子々孫々まで受け継がれてゆくかもしれませんが」

「はあ……」

浅見は沢木の言っていることが何なのか、さっぱり分からないから、相槌も曖昧《あいまい》になった。

「考えてみると、個人の犯罪はたいてい、その本人の死によって贖《あがな》われるものですが、国家の罪は、いつになったら免罪《めんざい》されるのか見当がつきません。国が死ぬことは、めったにありませんからね。いったいわれわれ国民が何世代生まれ変われば、無罪放免ということになるのですかねえ」

「それはあれでしょう。相手方の戦争被害の傷が癒《い》えるまでじゃないのですか？」

浅見はようやく、話のテーマに見当がついて、言った。

「たとえば、鎌倉時代に蒙古《もうこ》軍の襲来によって受けた損害は、すでに癒えているというわけで」

「ははは……」と警察庁の二人は笑った。笑いながら、しかし沢木のほうは、浅見がほんとうのところ、どの程度までの知識があるのかを、疑《うたぐ》りだしたような気配があった。

「まあ、それはそうでしょうけどね……」

そう言ったきり、それから後は口が重くなった。高岳のほうはそれ以上に口が固い。

「それにしても、どうして捜査を打ち切るのですかねえ？　殺人事件は殺人事件なのだから、実行犯人だけでも特定したらよさそうなものじゃないですか」

浅見は気負いぎみに言ったのだが、沢木は「もちろんです」と、当然のように頷いた。

これには浅見は驚いた。

「えっ、それじゃ、捜査は継続するということですか？」

「ああ、局長はそのことは何もおっしゃっていなかったのですか……」

「そういえば、兄は『ひとまず』とは言いましたけどね」

「それで十分だと思いますが」

「なるほど、阿吽《あうん》の呼吸《こきゅう》というやつですか」

日本人特有の「腹芸」かもしれないが、兄もずいぶん水臭い。

「それにしても、ひとまずか、いったんか知りませんが、おそろしく用心深いですね」

「はあ、われわれが完全に手を引いたと見せかける必要があるのだそうです」

「というと、事件現場近くに犯人側の目が光っているのですか」

「いや、犯人ではなくてですね、光っているのは地元警察署とマスコミの目です」

「えっ？　どういう意味ですか、それ？」

「つまり、われわれが手を引いたことによって、捜査は終結したというイメージをはっきりさせるのが狙《ねら》いです」

「何ですって？　捜査が終結って……それは古賀英二郎氏の事件のことをさしているのですか？」

「古賀氏の事件ももちろんですが、高橋氏の事件も事故として処理しました」

「しました？……じゃあ、湯沢署の捜査本部は解散したのですか？」

「ええ、ついさっき解散したはずです」

「どういうこと……警察は何を……いや、兄は何を考えているんです？」

浅見は怒りがこみ上げてきた。

「すみませんが、スピードが少し出過ぎているような気がしますけど」

高岳が恐る恐る言った。

「詳しいことは局長の口から直接お聞きになってくれませんか」

沢木は迷惑そうに言った。考えてみると、沢木に責任があるわけではない。沢木を責めたところで、回答が得られるものでもないのだ。

「しかし、何がどうなっているのか、さっぱり分からないなあ……」

浅見は溜息をつくしかなかった。

車は高橋の家の前を過ぎ、稲住温泉を通り過ぎ、鬼首峠のトンネルを越えた。この辺りではるか谷の底を覗くと、鬼首道路と新しいトンネルの入口が見える。浅見はまたしても、道路の開通に胸を膨《ふく》らませていた高橋のことを思い出さないわけにいかなかった。

峠から長い坂を下ると、鬼首の集落にさしかかる。国道108号の北側には鬼首温泉郷がある。

宮城県鳴子町鬼首は、こけしで全国的に有名な鳴子温泉郷から、鳴子ダムの荒尾《あらお》湖畔を遡った高原に展開する温泉郷である。轟《とどろき》、吹上《ふきあげ》、宮沢《みやさわ》など、源泉の数は八十を超えるというから、かなり恵まれた温泉地だ。

ここには十五分置きに熱水を吹き上げる間歇泉《かんけつせん》もあって、年間を通じて観光客が絶えない。警察の地取り捜査が難航しているのも、雄勝町とは対照的に外部の人間の流入が多いところにある。たとえ古賀英二郎がこの地を訪れていたとしても、よほどのことでもないかぎり、目立つ存在ではありえなかったにちがいない。

鬼首での捜査を難しくしているもう一つの要因に、新しいリゾート開発によって、地縁血縁と関係のない、外部からの転入者が増えていることがある。

バブル経済にさしかかる前ごろから、M社系の企業グループを中心に（リゾートパーク・オニコウベ）計画が推し進められ、いまや夏はゴルフやテニスに、冬はスキーにと、長期滞在型のリゾート地に変容しつつある。「オニコウベ」と片仮名で表現するように、これまでの鬼首とはまったく異質の文化と一緒に、外部資本と外部の人間が流れ込んで、地元とはほとんど交流のない世界を形作っているのだ。

浅見は間歇泉のほうは行ったことがあるけれど、リゾートパークのことは知らなかった。予定はしていなかったのだが、目についた看板の指示に従って、国道108号を右に折れた。

リゾートパークは温泉郷とは逆に、国道を南へ行った谷間《たにあい》に展開している。まるでスイスにでも来たような、ヨーロッパスタイルのホテルやペンションが、斜面の草地のあちこちに、白い壁と赤い屋根もあざやかに建っていた。

浅見はリゾートパークの入口にある大きな駐車場まで行って、そこでUターンした。梅雨に入ったウィークデーとあって、行楽客は疎《まば》らだが、週末はこの駐車場も満杯になるのかもしれない。

「鬼首の聞込み捜査は、完璧だったのでしょうか？」

浅見は沢木に訊いた。

「まあ、完璧と思うほかはないでしょうね」

リゾートパーク内のホテルやペンションはもちろん、鬼首温泉郷に散在しているホテル、旅館、民宿から民家の一つ一つを対象に、捜査員はひととおり聞込みを完了しているはずだ。そのどこにも古賀英二郎が宿泊したり立ち寄った形跡は発見できなかったということにはなっている。

だからといって、古賀が鬼首に来なかったと断定するわけにもいかない。「オニコウベデアッタ」というダイイング・メッセージには「誰と」「いつ」のキーワードが抜けているのだ。そのうえ「何が」あったのかも分かっていない。まったく雲を摑《つか》むような話ではあった。

いずれにしても、警察庁のトップか、それともほかの省庁のトップや政治中枢《ちゅうすう》の意志によるものかはともかく、古賀の死の真相を追う作業にストップがかかった以上、あらゆる疑問に目を塞《ふさ》ぎ、耳を覆い、口を閉ざして帰るしか、道はないのだ。

鬼首の集落のそこかしこから、温泉の湯気が立ち昇っている。湯気はやがて雲に溶けて、曖昧模糊《あいまいもこ》と化してゆく。まるで事件の帰趨《きすう》を象徴しているような風景だ。三人はしだいに無口になった。

鳴子の温泉街を抜けて、国道47号で古川まではほんの四十分ほどである。沢木と高岳はここから東北新幹線に乗る。

二人の「客」は古川の駅前広場で車を降りた。

「では東京でお会いしましょう」

沢木は無理に作ったような笑顔で言った。

「では」と、浅見は車の中から握手して、あっさり別れた。

2

その日の夜遅く、浅見は兄が帰宅したのと、玄関先で顔を合わせた。

「よお、帰ったね」

陽一郎はそう言っただけで、何も訊こうとも、何も話そうともしなかった。浅見のほうも依怙地《いこじ》のように黙っていた。もっとも、話の内容は家庭内で交わす会話としては不適当にちがいない。

翌朝、沢木から電話が入った。沢木が「東京で会おう」と言ったのは、単なる社交辞令ではなかったらしい。

「もしよければ、川崎へ行きませんか？」

挨拶を交わし、たがいに昨日までの労《ねぎら》いを言うと、沢木はすぐに用件を切り出した。

「川崎？　というと、松島さんが住んでいたところへですか？」

「ええ、それもそうですが、それと広田氏の家を訪ねてみようと思っています」

「ほう、広田氏の……じゃあ、広田氏は自宅に帰ったのですか？」

「いや、残念ながらまだです。しかし、いつまでものんびりしてはいられませんからね。ひょっとすると、広田氏の身に不測の事態が生じた可能性もあり、警察としても関心を抱かないわけにはいきません。ということで、一応、令状を取って部屋の中に入らせてもらうことにしたのです」

「なるほど……」

狡猾《こうかつ》なものだ——と浅見は苦笑した。

「分かりました、僕も行きますよ。誘っていただいて、感謝します」

それからジャスト一時間後には広田家の前で沢木と高岳と落ち合った。沢木が言っていたように、名目上は「行方不明人捜索」ということなので、所轄署の刑事が二人、行動を共にしている。


川崎市は浅見にとってあまり縁のない街である。

松島珠里は、ほとんどむきになって、川崎の環境のよさを強調していたけれど、川崎といえば京浜《けいひん》工業地帯の中心で、一年じゅう煙に覆われた街——という、長年にわたって植えつけられたイメージはいまだに払拭《ふっしょく》されない。現に、いまもなお、喘息《ぜんそく》などの公害病で苦しむ人が少なくないことも事実なのだ。

しかし、広田が住む宮前区宮前平《みやまえだいら》付近はそういう川崎のイメージとはまったく異質といっていいくらい、緑の多い住宅地であった。ことに高台の辺りは東京の山の手と較べても、あまり遜色《そんしょく》がないくらい、静かな佇《たたず》まいである。

広田のマンションはセキュリティ・システムが行き届いていて、正面玄関はオートロックになっている。

あらかじめ警察から連絡してあったので、管理人が応対に出た。まず型どおり、広田毅一の消息を尋ねたが、管理人はまったく知らないということであった。また広田家を訪ねてくる客のことも、ほとんど知識がないと言っている。

「広田さんのところは、お仕事柄お客さんが多いことは承知しておりますが、どういう方が見えているのかまでは、とても……」

マンションは住宅団地と違って閑散としたものだ。建物に入ってから、子供の姿はおろか、住人と一人も出会わなかった。これでは、松島家の場合のように、広田が何者かに拉致されたとしても、はたして目撃者がいるかどうかも危ぶまれる。

建物は高級タイル貼《ば》りの壁面といい、総御影石《みかげいし》貼りの床といい、いかにも億ションのはしりらしい豪華な造りだが、広田の部屋の中は思ったより質素だった。応接セットや本棚はずいぶん年代物を使っている。おそらく、ここに住む以前からの家具なのだろう。

しかし、それとは対照的に、壁の絵や、ごくさり気《げ》なく置いてある彫刻などは、浅見の目から見ても、かなり高価な品であることが分かる。

「どうも、見た感じからいって、盗難にあった様子もありませんねえ」

広田の几帳面《きちようめん》な性格をしのばせる、整然と片づいた室内を眺めて、沢木は言った。もし、室内に争ったり物色したりした形跡でもあれば、すぐに鑑識を呼ぶつもりだったが、その必要はなさそうだ。

奥の部屋が美術品の倉庫になっている。ドアには鍵はかかっていないが、ドアや壁に特別な防火設備を施《ほどこ》してあるらしい。マンションの部屋の中だから、それほど広くはないが、それでも十六畳ぐらいのスペースはあるだろう。

倉庫の中は金属製の棚でいくつも仕切られ、その上にケースに入った絵画が数えきれないほど並んでいる。こっちのほうもきちんとしたもので、見たかぎりでは、盗まれたものがあるようには思えない。

浅見は画家の名前を確かめるようにしながら、倉庫の中を一めぐりした。広田が扱っている絵画は日本の作家が専門なのか、ケースにある画家の名前はすべて日本人のものだ。梅原龍三郎《うめはらりゅうざぶろう》、脇田和《わきたかず》、小磯良平《こいそりょうへい》……といった、浅見でも知っている有名画家の名前がいくつもあって、これを金額に換算したら相当なものだろうな――と、すぐにそっちのほうを連想してしまった。

「浅見さん、行きましょうか」

沢木はとっくに廊下に出るドアのところまで行っていて、声をかけて寄越した。

浅見は「はーい」と返事して、倉庫を出かかって、ギクリと足を停めた。

名残り惜しげに最後の一瞥《いちべつ》を投げた絵のケースに、思いがけない名前を見た。

――桜井呑玉――

秋ノ宮の稲住温泉で会ったあの老画伯の名前だ。

その瞬間、いまのいままで頭の片隅に埋没《まいぼつ》していた——おそらく記憶細胞の一つにしがみついていたような、ほんの取るに足らぬ記憶の残滓《ざんし》が、ポロリとこぼれ出した。

桜井呑玉が旅館の玄関先で、浅見を従業員と間違えたときのことだ。

——広田のやつは、何をしているのかな……。

あのとき、呑玉老人はそう言ったのだ。

「ちょっと待ってください」

外へ怒鳴っておいて、浅見はケースを棚から引っ張りだした。驚いたことに、手が——いや、手ばかりでなく、脚も、体ごと震えているのに気がついた。

「ばかな……」

自分を叱咤《しった》して、浅見は震える指先でケースの蓋《ふた》を開け、黄色い布袋に包まれた絵を取り出した。

布袋から現われた絵は軍人の肖像画だった。サインを見るまでもなく、明らかに桜井呑玉のテンペラ画である。額の裏側を見ると、たぶん呑玉の自筆で、小さく「阿南陸軍大臣閣下」と書かれてあった。

「何をしているのです？」

沢木が倉庫のドアのところから覗き込むようにして、少し非難がかった声で言った。

「絵です……」

浅見はまるで幼児のような、素朴な答え方をした。

「絵は分かりますが、あまり触らないほうがいいですよ」

「いや、この絵を描いた画家に問題があるのです」

浅見は絵を壁に立てかけながら言った。全身の震えはようやくおさまった。

「この桜井呑玉という画家と、つい先日、雄勝町の稲住温泉で会ったばかりなのです」

「えっ？……」

沢木は慌てて倉庫に飛び込んで、浅見の脇から絵を眺め、ケースにある桜井呑玉の名前を確かめた。

「しかも」と、浅見はゆっくりとした口調で言った。

「そのとき、桜井画伯は『広田』という名前を口にしたのです」

「えっ、何ですって？　広田……それ、ほんとですか？」

「事実です。もっとも、だからって、その広田が広田毅一氏と同一人物である保証は何もありませんけどね。それにしても、ここに桜井画伯の絵があることからいって、その可能性がぜんぜんないわけでも……」

「もちろんですよ、浅見さん」

沢木は浅見以上に興奮ぎみだ。

「で、その桜井画伯は広田氏のことをどう言っていたのですか？」

「ほんの断片的な言葉です。『広田はどうしたのか』といったような」

「それだけですか」

「ええ、たぶん広田という人が訪れるのを待っていたのでしょう。僕のほうは、ぜんぜん気にもかけていなかったので、いままでまったく思い出すことさえなかったのですが、広田という名前を言ったことは間違いないと思います」

「うーん……それはいつのことですか？」

「僕が東京へ帰ろうとして……そうだ、高橋さんが殺された次の日ですよ。旅館の女将がそのことを知らせてくれて、それで僕は光風閣に引き返したのです」

「じゃあ六月十五日ですね。だとすると、その日に広田氏は雄勝町へ行ったのか……いや、それ以前から雄勝町にいた可能性もありますね」

沢木は稲住温泉の「広田」が広田毅一と同一人物であることを信じきってしまったような意気込みだ。浅見も気持ちとしてはそう信じたいところだが、何事によらず証拠中心主義であるはずの警察の人間が、仮説に飛びついて、闇雲《やみくも》に突っ走りそうなのを見ると、むしろ尻込みしたくなる。

「まあ、広田氏は画商だから、絵描きの桜井氏と付き合いがあっても不思議ではありませんが」と、浅見はおそるおそる言った。

「そのとき、稲住温泉の女将は妙なことを言っていたのです。桜井氏のことを『画伯』と呼んではいるけれど、画伯のほんとうの仕事はべつだとか、それから、戦後は公職追放にひっかかっていたとか……」

「ほう、それじゃあ、戦争中は軍人だったのですかねえ……そういえば、陸軍大臣の絵を描いているし」

「軍人ではないけれど、阿南陸軍大臣とごく親しい間柄だったことは確かなようです。あとで桜井氏本人とも少し話したのですが、阿南陸軍大臣と生死を共にするつもりだったとか……そうそう、沢木さんは阿南陸相が敗戦の責任を取って自決したこと、知ってましたか？」

「えっ……ああ、そういえば、そんな話を聞いたことがありますね。たしか映画にもなったのじゃなかったかな……えーと『日本のいちばん長い日』でしたか」

「ああ、そんなのがありましたね」

「ということは、桜井氏も阿南陸相と一緒に死ぬつもりだったのですか？」

「本来ならそうなるところだったのかもしれませんね。ところが、その日、桜井氏はたまたま稲住温泉にいて、武者小路実篤さんと出会ったのだそうです」

「えっ、あの武者小路実篤ですか？　『仲良きことは　美しき哉』の」

「ええそうです。桜井氏は実篤さんといろいろ話をしているうちに、感化されて、人生観が変わったのだそうです。そこに阿南陸相の自決の報を聞いて、相当なショックだったでしょうね。何もかもが音を立てて崩れたとか言ってました」

「なるほど……」

沢木はあらためて桜井呑玉の絵を眺めて、

「しかし」と首をひねった。

「桜井氏は何をしていた人なんだろう。いま浅見さんから聞いた、その女将の口ぶりだと、戦後も絵描きを本職にしたというわけではないみたいですが？」

「そうなんです。桜井氏の本職は何だったのですかねえ？」

「分かりました。すぐに調べてみます」

沢木はすっくと立ち上がって、慌ただしく倉庫を出て行った。浅見は対照的にゆっくりと、桜井呑玉の絵をケースにしまった。

3

浅見がマンションを出るまでのあいだに、沢木は自動車電話でどこかと連絡を取って、桜井呑玉の素性を調べていた。

浅見と高岳、それに所轄の刑事が車に近づくと、沢木は興奮を抑えきれない面持《おもも》ちで、受話器を摑んだまま、ドアを半開きにして、顔を出した。

「驚きました……」

言葉どおり、よほど驚いたにちがいない。さっきの浅見がそうだったように、電話を握る手がかすかに震えている。

「呑玉画伯の正体は何だったのですか？」

浅見は訊いたが、沢木はチラッと所轄の刑事二人に視線を走らせて、「まあ、そのことはあとでゆっくり話しますが、その前に飯でも食いませんか」と言葉を濁した。

沢木に敬遠されている雰囲気は、刑事たちにも伝わったにちがいない。刑事は仏頂面をして、「それでは自分たちは、これで」と引き上げて行った。

「何者だと思います？」

沢木は悪戯《いたずら》っ子のような目を、浅見と高岳に交互に向けて、言った。

「さあ……右翼の大物ですか？」

「うーん、まあ、近いといえば近いですが、それよりも大物ですよ」

沢木はさんざん勿体《もったい》ぶってから「桜井呑玉氏は本名桜井誠吾《せいご》、G重工の会長です」と言った。

「えっ……」

「驚いたでしょう。しかも、桜井氏はG財閥本家の御曹司《おんぞうし》という、超一級の大物で、戦前戦中は軍部と密接な関わりがあった人物です。だから、終戦後に公職追放を受けたはずです。もっとも、いまはもうG重工会長をリタイアしてから何年も経つそうですけどね」

「じゃあ、亜門工業会長だった古賀英二郎氏とは……」

「そうですよ、亜門工業はG重工の系列だから、ごく近い関係だったはずですよ。しかも年恰好もそう離れていないのだし、親交があったと見て、間違いはないでしょうね」

「しかし……」と、浅見は稲住温泉で会ったときの桜井呑玉の表情を思い浮かべた。

「僕が会ったのは、古賀氏が殺された事件から二日後のことですよ。それにしては、桜井氏は平然としていましたが」

「あのくらいの大物になると、人間の一人や二人死んだぐらいでは、べつに何も感じないのかもしれませんよ」

「そうでしょうか。僕にはちょっと信じられませんが」

「それよりも、古賀氏が雄勝町で殺されたときに、桜井氏が稲住温泉にいたかどうか、それが問題です。その二人が、まったく無関係だとは考えられませんからね」

「それに広田氏ですか」

高岳が脇から言った。

「そう。その三人がいずれも雄勝町付近に土地鑑があって、ほぼ同じ時期にそこにいたというのだから、これはえらいことになりました。いくら引退したとはいっても、G重工の会長は大物です」

沢木はだんだん声が上擦《うわず》ってきた。

「それじゃ、警察は捜査を再開するのですか?」

浅見は冷ややかな口調で言った。沢木は苦笑して、「さあ……」と首を傾げた。

「それはむしろ、局長に訊いていただきたいところですね」

皮肉を返したつもりなのだろう。事実、そう言われると、浅見は返す言葉もない。

「相手がG重工の元会長となると、また話がややこしくなってきましたが、しかし、警察としても、何もしないですますということはないでしょう」

沢木は慰めるような言い方をした。

「どこまでやるかは、上に報告をしてみないことには何とも言えませんが」

捜査が再開されるかどうか、保証のかぎりでないとなると、大発見をしたわりには、三人の「捜査員」の気勢はあまり上がらなかった。

「とにかく、どこかで食事でもしませんか」

沢木がふたたび提案した。沢木のカローラと浅見のソアラと、二台の車を連ねて、近くのファミリー・レストランに入った。

テーブルについたが、三人三様の思案にふけって、会話が弾《はず》まない。

高岳は、食事の合間に、しきりに手帳に何かを書いていたが、書き終えたページを破いて、テーブルの上に載せた。

「関係者の繋がりを書いてみたのですが、どうでしょうか？」

紙片には次のようなことが書かれていた。

桜井誠吾　阿南陸相の腹心、G重工元会長
古賀英二郎　亜門工業会長として桜井と関係あり

広田毅一　画商　呑玉の絵を扱う
松島昭二　広田が後援者である

「この四人がほぼ同じ時期に秋田県の雄勝町にいた可能性があるわけです。ただし、この中で、松島昭二氏だけは、奥さんと娘さんが雄勝町にいたことは確かですが、本人の所在がはっきりしません。とはいえ、その点を勘案しても、これはちょっと異常な状況と考えていいのではないでしょうか」

「そうだなあ……この四人が秋田のあの田舎町に集まった理由はいったい何なのだろう。あそこには何があるというのかねえ？」

沢木は浅見にメモを突きつけて、「どう思います？」と訊いた。

「その答えの鍵を握るのは桜井呑玉画伯でしょうね。あの老人がすべてを知っているか、あるいは、事件に関与しているのかもしれません」

「古賀氏を殺害した主犯ということも考えられますか」

「いや、少なくとも物理的に言って、僕が見たかぎり、老人にはそんな力はありませんよ。あるとすれば、犯人グループのボスということですが、しかし、それも可能性は低いと思います」

「どうしてですか？」

「僕が会ったときの、あの老人の雰囲気でそんな感じがします。あれは古賀さんを殺した首魁《しゅかい》の顔ではありませんでした」

「しかし、そういう印象だけで判断するのはいかがなものですかねえ」

「はあ、それはそうですが……」

浅見は否定はしない。印象だの感じ方というのは、人それぞれだし、いくら説明しようとしても、その時点での当事者でなければ分からないものがある。稲住温泉の四阿《あずまや》に独りいるときの、無欲恬淡《むよくてんたん》とした呑玉老人の様子など、説明のしようもない。

「ただ、女将が僕に、高橋さんが死んだという報告をしたときも、まったく平然としていたのですが、あれは、死に対して何も感じないというより、明らかに事件のことを知らなかったのだと思います」

「なるほど……すると、高橋氏の事件については知らなかった可能性がありますね。高橋氏を殺したのは、いわば突発的、偶発的なことでしたからね」

「それにしても、高橋さんが殺されてから十二時間近く経っているのに、部下なり仲間なりから報告が入っていないというのは、おかしいですよ」

「古賀氏の事件と高橋さんの事件とは、関係がないということはありませんんか」

高岳が言った。

「それはないだろうね」

沢木が言下《げんか》に否定した。

「だとすれば、三段論法的に言っても、やはり桜井老人は事件に関与していないか、少なくともボスではないことは間違いないと思います。とにかく、あの老人は本当に浮世離れしていると言いますか、まさにそんな印象でした。桜井氏は、ひょっとすると新聞は読まないし、テレビも観ない人じゃないかと思いますよ。だから、僕が会った時点では、古賀氏が死んだことも知らなかったのかもしれない」

「いずれにしても、桜井氏を調べてみるよりほかはないでしょう」

高岳が言った。浅見もそう思ったのだが、沢木は「いや、それはどうかな」と、あくまでも慎重だ。

「われわれのレベルでは当然、桜井氏を調べるべきだと思うけれど、上のほうがどう考えるかだね。古賀氏の事件を自殺で片づけようとしたのは、桜井氏のような大物が関係していることを想定してのことかもしれない」

「それですが」と浅見は言った。

「いったい何があったのですか？　臭いものに蓋をするように、捜査を規制しなければならないというのは」

「それはですね、正直言って、われわれも具体的なことは知らされていないのですよ。ただ、何か国際的な大きな問題に関わってくる危険性があるので、本事件捜査に関してはとくに慎重に、上層部の指示に従って行動するように——という伝達です」

「僕の兄のレベルなら、具体的な内容を知っているのでしょうか？」

「そりゃまあ、局長さんなら知って——そうすると、浅見さんは本当にまだ、局長から何も聞いていないのですか？」

「ええ、何も聞いていません。もっとも、秋田から戻ってからは、顔を合わせただけで、あまり口もきいていませんが」

「そうなのですか。さすが局長は公私の別に厳格ですねえ」

「それにしたって、人を捜査に参加させておきながら、何も話してくれないというのは水臭いと思いませんか」

「ははは……それはわれわれ警察の人間も同様です。とくに政治がらみの事件だと、末端の捜査員は、自分がいま何をやっているのか分からないで行動しているケースが珍しくありません。検察だって、事件の核心に迫ったと思った瞬間、捜査中止の指示が出ることだって、現実にあるのですから、第一線の連中はてんやわんやですよ」

笑いながら言ってはいるが、沢木の口調には、はからずも、官僚の悲哀のようなものが滲《にじ》み出ている——と浅見は思った。

現に今回の事件にしたって、警察の動き方はじつに不可解だ。古賀の事件を自殺で片づけるという方針を決めていながら、捜査そのものは継続している。

もっとも、それには高橋典雄の「変死」という、新たな展開があったせいかもしれないが、それだけではなく、一方では事件を収束させたい事情があり、その反面、事件の根っこのような部分を解明しないと具合が悪い事情がある——といった印象を受ける。

沢木や高岳のようなサラリーマンは、とどのつまりは上の指示に従っていれば、それでことがすむけれど、浅見は門外漢である。責任がないと言ってしまえばそれまでだが、いつでも撤退できるのと同時に、とことん片をつけないと自分の気がすまない。消化不良というか、将棋《しようぎ》や囲碁《いご》の勝負をつけないときのような、中途半端なモヤモヤした気分である。

「このあと、どうするのですか？」

浅見は訊いてみた。

「このあとですか……とにかく、今日の収穫を上に報告して、今後の方針を決めてもらうよりないでしょうね。高岳君が言ったように、桜井氏を追及する方向にいくのか、それとも、またぞろ静観するのか……」

「そのいかんによっては、古賀さんの事件も、それに、ことによると高橋さんの事件も、展開が変わってくる可能性がありますね」

「そうかもしれません」

「しかし、現地の湯沢署では、すでに捜査を終結してしまったのでしょう。ずいぶん早まったことをしたものですね」

「いや、それは局長にお考えあってのことです。必要とあれば、いつでも捜査は再開できます」

「だったらそうすればいいのです。新しいデータを与えれば、捜査は一挙に進展しますよ、きっと。今日、新たに判明した、広田氏や桜井氏と古賀さんとの関係など、教えてやるわけにはいかないのですか？」

「たぶん……」

沢木は苦笑して、首を横に振った。

「そこの部分は問題の核心に触れてくる可能性がありますからね。上の方針としては、まずこれでしょう」

沢木は唇にチャックをするポーズを作ってみせた。

また「上の方針」か——と、浅見はうんざりした。その「上」には兄の陽一郎も含まれているにちがいない。

広田のマンションで桜井呑玉の絵を発見して、桜井がG重工の元会長であると知ったあたりでは、武者震いが出るほど興奮したが、そうして盛り上がった割りには、なんだか尻すぼみのように、たがいに気まずい気分になってしまった。

どちらから言うのでもなく、本日の「捜査」はこれまで——ということで、浅見は沢木と高岳と、ファミリー・レストランを出たところで別れた。

4

所詮《しょせん》は警察と自分とでは、拠《よ》って立つ立場も物の考え方も違うことを、浅見はあらためて思わないわけにいかなかった。

警察の方針に従っている分には、情報収集や身の安全に関するかぎり有利ではあるけれど、猫の目のように変わる方針に振り回されていては、事件の真相を解明するどころか、そのうちに、すべてを闇の中に塗り込める作業に加担させられることになりそうだ。

警察とはいずれ、どこかで袂《たもと》を分かつことになるのだろう。警察が幕を引くとき、独り舞台に残って喜劇を演じている自分を、浅見は思い描いた。いや、自分は喜劇ですむが、幕の裏側では、古賀英二郎や高橋典雄の死が隠蔽《いんぺい》され、松島家の人々はなおも悲劇を演じているかもしれない。

――父を助けてください。

松島珠里はそう言っていたという。須美子からの伝聞にすぎないにもかかわらず、浅見の耳には珠里の悲鳴のような声が、はっきりと蘇《よみがえ》る。

珠里の父親ばかりではない、彼女自身、それに彼女の母親の安否《あんぴ》も気づかわれるところだ。さらには、広田毅一のこと、そして稲住温泉の桜井呑玉のこと……。

浅見はフロントガラスの向こうに、自分を待っているさまざまな人々が見えるような、居たたまれない焦燥に駆られた。

喜劇と笑われてもいい。悲劇に巻き込まれてもいい。彼らのために、何かをすることが、いま自分にとっても必要なことなのだ――と思った。

川崎から都心に向かう途中、上野毛の近くを通る。上野毛には古賀英二郎の家がある。浅見はふと思いついて、古賀家を訪ねてみることにした。

国道246号で多摩川を渡り、環状8号を右折した辺りが世田谷区上野毛で、東京を代表する超高級邸宅街として有名だ。ことに環8の外側のブロックには、東急グループの総帥《そうすい》一族など政・財界の大物の屋敷が並ぶ。古賀家もその一角にある。

雨もよいの曇り空の下で、ケヤキやシイなどの大樹が鬱蒼《うっそう》と葉を繁らせていた。環8通りからほんの一つ二つ路地を越えただけで、まるで別天地のような静けさである。その中で、古賀の屋敷はさらにひっそりと静まりかえっている。事件の後、警察の出入りも繁《しげ》かったから、訪れる人も少ないのかもしれない。

潜《くぐ》り戸脇のインターホンのボタンを押すと、はるか遠く家の中でかすかにチャイムの鳴る音が聞こえ、少し間を置いて、「どちらさまでしょうか」と女性の声がした。「秋田でお目にかかった浅見という者です」と名乗ると、まもなく、お手伝いらしい中年の女性が飛んできた。

浅見が車で来ているのを見て、女性は正門を開けてくれた。奥にはシャッターの下りるガレージも見えたが、門を入ったところだけでも、車五、六台分のスペースは十分ある。

洋館風の外観だが、玄関を入ると、ところどころに和風の様式が取り入れてあって、不思議な感じのする建物だ。

応接間に通されて、二人分のコーヒーが出てからしばらく待たされた。

やがてドアが開いて、「どうもお待たせしました」と頭を下げながら、古賀博英が入ってきた。ワイシャツの上に、コットンの淡いブルーのカーディガンを羽織っている。

「その節は大変お世話になりました」

向かいあって挨拶を交わして、古賀はあらためて礼を言った。

古賀は湯沢署で会ったときの、取り乱した様子はなかった。むしろ、どことなく怯《おび》えた表情をしているのが、かえって浅見には気になった。「父は殺されたのです」と、刑事に向かって息巻いていた、あのときの古賀とは対照的だ。

警察の事情聴取やマスコミの取材による心労のせいか――とも思えたが、浅見の予期せぬ訪問を受けて、客の目的を探る目つきは、まるで負け犬のそれだ。明らかに、事件以降、何か古賀の信条を転換させるほどの出来事があったことを思わせる。

「ずいぶん立派なお屋敷ですね」

浅見は部屋の調度や窓の外を見渡しながら、正直な感想を述べた。

「いや、それほどでもありませんが、先祖代々この辺に住んでいただけのことです。食えなくなるたびに土地を手放してきましたが、今度父が死んだので、相続税をゴッソリ取られますから、いよいよここにいられなくなるかもしれません」

冗談か本音か、苦笑しながらそう言うと、

「あの、今日は何か?……」と、一転して不安そうな表情で訊いた。

秋田で父親が世話になったので、無下《むげ》な応対もできなかったのだろうけれど、古賀の本心としては、あまり歓迎したい客ではないにちがいない。一刻も早く客を帰してしまいたい気持ちが、その顔に出ている。

「じつは、お父さんの事件の直後、雄勝町役場の高橋という人が殺されまして」

浅見はまっすぐ古賀の目を見ながら、切り出した。

「そうですか……」

古賀は眉をひそめはしたが、その事件がどういう意味を持つのか、理解できなかったらしい。

「あの、それは何か、父の事件と関係でもあるのでしょうか？」

「それはまだ分かりませんが、ただ、高橋さんは殺される直前、松島という人の家を訪ねた形跡があるのです。ご存じですね、弁護士をしている松島さんは？……」

「えっ、川崎の、ですか？」

言ってから、古賀は口を「あっ」という形で半開きにした。高岳の「相関図」をまつまでもなく、古賀が松島を知っていることはある程度予測していたが、こういう形で立証されるとは、思いがけない収穫だ。

それに、浅見は古賀は秋田の松島家を知らないらしいことに、少なからず驚いた。

（どういうことだろう？――）

疑惑を確かめるために浅見はとぼけて、訊いてみた。

「ほう、松島さんのお宅は川崎ですか」

「えっ、ええ……そうですが……」

余計なことを口走った――と後悔しているのが、ありありと見て取れた。

「古賀さんは松島さんとはどういうお知り合いですか？」

「学生時代からの知り合いです。松島さんのほうが三年先輩ですが、一緒に学生運動なんかをやった同志でもありました」

そのことを言うときは、古賀の表情に誇らしげなものが浮かんだ。

「学生運動というと、七〇年安保闘争のころでしょうか？」

浅見は水を向けた。

「そうです。お若いのによく知ってますね。もっとも、われわれはいまの浅見さんより、もっとずっと若かったわけだが……」

古賀は遠い昔を懐かしむように、目を細めて空間のどこかを見つめた。

「松島さんはとことん正義派で闘志を貫きとおしたが、しかし、私なんかは、じきに日《ひ》和《よ》って、とどのつまりは父親の引きで会社に入って、つまらない一生になりそうですよ」

最後は自嘲《じちょう》するように言った。

「そうでしょうか。古賀さんがそんなふうにおっしゃると、僕みたいな何もしないで生きてきた人間は、どういう顔をすればいいのか、困ってしまいます。たとえ一時期にすぎなくても、自分の信じることをした人には、とてもかなわない気がします」

「ははは、そうおっしゃっていただくと、少しは気が晴れますがね」

「それに、闘士のはずの松島さんだって、いまは広田さんの紹介で、あちこちの企業の顧問弁護士をしておられますよ」

「ほう、浅見さんは広田さんのこともご存じでしたか」

古賀はこれには驚いたらしいが、すぐに首を振って、言った。

「たしかに松島さんは顧問弁護士の仕事も沢山《たくさん》もっているが、しかし、だからといって、必ずしも節《せつ》を曲げたわけではありませんよ。社会正義に反すると思えば、相手が大企業であろうが、歯を剝《む》き出して嚙みついてゆきます。川崎市では住宅地の造成が猛烈に活発だった時期がありましてね、大企業が環境整備なんかを無視した、無茶苦茶なことをしようとしました。一例を挙げると、『I』という商事会社が、開発した静かな住宅地の一部を、地元の不動産業者に売却して、そこにワンルーム・マンションを建設する計画が持ち上がりました。どうしようもない崖《がけ》のような斜面で、二十年以上、緑地として住民に親しまれてきた土地です。それがバブルで土地が値上がりして、買いたいという業者が現われたものだから、それっとばかりに飛びついたのですね。何でも金になりさえすればいいという、まったく、企業のモラルなどあったものではない」

話しているうちに気分が高揚《こうよう》してくる、熱しやすい性格なのか、古賀は目をキラキラさせて喋《しやべ》った。

「そんなとき、松島さんは住民の先頭に立って、企業の横暴を阻止するために寝食を忘れて尽力している。そういうのは、もちろん無償の奉仕です。会社の顧問弁護士をやっているといっても、法外な料金を取るどころか、持ち出しみたいなことも厭《いと》わない。いや、とにかくあの人は立派ですよ。いまでも立派な闘士ですよ。それに較べて……」

古賀は昂《たか》ぶった気持ちを、最後のひと言でガクッと失ったように、沈黙した。

そのとき、古賀が松島に対して、何か知らないが、拭《ぬぐ》いがたい負い目を持っていることを、浅見ははっきり見たと思った。

それにしても、古賀が賛美する完璧な「松島像」とは別の、松島弁護士の陰の部分については、古賀はまったく知らないらしいことも意外だった。

「古賀さんは、松島さん一家が、行方不明になっていることをご存じですね？」

浅見は静かに言ったのだが、古賀は弾《はじ》かれたような反応を示した。またしても、強い警戒の色が表情に現われた。

「失礼ですが、浅見さんはどういう関係の方ですか？」

「僕は前にもお話ししたように、フリーのルポライターをやっている人間です」

「それだけですか？　いや、ルポライターがどういうものか、私は詳しいことは知りませんが、そこまでいろいろと精通しておられるのは驚異的です。警察でさえ、その話はしていませんからね」

「それはたぶん、僕が秋田の現場に居合わせたためじゃないでしょうか。松島さんのお嬢さんにも会いましたし」

「えっ、松島さんの？……じゃあ、松島さんは秋田に行っていたのですか？」

「ええ、そのようです。少なくとも松島さんの奥さんとお嬢さんは雄勝町に住んでいましたよ。松島さんのお嬢さんは、そこのガソリンスタンドで働いていました」

「ガソリンスタンドで？……そこに、いつごろから勤めているのですか？」

「詳しいことは知りませんが、二カ月近くにはなると思います」

「そうですか、二カ月……どういうことなのだろう？……松島さんはずっと川崎にいるとばかり思っていたのに……」

古賀は眉をひそめ、両手で頭を抱えるような仕種《しぐさ》をして、思いついたように訊いた。

「お嬢さんは、たしかに松島姓だったのですね？」

「ええ、松島姓でした。離婚をされたわけではなさそうです」

浅見は古賀の質問の意図を察知して、言った。

「そう、そうですか……で、奥さんはどうでしたか？　お元気でしたか？」

「いえ、奥さんとは会わずじまいでした。僕がお嬢さんと会ったその夜のうちに、お二人は何者かに拉致されたらしいのです」

「えっ、拉致？……それは事実ですか？」

古賀は顔色を変えた。

「おそらく間違いないと思います。雄勝町役場の高橋さんが殺されたのは、たまたまそのとき、松島家を訪れたために、事件に巻き込まれたものと考えられます」

浅見はその前後の経緯を、かいつまんで話した。浅見が語る話の状況の変化ごとに、古賀の表情には、驚き、恐怖、苦痛、悲哀――といった感情がつぎつぎに流れていった。

「そうなのですか、そうだったのですか……しかし、警察は何をしているのだろう？　そんな出来事があったなんて、まったく知りませんでした。第一、このところ、うちの父の事件についても、ほとんど調べている様子が見えないのですよ」

「お父さんの事件は、自殺として処理したと聞きましたが」

「いや、それは警察内部にそういう意見があるということでしょう。真相はどうなのか、もっと調べるべきじゃありませんか」

「真相ということでしたら」と、浅見は差押えの執行官のような冷酷な口調で言った。「古賀さんこそが、もっとも真相をご存じなのではありませんか？　湯沢署で、古賀さんが『父は自殺なんかするはずがない、間違いなく殺されたのだ』とおっしゃったとき、僕は、あ、この人は真相を知っている——と思いましたが」

「……………」

古賀は口を開きかけたが、反論はしなかった。

（なぜだろう？——）

浅見は訝《いぶか》しく思った。何か、いわく言いがたい事情が、古賀を沈黙させているにちがいない。真相を知っていると言われても否定もせず、さりとてその「真相」を言うでもない事情とは、いったい何なのだろう？

「さて」と、古賀は腰を上げた。

「ちょっと所用がありますので、これで失礼します」

文字どおりの逃げ腰に見えた。父の横死《おうし》に遭いながら、そして友人一家の失踪を目《ま》の当《あ》たりにしながら、古賀はそれらに目を瞑《つむ》り、背中を向けて逃げようというのだろうか。

「お邪魔しました」

浅見は挨拶をしながら、なおも古賀の胸の奥や頭の中にある「真相」に思いを馳《は》せていた。

応接間を出て、玄関ホールへ出たとき、二人の女性が反対側のドアから出てくるのと鉢合わせになった。

「家内と娘です」

古賀は仕方なさそうに紹介した。

母親もなかなかの美貌だが、それにも増して美しい娘であった。古賀のほうが結婚が早かったのか、年齢は松島珠里よりも三つ四つ上に見える。

いかにものびやかに育ったことを思わせる大柄で、目鼻だちのはっきりした色白の顔に目を惹かれる。柔らかくカールした髪が肩近くに揺れる。あざやかなグリーンのスーツ。粒の大きな真珠のネックレスが襟元を飾っている。

「お出かけですか？」

明らかに外出着と分かる盛装に、眩《まぶ》しそうに目をしばたたいて、浅見は言った。

「ええ、この子のお式が近いものですから」

母親は嬉しそうに言った。対照的に、父親は「余計なことを」と言いたそうに、顔をしかめていた。

浅見はその表情を目の端でとらえ、ふと、古賀が口を閉ざしている「事情」とは、これなのかもしれない——と思った。

第六章　獅子《しし》を刺《さ》すトゲ

1

朝っぱらから、表通りを、軍歌を流しながら、右翼の街頭宣伝車らしいのが通って行った。時計を見るとまだ九時である。定刻の起床時間より三十分も早い目覚めに、浅見は少し機嫌が悪かった。

ダイニング・ルームはガランとして、須美子の姿もない。テーブルの上には、とっくに冷めてしまったトーストとハムエッグが載っている。電子レンジを使うのも面倒くさいので、浅見は冷たいままを口に入れた。

新聞の一面に、保守党の副総裁と革新党の委員長が、同道して北朝鮮を訪問すると報道されていた。与党と野党の老ボスが並んで、ニコニコしている写真は、どことなく胡《う》散臭《さんくさ》い感じがする。右翼の街宣はそれに対するいやがらせかもしれない。

社会面をすみずみまで見たが、今日も松島昭二と彼の家族に関する記事は何も出ていない。古賀の事件も高橋の事件も、少なくとも東京の新聞にはまったく登場していない。古賀英二郎の死についての記事は、事件の翌日と翌々日に報道されたきりだが、浅見はそのときはまだ秋田にいた。

見開きの右ページのほうに、訪日朝鮮人グループが松代大本営跡を訪れたという記事が載っている。戦争末期、長野県松代に地下要塞《ようさい》を掘り抜いて、天皇ご一家を疎開させ、そこを大本営にして本土決戦を戦い抜くつもりだった。軍は本気で一億玉砕《ぎょくさい》を考えていたのである。

その大工事には、多くの朝鮮人が強制労働に従事させられた。昼夜を分かたぬ過酷な作業の連続で、斃《たお》れる者も少なくなかったそうだ。岩を刻んだつるはしやスコップの痕は、斃れた労働者の爪痕《つめあと》のように見える。

その隣りには、韓国の新興宗教に入って合同結婚式を挙げたタレントを、家族がどこかに閉じ込めて、改宗の説得工作をつづけているという話の続報が出ていた。

日本じゅうに顔の売れたタレントを、いったい狭い日本のどこに隠すことができるのだろう――と、不思議な気がしていたけれど、横浜の弁護士一家や松島家の三人が忽然《こつぜん》と消えてしまったことを思いあわせると、そういうこともあり得るのか——と妙に納得できてしまうのが恐ろしい。

スポーツ面を開くと、プロ野球は雨で中止の多いなか、巨人のゴジラというあだ名の新人選手が、特大のホームランを打った記事が大きく紙面を賑わしている。

すべて世はこともなしか——と、浅見は新聞を畳んだ。平穏無事は見せかけで、新聞に書かれない裏側には、どれほど多くの出来事が隠れていることか——。

警察にもマスコミにも見放されている松島家の人々のことを、またしても思った。

小野小町の扮装《ふんそう》をした、珠里の整った顔が瞼《まぶた》に浮かぶ。

——父を助けて……。

悲痛な叫びが聞こえる。

「あら、坊っちゃま、起きていらしたんですか？　ずいぶんお早いんですね」

須美子が現われて、キッチンのほうから、呑気《のんき》そうな声をかけて寄越した。

「須美ちゃん、このあいだの松島っていう女性からの電話だけどね」

浅見は返事の代わりに言った。

「彼女の電話は、公衆電話からではなかったんだね？」

「はあ？……」

コーヒーを淹《い》れにかかっていた須美子は、突然何の話か——と振り返り、面喰《めんく》らった目で浅見を見つめた。

「公衆電話なら、たとえばコインが落ちる音だとか、何か分かるんじゃないかと思うんだけどね」

「ああ、それはありませんでしたよ。ふつうのお電話じゃないでしょうか」

「そのとき、彼女のほかに、そばに誰かがいるような気配はなかった？」

「さあ、どうでしたかしら？……あの、その女の方、坊っちゃまとどういう？……」

「そんなことはどうでもいいんだ」

浅見は少し苛立《いらだ》った声で言った。須美子が悲しそうに眉をひそめた。

「とにかくよく考えて、思い出してくれないかな、誰かがそばにいて、たとえば脅《おど》かされているような感じはなかったか」

「そうですねえ……脅かされているとか、そんな感じはしませんでしたけど……ただ、かすれたような声で、よそに気を使っていらっしゃるみたいでした」

「つまり、声をひそめているっていう感じかな？」

「ええ、まあ……あ、そうそう、そばにもう一人女の方がいらっしゃる気配はありました。小さな声で、何か言ってらしたから」

「えっ？　ほんと？……」

浅見は緊張して、急《せ》き込むような早口で訊いた。

「何かって、何？　何て言っていたの？」

「さあ……たしか、『来たわよ――』とか、そういうことだったと思いますけど」

「来たって言ったんだね、誰かがやって来るっていう意味なんだね？」

「ええ、たぶん……」

須美子は浅見の剣幕にびっくりしながら、少し頼りなげに、しかしコックリと頷いてみせた。

電話があったのは午後十時半ごろだったそうだ。高橋の死亡推定時刻はまさにその直後である。

浅見の脳裏には、そのときの松島家の情景が、ドラマの一シーンのように見えてくる。

電話をする珠里の傍《かたわ》らで、外の様子を窺《うかが》う母親――須美子が聞いたのは、表にしのびやかな足音の気配を感じ、珠里に「来たわよ」と注意を促《うなが》す母親の声だったのだろう。

そのとき「犯人」は家の外にいたのだ。外に出て、高橋を始末しようとしていたにちがいない。

後頭部を殴打《おうだ》され、失神状態だった高橋を、二人がかりで車に乗せに行った。車に乗せた後、そのうちの一人が松島家に戻って来た。そのほんのわずかな隙《すき》に、珠里は電話で救いを求めたのだ。

それから――。

それからどうしたのだろう？　犯人の一人が高橋の車を川にジャンプさせ、たぶん濡れねずみになって戻って来て、それから――。

松島母娘は犯人の車で拉致《らち》されたとして、それから先は――。

犯人（グループ）は二人なのか、それともほかにもまだ仲間がいるのか？　高橋の死体を車に運ぶあいだ、松島母娘を二人だけにしておいたというのは、犯人が二人しかいなかったことを証明しているのかもしれない。

その時点では、すでに松島昭二も拉致監禁されていたのだろうか？　母娘もまたそれと同じ場所に向かったのだろうか？　彼らの生死は？

そして、画商の広田毅一の失踪には、どういう意味があるのか？

浅見の耳にまた、桜井老人の「広田のやつは、何をしているのか……」という言葉が蘇る。

「坊っちゃま、卵の黄身が落ちました」

須美子が呆れたような声を上げた。気がつくと、フォークですくい上げた卵がテーブルの上に落下して、ベチャッと無残な状態になっていた。

浅見は卵の悲劇的な最期にいさぎよく訣別《けつべつ》して、電話に向かい、稲住温泉の番号をプッシュした。

電話にはあの女将の声が出た。

「先日お邪魔した浅見という者ですが……」

浅見が名乗って、四阿《あずまや》で桜井老人といたときのことを説明しようとすると、話の途中で、女将は「はいはい、分かっております」と、愛想のいい口調で言った。

「高橋さんは、ひどいことになりました」

浅見は湿った声で言った。

「ほんとですねえ……あの、あなたはまだ横堀においでですか？」

「いや、いまは東京ですが、それで、ちょっとお尋ねしたいのですが、あの桜井画伯はもうお帰りになられましたか？」

「はあ、画伯は一度、ご法事で東京に帰られましたけど、いまは戻られて、今月いっぱいは、こちらにご滞在ですけど」

「そうですか、よかった。あ、それからもう一つ、広田さんは見えたでしょうか？」

「はい……えっ？　浅見さんは広田さんをご存じですの？」

女将は思わず言ってから、小さく「あっ……」と声を洩らした。（いけない――）と口を押えた様子が想像できる。

「大丈夫ですよ、僕は誰にも話しません」

浅見は笑いを含んだ声で、女将の失敗を慰めた。

「はあ、でも、どうして？……」

いろいろな疑念のこもった「どうして？」であるにちがいない。浅見は細かい説明を加えることをしないで、「明日、そちらにお邪魔します」と言った。

「それでお願いなのですが、僕が行くことを桜井画伯や広田さんには黙っていてください。広田さんとも、本当はまだお会いしたことはないのです。そちらにおいでだとは知らなかったことにして、偶然、お会いしたようにするつもりです」

「はあ……」

女将は事情が呑《の》み込めず、さぞかし戸惑っていることだろう。何か問いかけたい様子なのを無視して、浅見は受話器を置いた。

「坊っちゃま、またどこかへお出かけになるのですか？」

須美子が心配そうに言った。

「ああ、秋田へ行くよ」

「あの、小町娘のところに、ですか？」

「あはは、まあ、そうだね」

浅見は笑ったが、須美子は不満げに頬を膨《ふく》らませている。

「やけに静かだけど、おふくろもいないのかい？」

「ええ、雅人《まさと》クンのヴァイオリンの発表会で、ついさっき、みなさんでお出かけになりました」

「みんなで？……あ、今日は日曜日か。じゃあ、兄さんは？」

「書斎にいらっしゃいますけど」

「そう」

浅見はコーヒーを飲み干すと、顔を一つ、パンと叩いてから兄の書斎へ向かった。

ドアをノックして、「ちょっと邪魔していいですか？」と声をかけると、陽一郎は「ああ、いいよ」と答えた。

何か書き物をしていたらしい、デスクの上に資料や原稿用紙やらが広げてあるのを背にして、こっちを向いて弟を迎えた。

「めずらしく早いじゃないか」

少し背を反《そ》らせるようにして、鷹揚《おうよう》な口調で言った。そういうポーズは死んだ父親そっくりだ。父親は陽一郎よりも小柄だったが、長男の顔つきや体つきに、その面影を残していった。それに、大蔵省の次官という高級官僚の血も陽一郎に受け継がれた。

「それに引き換え、光彦はいったい、誰に似たのかしらねえ」と、母親の雪江《ゆきえ》はいつも嘆いていた。

「千駄木《せんだぎ》の叔母さんは、たぶん、母さんに似たんじゃないかって言ってました」

「冗談じゃありませんよ。わたくしは、もう少しましですよ」

「じゃあ、母さんの好きだった先代の幸四郎《こうしろう》に似たのかもしれませんね。いわゆる胎教というやつです」

「ばかおっしゃい」

叱《しか》りながら、雪江はまんざらでもない顔になる。そういう顔を見ると、母は本当に精神的不倫をしたのではないか——などと思えてくるのだ。

「どうした、何かあったのか？」

陽一郎は、無表情の代名詞のような微笑をたたえて、催促した。

「昨日、沢木さんたちと川崎へ行きましたが、その件については、何か報告がありましたか？」

「ああ、聞いたよ。きみのおかげでいろいろ興味深い発見があったと、喜んでいた」

「それで、警察はどうするのですか？」

「どうする、とは？」

「ですから、捜査方針についてです。つまり、変更があるのかないのか、です」

「捜査方針に変更などあるものか。警察の態度はつねに不変だよ」

「そんな、国会の答弁みたいなことを言わないで、本当のところはどうなのかを聞かせてくれませんか。警察はどこまでやるつもりなんですか？」

「真相は究明するよ。その点に関しては、警察の態度は一貫している」

「なるほど、究明はするが、捜査の結果を公表するかどうか、逮捕者が出るかどうかは、未確定だというわけですか」

「うん、まあそうだね」

「しかし、現実に殺人事件が起きているのですよ。それも二人。さらに、松島弁護士一家が行方不明になっていて、ひょっとすると生命の危険さえあると考えられる。早く果断の措置を取らないと、取り返しのつかないことになるんじゃないですか」

「果断の措置か……」

刑事局長としては、その言葉だけは気に入ったらしい。しかし、それっきりで、だからどうするとは、金輪際《こんりんざい》言わないつもりだ。

「いったい何があるのですか？　捜査本部を作ったり、つぶしたり」

浅見は焦《じ》れて、強い口調になった。

「国際的な重大問題に発展するからといっても、二つの殺人事件を見逃すことは許されないでしょう。警察はともかく、被害者の遺族や社会が許しませんよ。そんなことは」

「殺人事件は許されないが、自殺と事故死ということなら、許されるだろう」

「えっ、じゃあ、高橋さんの事件も、事故で片づけるといったのは本当だったのですか？」

「ああ、秋田県警はすでにそう断定しているはずだ」

「それはそうだけど、警察庁までが……驚いたなあ、ひどいな、それは……」

浅見は半分、悲鳴のような声を上げて、絶句した。昨日の古賀博英の逃げるような態度が思い浮かんだ。警察ばかりでなく、被害者の遺族ですら、あんなふうに何かを隠そうとしている理由とは、いったい何なのだろう？

「まさか、兄さん……」

浅見は不意に思いついて、圧《お》し殺したような声で訊いた。

「犯人は警察ではないでしょうね？」

陽一郎は微笑を消して、険《けわ》しい表情になった。

「たとえ冗談にも、そういう不穏《ふおん》なことを言うなよ」

「いや、冗談じゃないですよ。だってそうでしょう、警察の犯行だと仮定すれば、すべて納得がいくじゃないですか。殺人事件を自殺や事故に——黒を白と言いくるめることなんか、お茶の子さいさいだもの」

「いいかげんにしろ」

陽一郎は、感情を露《あら》わにしないこの男にしてはめずらしく、はっきりと怒った。

「言っておくが、日本には秘密警察のような組織はない。たしかに、政治的な目的から、恣意《しい》的に捜査方針を歪《ゆが》めることがないとは言いきれない。あるいは、警察官や職員のモラルが原因の個人的な不祥事《ふしょうじ》が少なくないことも否定はしない。しかしね、警察組織自らが、意図的に犯罪を行なうことは絶対にない。他国のことは言いたくはないが、いかなる国の警察に較べてもらっても、日本の警察はいささかも恥じるところはない。この点だけは、しっかりと認識しておいてもらいたい」

「分かりました」

浅見は首をすくめるようにして言った。

「おい……」

「しかし、それでは、殺人を実行した犯人はどうするつもりですか？　現実に犯罪が行なわれているのに、政治的理由か何か知らないけど、連中を見逃して、それでもいささかも恥じるところはないのですか？」

「見逃しはしないよ」

刑事局長は、冷ややかに言った。

「えっ？　というと、捜査は継続するのですか？」

「当然だ」

「当然……といったって、犯人を逮捕すれば、取調べや裁判を通じて、いずれ真相は明るみに出ちゃうじゃないですか」

「いや、逮捕はたぶん、しないだろう」

「逮捕をしない？……じゃあ、どうするつもり……」

言いかけて、浅見は兄の陰気な表情に気がついた。瞼が重く垂れ、一見、眠そうな顔に見えるが、それは目を通して心の中を覗かれたくないためのものにちがいない。

「そうか、そういうことなのか……」

浅見は暗澹《あんたん》とした。警察の冷酷さが、兄自身のものでないことを祈りたかった。

2

東京の雨は上がっていたのだが、白河《しらかわ》を越えるころから降ったりやんだりの空模様になった。どうやら雨雲を追いかけるドライブになったらしい。

古川インターを出て前方を見上げると、鳴子の奥、栗駒《くりこま》山系の山々は雲の中に沈んでいた。鬼首峠はもちろん、鬼首温泉郷辺りも雲の中である。峠を越えても、その雲の向こうにはさらに分厚い暗雲が垂れ込めているのかも——と浅見は前途を憂《うれ》えた。

峠路は予想どおり雲の中を行くことになった。細かい雨滴がたえずフロントガラスを覆い、ワイパーがもどかしいほどだ。それでも鬼首峠のトンネルを抜けるといくぶん明るくなって、霧雨の合間には、麓《ふもと》の雄勝盆地が見えてきた。

風はなく、稲住温泉の赤松の疎林は、そよとも揺れずに遠来の客を迎えた。

車を置いて玄関へ向かう浅見を、傘をさした女将が迎えに出てきた。「いらっしゃいませ」と寄り添うように傘をさしかけ、相合傘《あいあいがさ》で歩きながら、「お電話のことは内緒にしてありますので、よろしく」と囁《ささや》いた。

浅見は「はい」と答えた。女将が「よろしく」と言ったのは、お手やわらかに——の意味だと推測した。

「ご迷惑をおかけするようなことはしませんので、安心してください」

足元を見ながら、呟くように言った。そのひと言で、女将はほっとした様子だ。玄関先に待機していた番頭に案内を任せて、「どうぞごゆっくり」と浅見を見送った。

部屋に入り、宿帳の記載を終えると、浅見は番頭に「桜井画伯はまだおいでですね？」と尋ねた。

「はい、ご逗留《とうりゅう》いただいております」

「ちょっとお目にかかりたいのですが、ご都合を訊いていただけませんか。このあいだ四阿でお目にかかった、浅見という者だと言ってくれれば、お分かりだと思います」

そうは言ったものの、相手は老人である。忘れられている可能性を心配した。

しかし、それから間もなく、番頭が戻って来て「どうぞ、とおっしゃっています」と伝えてくれた。

浅見はすぐに部屋を出た。

桜井の部屋は、次の間つき、茶室つきの広々とした部屋であった。庭に突き出た濡れ縁も四畳半分ぐらいはありそうだ。夏ならば、そこに出てビールを酌《く》み交わすのも悪くないだろう。

その庭に臨む廊下の、大きな籐椅子《とういす》にゆったりと身を委《ゆだ》ねて、桜井老人は山肌を横ぎる霧を眺めていた。

「お邪魔します」

浅見が座敷に入ったところで畏《かしこ》まって挨拶すると、向こうを向いたまま「やあ、いらっしゃい」と言った。

その状態でしばらく時が流れた。濡れ縁に出るガラス戸が開いていて、入り込む湿った外気は少し寒いくらいである。老人は着流し姿だが、風邪《かぜ》でもひかなければいいが——と気になった。

あらかじめ注文してあったのか、それとも番頭が気をきかせたのか、若い女性がお茶を運んできた。それを潮《しお》のように、老人は椅子を立って、座敷に入った。

「浅見さん、でしたかな」

「はい、先日は失礼しました」

「いや、こちらこそ失礼した。まあ、お茶でも飲みませんか」

老人は浅見に座布団を勧め、自分も座卓の前に気楽にあぐらをかいて、無造作に菓子を食い、茶を啜《すす》った。若い客に気を遣わせない配慮が感じ取れる。浅見もつられるままに、お茶を飲んだ。

「いかがです、下界は平穏無事ですか」

「はあ……」

どう答えていいのか、浅見は戸惑った。

「まだ選挙はありませんか」

「は？　はあ、まだのようですが……」

言ってから、浅見は思わず「やっぱり」とかすかに笑ってしまった。

「は？　何ですかな？」

老人は見とがめて、訊《たず》ねた。

「いえ、失礼しました。じつは、僕が想像していたとおりだったものですから、つい」

「ほう、想像とは？」

「画伯はたぶん、新聞もテレビもご覧にならないのではないかと、そう思っていました」

「ほっほ、そのとおりだが、よくお分かりでしたな」

「はい、古賀さんが亡くなられたことも、ご存じなかったご様子ですので」

「ああ……」

老人は顔を天井に向けて、目を瞑《つむ》った。それから、そのままのポーズで目だけを開け、いくぶん興ざめしたような顔で、浅見を見つめた。

「すると、あなたはそのことで？」

「はあ、それもありますが、ほかにもいろいろと」

「ふん、何か知らんが、わたしは隠居以下の人間ですぞ」

「しかし、同じ日本人です」

浅見は微笑《ほほえ》みながら、優しく言った。

「ほっほ……」

桜井老人は得意の笑い方をして、面白そうな目になった。

「変わったことを言う人だ。なるほど、隠居以下でも日本人ですかな」

「はい、生きておられるかぎり、逃げることは許されません」

「ふん、手厳しいことを……とまれ、その言《げん》は当たっておりますな。それで、このわたしに何をしろと言われる？」

「画伯にではなく、画伯からこの僕に、何をすればよいか、お命じください」

「……」

老人は身を起こしぎみにして、大きく見開いた目で浅見を睨《にら》んだ。老人特有の少し黄色く濁った目の中に、驚きの色が広がった。

「あなたはいったい……」と、老人は視線を揺らせながら言った。

「何を知っているというのかな？」

この質問は、若造を試す、最後のテストだ——と浅見は思った。

「いろいろなことを知っています。G重工のこと、広田さんのこと、古賀さんのこと、松島弁護士のこと、某大物政治家のこと……それから、ギンコウノハカのこと……」

「ん？……」

この瞬間、老人は強く反応した。持病の痛風が痛んだように、顔をしかめた。古賀英二郎が最後のときに言い残した「ギンコウノハカ」は、やはり重要なキーワードであったことを物語る。

「ほかにもまだいろいろ知ってはいますが、分からないことが一つ、……いえ、二つあります」

浅見は言った。

「一つは、誰もが、警察が……いや、ことによると国までもが、いったい何をひた隠しに隠そうとしているのか。もう一つは、ギンコウノハカには何があるのか……です」

「そうでしょうな。分からなくて当然、それでよろしい」

「よくはありません」

「ほほう、知ってどうしようと？」

「いまは分かりません。何をするのか、あるいは何もしないのか……ただ、すべての事件の根源がその二つの謎に発していることだけは間違いないと信じています。これまでに知りえた、ほかのあらゆることのどれにも、事件の原因になるような事柄は潜《ひそ》んでいないのですから。そうではありませんか？」

「いや、あなたの言うとおりです。その二つの秘密を知らなければ、今度の事件は理解できない。しかし、それを知る必要はないですぞ。あなたのようなお若い方は、なおのこと知る必要はない。忘れてください」

最後は、まるで懇願《こんがん》するようなニュアンスに聞こえた。浅見は不思議に思った。「知る必要がない」という言い方よりも、「忘れてください」という言い方のほうが、桜井老人の本音に、より近いように感じたのだ。

——若い者は忘れたほうがいい——と老人は言っている。あたかも、自分たちの老《ろう》醜《しゅう》を見ないでもらいたい——と言っているように聞こえた。

(何があったのだろう？——)

この疑問を突破しなければ、桜井老人の心の壁はぶち破れない。

浅見の脳細胞は、猛烈なスピードで、老人の言葉の背後にあるものを模索した。

桜井老人は、彼自身や古賀や広田や、そして某大物政治家が生きた時代のことを指して「忘れろ」と言っているのだ――と、浅見は思った。

(何があったのだろう?――)

繰り返し繰り返し、問いかけてみた。

(なぜこの土地で? 雄勝町で?――)

古賀はなぜこの土地に来て、なぜこの土地で事件が起きたのだろう。

(何があったのだろう?――)

小町まつりの日、芍薬《しやくやく》の咲く中、藤棚の下で死んだ古賀の、苦悶《くもん》する表情が思い浮かんだ。そして、古賀の歪んだ口許から切れ切れに洩れてきたダイイング・メッセージが、耳に蘇った。

――ギンコウノハカ――

――オニコウベデアッタ――

浅見は(あっ――)と思った。「オニコウベデアッタ」とは、「誰かに会った」ことだけでなく「何かがあった」ことを意味している可能性もある。もしそうだとすれば、警察がいくら躍起《やつき》になって鬼首周辺の地取り捜査をしてみても、古賀に関する目撃情報に出くわさなかったわけだ。それに、「会った」のが遠い昔のことだとしても、やはり目撃情報は出てこない。

——鬼首であった（こと）——

——鬼首で（むかし）会った（者）——

古賀英二郎は、自分の最期のときを察知した瞬間、走馬灯《そうまとう》のごとく蘇る無数の「過去」の中から〔銀鉱の墓〕のことを言い遺《のこ》し、それと対比させるように〔鬼首であったこと〕や〔鬼首で会った人々〕のことを伝えたかった——いや、伝えなければならないと念じたのではないだろうか。

「むかし」と、浅見は絞り出すような声で言った。

「鬼首峠を抜ける、軍用の弾丸道路建設の計画があったそうですね」

桜井老人は「ん？……」と、小さく首をひねって、浅見を見た。

しかし浅見はそれを見ていない。浅見の目にはあの夜、キリタンポ鍋の湯気の向こうで、熱っぽく「郷土の未来」を語っていた高橋の顔だけが見えていた。

——半世紀にわたる悲願というやつだすなあ。戦争中は軍用の弾丸道路が計画されて、軍隊が山を切り拓いておった……。

宮城県の鬼首から秋田県の雄勝へ抜ける弾丸道路によって、太平洋側と日本海側を結ぶ——。それは未曽有《みぞう》の大工事であったにちがいない。

現在のような掘削技術はもちろん、ろくな道具すらない、文字どおりの手作業と人海戦術による工事だったろう。

固い岩盤に刻まれたツルハシやスコップの痕――。

浅見は、昨日見たばかりの新聞の記事を思い起こした。長野県松代大本営跡を朝鮮人グループが訪れ、かつての同胞の労苦に涙したという記事である。

その記事の隣りにあった、保守党副総裁と革新党委員長の、北朝鮮訪問を前にして握手を交わし、にこやかに笑った写真――。

「そうか、そうだったのか……」

ついさっきまで、何も見えていなかった心の目に、さまざまな「真相」がいちどにドッと見えてきた。

兄の陽一郎があれほど頑固に喋りたがらなかった「大物政治家」が誰なのかが、ようやく分かった。喋らない理由も納得できる。いまの日本の政治を担う、事実上のナンバーワンであり、日朝国交正常化の旗振り役である保守党副総裁・丸岡祐之進《まるおかゆうのしん》がそれだったのだ。その丸岡副総裁が朝鮮人虐待の過去を持つ人物だとしたら、北朝鮮訪問など、とんだ茶番劇でしかない。それが明るみに出たなら、その欺瞞《ぎまん》性と鉄面皮《てつめんぴ》が、確実に日朝関係を半世紀の過去にまで冷え込ませるにちがいない。同時に、国内政治も一挙に不安定な様相を呈することだろう。それだからこそ、国の中枢は必死になって、強引な隠蔽工作を展開したのだ。

その秘密を古賀英二郎が知っていた。

丸岡——古賀——桜井——広田

半世紀も昔に死んだはずの過去の亡霊が、いまだに生きて、蠢《うごめ》いている……。

浅見はゆっくりと、視線を桜井老人に向けた。桜井は迷惑そうに目をしばたたいてから、そっぽを向いた。

「あなたも古賀さんも、それから、ひょっとすると広田さんも、あの頃、鬼首にいたのですね？」

「………」

「それともう一人、保守党副総裁の丸岡祐之進ですか」

この名前が決定的であったことは、桜井の「ああ」と洩らした溜息が証明した。

ほんの少し前までは、かつてのG重工会長で「画伯」の異名を持つ、悠々自適の大人物だったはずの桜井が、なんだか急に、ただの疲れはてた気の毒な老人に思えてきた。

「鬼首の弾丸道路建設で、朝鮮人に何人の犠牲者が出たのですか？」

「………」

桜井は目を瞑り、石のように黙った。

「それとも、何人を殺したのか——と言うべきなのでしょうか？　どんなに過酷な作業でも、過労や病気で亡くなったものなら、それほどまでに罪の意識に苛《さいな》まれることはないでしょうからね」

桜井の眉根が、ピクリと痙攣《けいれん》した。

「桜井さんがお答えにならなくても、それはギンコウノハカを掘りさえすれば、暴《あば》かれることです」

「………」

「考えてみると、もっと早くに気づいていなければなりませんでした」

浅見はかすかに笑ったが、それはたぶん、第三者には、顔を歪めたようにしか見えなかったかもしれない。

「院内銀山のうちで、御幸坑だけが、なぜ事実上G重工の管理になっているのか、奇妙なことではあったのです」

謎を解いてはみたものの、浅見は少しも気分が晴れなかった。この推理が正しいとすると、あの古賀英二郎は朝鮮人虐殺をネタに、丸岡副総裁を恐喝しようとして、逆に消されたことになる。

それ自体も陰惨な事件だが、その前に、朝鮮人虐殺の過去を持つ丸岡が、ニコニコの恵比寿顔《えびすがお》で日朝友好の架《か》け橋になろうとしていることに、浅見は吐き気が出るほどの嫌悪感を抱いた。だからこそ、古賀の恐喝の材料にされたとも言えるのではないか。

そう思い巡らしたが、浅見は自分の樹《た》てた仮説に満足できなかった。何かが違うような気がしてならない。こんな単純な事件ストーリーではない「何か」があったにちがいない。そうでなければ、古賀の死にざまや、松島家の人々の行方不明の謎や、古賀博英の沈黙の理由が説明できない。

(いったい、何があったのか?——)

浅見は唇を噛んで、桜井老人の能面のような顔を睨んだ。

(この老人は、日本の秘密を知っているのだ——)

そう思うと、いったん地に堕《お》ちたはずの桜井のイメージが、またぞろ、とてつもなく魁偉《かいい》なものに見えてきた。

3

雲が厚くなったのだろうか、それとも、もう日が傾くころなのだろうか。うっすらと夕靄《ゆうもや》のような気配が立ち込めてきた。

「浅見さん」と、桜井老人が静かな口調で沈黙を破った。

「あなたがどういう素性のひとか知らないが、どうやら警察とは無縁らしい。新聞記者とも違うようですな。どうも、あなたの後ろには何かの組織があるような臭いがしないのだが、ひょっとすると、あなたは一匹狼《いっぴきおおかみ》ですかな？」

「はあ、狼ではありませんが、一匹であることは事実です」

「ほっほ……失敬。狼ではない、イヌ……いや、それもまた語弊《ごへい》がありますか。どうも難しいものだ……」

老人は苦笑して、すぐに真顔になった。

「あなたには真《ま》っ当《とう》な若者の匂いがある。とかく群れたがる風潮の中にあっては、いまどき珍しい。しかも、拗《す》ねて独りでいるわけでもないらしい。われわれ老人から見ると、新しい頼もしい日本人像ですなあ」

皮肉でないとすると、最大級の褒《ほ》め言葉である。浅見はどういう顔をすればいいのか、面喰らった。

桜井はなおも言葉を繋いだ。

「しかし、独りにしてはよくそこまで調べ上げたものです。あなたの言われたことは、たしかに、ほとんど正鵠《せいこく》を射ておりますよ。ただ、鬼首では実際には何もありませんでした。しかし、われわれの出会いは確かに鬼首だった。阿南陸軍大臣の特命を帯びた丸岡大佐と古賀中尉、それに私と広田君は鬼首の谷ではじめて顔を合わせた。ほかにもまだ数名の関係者がいたが、いずれも物故《ぶつこ》してしまいました。鬼首峠を抜ける軍用道路の建設計画があったことも、あなたが言われたとおりです。そして、その計画の延長線上で、不幸な……と言うには、あまりにも慙愧《ざんき》にたえないことだが、かつてここで悲劇があったことは事実なのです」

老人は辛《つら》そうに眉をひそめた。

「戦争末期、日本は断末魔《だんまつま》のときでした。そのころは誰もが死を覚悟していた。己《おの》れの死にも、他人の死にも不感症になっていた。そうでもなければ、上官が部下に、爆弾となって敵艦に突っ込めなどと、言えるはずはありません。己れもいつか死ぬということを前提に、人を殺したのです。まさに狂気だが、そのときは誰もが正気のつもりだった。戦争は人を狂気にすると言うが、少なくとも当時はそうでした。それに較べれば、いまの戦争は正気で人を殺傷している。湾岸戦争などは、まるでゲーム感覚で大量殺戮《さつりく》を行なったし、セルビアの内戦にいたっては、狂気のなせるわざどころか、人間の本性剝《む》き出しの愚行ですな。いや、それだからといって、われわれの行為を正当化しようというのではありません。そこのところだけは、どうか分かってやっていただきたいですな」

「ええ、理解できるつもりです」

浅見は言った。少なくとも、当事者でない自分に、桜井たちの「犯罪」を裁く資格があるとは思えない。原爆を投下したアメリカに、日本の戦争犯罪を裁く資格があったと思えないのと同等である。

「ありがとう」と、桜井は小さく頷いて、浅見の寛容に感謝した。

「さて、それでは、何があったのかを、正確にお話ししますかな」

桜井が居住《いず》まいを正したとき、「失礼」と声をかけて、桜井よりかなり若く見える老人が入ってきた。浅見はすぐに、彼が広田だと分かった。

広田は、桜井と浅見の取組を捌《さば》く、行司《ぎょうじ》のような位置に正座して、わずかに頭を下げながら、

「どなたですか？」と桜井に問いかけた。

「浅見さんといわれる」

「浅見、さん？……」

広田はギクッとして、少し身を引きながら浅見を見つめた。

「何か？」と桜井が怪訝そうに言った。

「はあ、警察庁の局長と同姓ですから」

「ほう……」

二人の老人の視線が鼻梁《びりょう》の辺りに交差するのを感じながら、浅見は仕方なく言った。

「刑事局長は僕の兄です」

「兄?……」

広田は身構えて、浅見の顔をまじまじと眺めた。

「なるほど、刑事局長さんはお兄上なのですか。道理でどことなく似ておいでだ。いや、じつは昨日、局長さんにお目にかかりましてね。二時間ばかりも面と向かいあってお話ししておりました」

桜井は「ははは」と、のけぞるように笑った。

「なるほど、それで得心がゆきましたよ。あなたが異常に詳しく知っている理由がね。しかし、わたしとしたことが、残念ながらどうやら見損《みそこ》なったようだ」

最後は汚《けが》らわしいものを吐き出すように言い、それ以上の付き合いを拒絶するように、立って籐椅子に戻った。

「画伯はどこまで話されたのですか?」

広田は桜井に問いかけたが、桜井老人は振り返りも答えもしなかった。広田は浅見に顔を向けて、ニヤリと笑って見せた。（じいさんの気儘《きまま》には、困ったものだ――）という顔である。画商という客商売を長くやっているせいなのか、どんな相手に対しても、懐《ふとこ》ろの深さを持っているのだろう。

「それで、刑事局長の弟さんが何の用事ですか？」

広田は事務的に質問した。

「松島さんを助けに来ました」

浅見は真っ直ぐ広田を見て、言った。

「松島弁護士を？　あんたと松島君とは、どういう関係なのです？」

「直接お会いしたことはありませんが、お嬢さんの珠里さんに頼まれました」

「珠里さんに頼まれた？　何を？」

「お父さんを助けてほしいと、彼女は言っていました」

「ほう……」

広田は真偽《しんぎ》のほどを確かめるように体を反らせて、浅見を見つめた。

「刑事局長さんのご依頼ではないのですかな？」

皮肉な口調だった。ほんとうは「警察の手先ではないのか？」と訊きたかったのかもしれない。

「いえ、僕はヒモつきではありません。僕がここに来たことは、兄や警察とは無関係です。それに警察は松島さんの失踪を追ってはいないのではありませんか？　警察は捜索願が出されていない人は、犯罪者でないかぎり、真剣には探さないものです」

「なるほど……」

「むしろ、松島さんにもっとも近いはずの広田さんが、捜索願をなぜお出しにならないのか、お訊きしたいものです」

「……」

「もっとも、雄勝町役場の高橋さんが、最後に訪れたのが松島さんの奥さんと珠里さんのところだったことが分かっているというのに、警察は高橋さんの死を事故死扱いで片付けようとしているくらいだから、捜索願は無駄なのかもしれませんがね」

浅見は話しているうちに、しだいに腹が立ってきた。

「松島さんの失踪に、誰もが手を拱《こまぬ》いているばかりなのはなぜなのか。政治家も警察も企業も友人も、みんなが寄ってたかって、一連の事件に幕を引きたがっているのはなぜなのか、僕は大声で訊いて回りたかったのです。その理由の一端は、さっき桜井さんからお聞きしたことで、ある程度は理解できました。しかし、半世紀も昔の犯罪を隠蔽する目的のために、何だって松島さんが被害を受けなければならないのですか？　国益を守りたいというのなら、あの時代を生きていたあなた方が、自分の命と引き換えにしてでも、松島さんを救うべきではありませんか。戦争犯罪のツケなど、子孫に残さずに行ってもらいたいものです」

喋りながら、浅見は（えらいことを言ってしまった——）と後悔していた。騎虎《きこ》の勢いというやつである。自分の思ってもいないことが、どんどん口をついて出た。戦争犯罪のことなど、意識のどこにもなかったはずなのに、いったいこれはどうしたっていうのだろう？——

「驚いたなあ……」

広田が、あんぐりと口を開けて、浅見の顔をまじまじと眺めた。

「戦争犯罪のことを、若い人にそういう形で指弾《しだん》されたのは、これが初めてですな」

「すみません」

浅見は素直に詫《わ》びた。

「こんなのは、必ずしも僕の本心ではないのです。僕だって、国家の犯罪は子孫にも受け継がれるものであることぐらい、認めていないわけではありません。これは単なる愚痴でした」

「いやいや愚痴でも何でも、確かにあんたの言うとおりです。われわれは重いツケを子孫に支払わせることをした。従軍慰安婦問題など、娘どころか、孫娘の前に醜悪《しゅうあく》な裸を晒《さら》すような、みっともない話だ。まことに申し訳ないと頭を下げるほかはないです」

広田はそう言って、ほんとうに、深々と頭を下げた。

「刑事局長の弟さんとあっては、いずれお兄上からお聞きになるだろうから、隠してもしようがないが……ただねえ浅見さん、今度のことは、あんたの言われた、そのツケを、いかに少なくするかに腐心した結果だという点を、分かってやっていただきたい」

「……」

「罪を死によって償《つぐな》うのは、ある意味ではたやすいことだが、それでは無責任ということもあるでしょう。『死んだ人が帰ってこない以上、生き残った者は何をなすべきか――』という言葉があります。生き永《なが》らえることが、必ずしも卑怯者《ひきょうもの》とはかぎりませんよ」

「そうだよ、浅見さん」と、向こうを向いたまま、桜井が言った。

「あの戦争が終わったとき、わたしたちがまずしなければならなかったのは、妻や子を守ることだった。日本の後継者が育つまで、生きることだった。みっともないの恥ずかしいのと、贅沢《ぜいたく》は言っていられなかった。あなた方には信じられないことかもしれんが、一億国民が飢《う》えていた時期があったのです。戦争責任だの国家賠償どころではなく、日本は、日本人は、生きることにのみ汲々《きゅうきゅう》としていたのです。そうして豊かになった日本人は、いつの間にか戦争犯罪を忘れてしまった。戦争を知らない子供たちの時代に移り変わってしまった。その日本に、近隣の戦争被害にあった国々から賠償請求が起こされるのは、仕方のないことだが、あなた方にとってはいまさらの感が否《いな》めないかもしれない。それはわたしたちにとって、もっとも辛いところですよ。あなた方にこれ以上、マイナスの遺産を残しては行けない——このことが今回の事件の背景にあるのです」

桜井は椅子を下りて、ふたたび浅見と向かいあう位置に座った。憂愁を帯びた表情の中にあって、眼光だけは鋭く、決断を物語っている。

「昭和二十年八月——終戦直前、わたしたちは密《ひそ》かに、東京から五台のトラックを連ねて、およそ二十トンの金塊を運んだ。軍が計画した焦土《しょうど》作戦《さくせん》——いわばゲリラ戦を戦い抜くための軍資金を隠匿《いんとく》しようとしたのです。指揮官は丸岡大佐。以下、わたしと広田君と古賀君とほかに二人。この二人はすでに物故しています。そして五人の運転手と、政治犯として刑務所に服役中だった十人の朝鮮人労働者——以上が金塊輸送に当たった。あなたが言われたように、当時、軍は鬼首から雄勝に向けて弾丸道路建設を進めるのと同時に、院内銀山跡の廃坑——軍では『銀鉱』と呼んでいましたが、そこを地下要塞にして、長野県松代の大本営とともに徹底抗戦の拠点《きょてん》にしようと目論《もくろ》んでいたのです。

金塊輸送が終了して、わたしと広田君が坑口に向かいつつあったとき、背後ですさまじい銃声が響きました。二人は驚いて引き返した。すると廃坑の闇の奥から血塗《ちまみ》れになった朝鮮人労働者が二人、よろめきながらやって来る。それを追って、丸岡大佐が『そいつを殺せ』と怒鳴っている。何が何だか分からなかったが、無我夢中でした。わたしと広田君は拳銃を抜いて、彼らを撃った……」

桜井は言葉を止めて、大きく溜息をついた。

「考えてみると、服役中の人間を選んだことは、最初から、機密保持のために彼らを殺すつもりだったのでしょう。丸岡大佐は、連中が逃走しようとしたので撃ったと説明したが、十人全員がいっせいに逃走を図ることはあり得ない。かりにそうだとしても、射殺する理由になるわけがないのです。

十人の遺体は、金塊と一緒に廃坑奥の穴に埋葬しました。この虐殺を知っているのは、丸岡大佐以下の六人だけで、トラックの運転手は廃坑から少し離れた場所にいたので、不審には思ったかもしれないが、真相を知っていたかどうかは分かりません。しかし、その直後、軍は彼らを前線へ向かう輸送船に乗せている。敵の潜水艦がうじゃうじゃいる太平洋の真《ま》っ只《ただ》中へです。わたしと広田君も、もし阿南陸相の知遇を得ていなければ、同じ運命を辿《たど》ったにちがいない」

桜井は物憂《ものう》げな視線を広田に送った。広田は黙って、座卓の上に乗せた握り拳《こぶし》を見つめていた。

「それから半世紀が過ぎようとしています。われわれはこの秘密をずっと守りつづけてきた。二十トンの金塊も、十人の遺骨と一緒に眠りつづけている。戦後の混乱期にも、御幸坑を侵す者はいなかった。わたしが御幸坑をG重工の管理下に置くようにしてからは、なおのこと安全は確保された。もしそのまま推移していれば、われわれの死後、ほぼ永久に秘密は守られたままになるはずだった。ところが思いがけぬ蹉跌《さてつ》が生じた。その第一の原因は、丸岡祐之進にあるのです」

桜井は世の中の苦しみを丸ごと口に入れたように、思いきり顔をしかめた。

「丸岡は別の事由でB級戦犯として服役した後、政治の世界に入った。そのことはよしとしましょう。保守党でめきめきと頭角を現わし、ついには副総裁の椅子を射止めた。それもまたよしとしましょう。しかし、露骨な権力指向と金権主義と、ヤクザまがいの裏社会を利用した恐怖支配には我慢ならないものがある。保守党内はもちろん、野党まで、彼の支配下にあると言っても過言ではない。日本じゅうの公共事業の上前《うわまえ》をはねて私腹を肥やし、その資本力で、やがては日本そのものを丸岡一族が支配するつもりでいるのかもしれない。それればかりではない。丸岡は日朝友好の美名に隠れて、北朝鮮に対する戦時国家賠償や経済援助の資金をも私《わたくし》しようとしているのだ。まこと、許しがたい男ですよ」

「では、古賀さんはそのことをネタに、丸岡氏を脅迫したのですか？」

浅見は露骨に顔をしかめた。

「いや、物事をそんなふうに短絡《たんらく》的に決めつけてはいけない」

桜井は若者の性急を窘《たしな》めた。

廊下のガラス戸の向こうには、早くもうっすらと暮色が垂れ込めてきた。広田は立って行って戸を閉め、部屋の明かりをつけた。

「じつは、古賀君が、そのことを息子の博英君に話してしまったのですよ。いつ、どこでといった詳しいことは言わなかったようだが、丸岡が朝鮮人虐殺の主犯であることは言ったようだ」

桜井は痛恨を込めて、言った。

「古賀君にしてみれば、その丸岡が、ぬけぬけと日朝友好の主役を務めることの欺瞞と、それだけならまだしも、それを私腹を肥やす手段にすることが、どうにも我慢ならなかったのでしょうな。そこへもってきて、丸岡は亜門工業に不当な献金を要求してきた。取締役である息子の博英君からその話を聞いて、古賀君は腹立ちまぎれについ、秘密を洩らしてしまった。博英君は友人の松島弁護士にその話をした。正義感が強く、直情《ちょくじょう》径行《けいこう》の松島君がこの秘密を知って、黙っていられなかったことは想像にかたくない。そうして、彼ら二人は匿名《とくめい》で、朝鮮人虐殺の旧悪を示し、すべての公職を辞任するよう求める勧告状を、丸岡に送りつけた」

「勧告状？……」

浅見は驚いて口を挟んだ。これまでの桜井の話には、驚くべきものも少なくなかったが、それでも、話の流れとしてはすんなりと理解できた。しかし、古賀の息子と松島の事件との関わり方が、こういう形で出てくるとは、まったく予測していなかった。

「そう、勧告状です。わたしの聞いたかぎりでは、彼らの真摯《しんし》な想いを綴《つづ》った勧告状と考えてよろしい」

「しかし、受け取った丸岡氏の側にしてみれば、もろに脅迫状と判断したのではありませんか？」

「そのとおりでしょうな。丸岡のような人間は、正義だの純真だのというものが、この世に実在することを、とっくに忘れてしまっている。勧告状の目的は恐喝にあるとしか考えられないのですな。しかも、まずいことに、勧告状は匿名だったが、すでにお話ししたように、その秘密を知っている人間は、現在たったの四人に限定される。そして、わたしや広田君を消去すれば、残るは古賀君だけということになる」

「お二人を消去できる理由は何なのでしょうか？」

「それは……理由は二つです。一つは、虐殺のとき、わたしも広田君も拳銃を撃って、消極的にではあっても、虐殺に参加していること。それと、もう一つは、いまも言ったように、古賀君が会長を退《しりぞ》いた後の亜門工業に対して、丸岡が不当なヤミ献金を求めていたことです。丸岡は、脅迫の目的はその献金惜しさゆえのことと邪推《じゃすい》したらしい」

「なるほど。それでは、丸岡氏は完全に、古賀さん本人が脅迫者だと勘違いしたわけですね？」

「そのとおり。それで丸岡は怒り狂い、古賀君に電話をかけて恫喝《どうかつ》した。古賀君は最初、何のことか分からず面喰らったそうだが、すぐに息子の仕業であることを察知した。ところが、丸岡の恫喝は古賀君の怒りに、火に油を注《そそ》ぐような効果をもたらした。古賀君は息子たちを諫《いさ》めるどころか、自分が脅迫者となって、丸岡に引退を勧告したのです」

「えっ……」

「驚かれるでしょうな。しかし事実です。古賀君は息子と松島君を丸岡の魔手から守るために、自らが矢面《やおもて》に立って丸岡を失脚させようと決意した。立派な男ですよ」

桜井の顔には、悲壮感とともに、誇らしげな感情が浮かんでいた。

4

「客観的に見れば、丸岡にとって、古賀ごときは歯牙《しが》にもかけない存在のはずだが、ことがことだけに、喉《のど》にトゲが刺さったように厄介な相手でもあった。丸岡はわれわれにまで手を回して、古賀君の暴走を阻止するよう、頼んできている。いや、われわれとしても、丸岡が困惑しているのを傍観して面白がっているわけにはいかないのですよ。日本の政治の中心人物であり、日朝友好の立役者である人物が、朝鮮人虐殺の張本人とあっては、はなはだ具合が悪い。当人は失脚すればすむが、日本の国際的信用は失墜《しっつい》して、少なくとも十年は時代が逆戻りしてしまう。これは国として非常に困る。それこそ、マイナスのツケを子孫に課すことになりますからな。

そこで、わたしは古賀君に事情を聞き、真意を確かめた。もちろん、自重するように忠告もしましたよ。だが、古賀君は翻意《ほんい》するどころか、われわれにも共同歩調を取るように勧め、われわれにその気がないと分かるや、接触を絶ってしまったのです。彼はそのとき、すでに死を覚悟していたと、わたしには感じとれましたな」

「というと、桜井さんはその時点で、丸岡氏の手先が古賀さんを襲うであろうことを察知していたのですか？」

「もちろんです。丸岡には右翼まがいの暴力組織との繋がりもあるし、おそらく子飼いの物騒な連中も何人かはいると思って間違いない。だから、古賀君が姿を消したとき、わたしはてっきり丸岡の仕業だと思いました」

「えっ？　じゃあ、違ったのですか？」

「いや、それがよく分からない。わたしは古賀君の葬儀で東京に戻った際、丸岡に会って問い詰めたのだが、彼は自分ではないと言い張るのです。そんなはずはないだろうと言うと、これが証拠だと言って、古賀君からの脅迫状なるものを見せてくれた。封書の宛て名はたしかに古賀君の筆跡で、しかも消印の日付は古賀君が家を出てから、三日経ったものでした」

「ほんとですか？……」

浅見は思わず叫ぶような声を発した。

「本当ですよ」

桜井は苦笑したが、浅見はそう素直には信じられなかった。

「ひょっとして、こういうトリックは考えられませんか？　あらかじめ古賀さんが書いた手紙を用意しておいて、投函は何日か後にしたというようなことは。つまり、手紙が投函された時点では、古賀さんはすでに監禁状態にあったというわけです」

「なるほど……いや、しかしそれはないでしょうな。手紙の文面も見たが、内容も文章もしっかりしたものだったし、それに、その前日の新聞に報道された丸岡の言動について、不快の念を抱いた云々《うんぬん》という記述がありましたからな」

「そうですか……それでは、古賀さんがご自分の意志で身を隠したことは、間違いないのですね」

「そうとしか考えられなかったですな。しかも、丸岡は警察に対して、脅迫の事実を告発している。といっても、実際は国家公安委員長と警察庁長官に善処方《ぜんしょかた》を指示したのだが、それにしても、そこまでオープンにしたからには、丸岡自身が恐喝を偽装したというような——つまり狂言ではないでしょうなあ」

「その封書に押してあった消印の局名はご覧になりましたか？」

「ああ見ましたよ。雄勝郵便局でした」

「雄勝……ここにいたのですか……」

「断定はできない。郵便を出しただけかもしれない。院内銀山のある『雄勝』の名が、恐喝にはもっとも効果的ですからな」

浅見はどこかに見落としや逃げ道がないかを模索したが、結局、諦《あきら》めた。

「だとすると、古賀さんは雄勝町付近に潜伏していたか、少なくともこの付近を通過してはいるわけですね」

「そういうことです。わたしは六月の頭から一カ月の予定でここにおるのだが、ひょっとすると、彼はそれを知っていて雄勝町に来たのかもしれん。もし古賀君が現われたら、なんとか暴走を喰い止めたかったのだが」

「警察はどう動いたのでしょう？」

浅見は訊いた。

「さっき、丸岡氏が公安委員長と警察庁長官に指示を出したとおっしゃいましたが」

「警察のことは、むしろあなたのお兄上に訊かれるほうが正確だと思うが」

「だめです。僕の兄は肝心なことは何一つ教えてくれませんから」

「ほう、それは立派な官僚ですな。公私混同ばやりの昨今、貴重な存在です」

本気とも皮肉とも取れる言い方だ。

「警察は、おそらく局長クラスまでは、脅迫の内容――つまり、終戦時の虐殺の一件を知っていると考えていいでしょう。したがって、対応の仕方がかなり難しかったのじゃないですかな」

「それは確かに、おっしゃるとおりだと思います。古賀さんの死や、雄勝町役場の高橋さんの死に対して、警察の方針は猫の目のように変わりました。いったん殺人事件と断定しながら、翌日には捜査本部を解散したりしているのです」

「そうでしょうなあ。今回のことは、単純に事件を解明すれば、それでこと足れりというわけにはいかない。下手《へた》に古賀君を捕まえて告発するような騒ぎになったら、それこそ古賀君の思うつぼ、天下に過去の戦争犯罪を公表するような結果になってしまいますからな。したがって、むしろ、解明などしないで、なろうことなら闇から闇に葬《ほうむ》り去ってしまいたいところだ。政治の中枢が警察に対して干渉せざるを得なかった理由は、そこにあるのです」

「それじゃ、やはり古賀さんを消したのは警察だったのでしょうか？」

「ははは、まさかあなた、そんなことを言ったらお兄上に叱られませんかな？」

「はあ、怒鳴られました」

「ほう、言ったのですか、本当に？　それはひどい」

「日本には秘密警察はないと言われました」

「それはたぶん、刑事局長さんの言われるとおりでしょう。常識的に考えれば、古賀君を殺したのは丸岡の手先だということになるのだが……現に古賀君の話では、丸岡はそういう連中が何をするか分からないと脅していたそうだし……しかし、どうもよく分かりませんなあ……」

桜井は何度も首をひねった。

「何が分からないのですか？」

「いや、聞いたところによると、古賀君は小町まつりの最中に、衆人環視の中で服毒死しているというのでしょう。ヤクザまがいの連中の犯行だったとすると、やつらがそんなややこしい殺し方をするとは考えられませんからなあ」

「それは確かに、そうですね」

浅見も事情が分かってくるとともに、逆に、古賀の死をあんなふうに演出した、犯人側の意図が分からなくなってきた。

「古賀さんの息子さんと松島弁護士は、その後どうしたのでしょう？」

浅見は訊いた。

「古賀君が自ら脅迫を実行すると決めた際、彼は息子さんと松島君には、これ以上手出しをするなと命じたそうですよ。丸岡側が何をするか分からないことや、家族の身にも危険が及ぶことを言い聞かせたところ、息子さんは古賀君の意見に従ったようです」

浅見は古賀博英の小心そうにさえ見える、脅《おび》えた表情を思い浮かべた。彼としては、やはり自分を含めた家族の幸福を抛《なげう》ってまで、「正義」を貫く意志はなかったにちがいない。

「ただ、松島君がどういう気持ちでいるのかは分からないと、古賀君は言っていた。後で知ったことだが、松島君は古賀君に忠告を受けた直後の四月末ごろ、いち早く奥さんと娘さんを避難させたらしい。これは要するに、徹底して戦う意思表示と見てよろしいでしょう」

「丸岡氏側は、松島さんも脅迫に加わっていると分かっていたのでしょうか？」

「そのようですね」と、それまで黙っていた広田が脇から掬《すく》い取るように言った。

「古賀君の息子さんと松島弁護士が丸岡に勧告状を送ったのは三月の中ごろです。丸岡は古賀君の仕業と目をつけたから、部下に命じて、上野毛の古賀君の家を見張らせ、しげしげと訪れる松島君を脅迫の片棒担《かつ》ぎと見極め、ただちに、松島君への脅しにかかった。それはちょうど、古賀君の忠告と重なる時期ではなかったかと思われます。松島君は脅しに屈して転向するような男ではなかったが、自分はともかく、家族の身に危険が及ぶことを避けて、奥さんと娘さんを雄勝町に一時避難させたのです」

「なぜ雄勝町に来たのですか？」

「土地鑑があったからですよ。もう五、六年前になりますが、松島君を連れて、この稲住温泉に来たことがありましてね、ちょうど小町まつりのときで、彼はこの何もない町がいたく気に入った様子でした。しかし、問題の朝鮮人虐殺の現場がここだということを、彼は知らなかった」

痛恨の想いが広田の言葉には込められていた。

「私が松島君から今回の騒動の話を聞いたのは、じつは四月末、すでに奥さんと娘さんを雄勝町に移した後でした。もっと前に打ち明けてくれれば、ほかに手の打ちようがあったのだが……」

「ちょっと不思議でならないのですが」

浅見は首を傾げて、言った。

「松島さんの危機感がかなり切迫したものであった割りには、お嬢さんの珠里さんは、比較的明るく、こういう言い方をしていいのかどうか分かりませんが、かなり呑気にやっていたように見受けられます。たとえば小町まつりに出場したことなどもそうですし、あきたこまちのお米のパッケージ・デザインに写真が使われたり……」

「おそらく」と広田は悲しそうに言った。

「松島君は、娘さんには深刻な事情など、話していなかったのでしょうなあ。仕事の都合で一時秋田に引っ込む——ぐらいの話しかしていなかったのだと思いますよ。実際、彼は忙しかった割りには、財政的に恵まれてなかったのです。私が紹介してやった仕事も、やりようによっては、けっこう稼げるはずなのだが、むしろ持ち出しに近い、ボランティアみたいなことばかりしていた。そんな具合だから松島家の台所事情はかなり苦しかったようです」

「なるほど……」

そうかもしれない——と浅見は思った。ガソリンスタンドで働く珠里の健気《けなげ》な姿が、また瞼に浮かぶ。

「ところで、古賀さんのほうはどういうことだったのでしょう？　失踪にいたる経緯は分かっているのでしょうか？」

浅見はとりあえず、そのことが気にかかって、広田を急かした。広田はゆっくり、二度三度と頷いた。

「私は松島君から話を聞いた後、桜井画伯とも連絡を取りながら、古賀君に事情を確かめ、自重するように勧告しました。しかし古賀君は断じてやると言う。丸岡が引退するまで戦うというのです。日頃、温厚な古賀君を知っている私から見ると、信じられない強気でした。しかし、皇室のお祝いごとやら何やらがあって、五月いっぱいはともかく小康状態がつづきました。丸岡も自粛しているように見受けられたので、これですべて丸く収まるのかと見ていたら、急転直下、悲劇が起きました」

広田は口を噤《つぐ》み、しばらく黙っていた。浅見がもう一度先を促そうとしたとき、おもむろに口を開いた。

「といっても、その先は何があったのか、じつのところ、私にもはっきり分からなかったのです。古賀君の息子さんから電話で、おやじさんがにわかに旅に出たきり、毎日あるはずの電話連絡もないという。それと時を同じくして、丸岡副総裁への恐喝が行なわれているということで、警察から内偵が入りました。私が古賀君の息子さんに勧めて、一応、捜索願を出すようにしましたが、警察がそれをオープンにしなかったのは、恐喝の主犯が古賀君であったからです」

「常識的に考えれば、古賀さんの失踪は丸岡氏側による誘拐・監禁でしょうねえ。手紙の件もトリックくさいし、丸岡氏が先に恐喝のことを言ったのは、それを隠蔽する作戦だと思いますが」

「いや、私もそう思うのだが、失踪直前、古賀君は強気なことを言ってましてね。私の説得に対して、『心配しなくてもいい、自分は丸岡が差し向けた二人の男を味方に引き入れた――』と、そう言っていたのです」

「えっ、それは嘘ですよ、危険な……」

「そう、私もそう思いました。その連中に道理や正義が通じるとは考えられない。何か裏があるから気をつけたほうがいいと忠告したのですが、古賀君は聞き入れなかった。彼らはたしかに、当初は自分を恫喝し翻意させようとしたかもしれんが、そのうちに、真相を知って豹変《ひょうへん》した、いまや彼らも丸岡祐之進の非人道的な生き方を糾明《きゅうめい》する立場に立っている——と自信を持って言いました」

「そんな……」

浅見は古賀の純真を愚かしく思う自分の不純さを嘆いて、天を仰いだ。

「これは私の推測なのですが」と広田は言った。

「その二人は、古賀君に同調したと見せかけて、古賀君の名前を使って、丸岡を恐喝にかかったのではないでしょうか」

「そうですよ、そして、古賀さんがそのことに気づいたとたん、監禁した……」

浅見は勢いづいた。広田も大きく頷いた。

「でしょうな。ここまでは、おそらく間違いないと思っています。しかしそこから先が分からない。古賀君がなぜあんな形で殺されたのか、そして、松島君たちはどうなってしまったのか……」

「松島さんと古賀さんは、一緒に行動してはいなかったのでしょうか？」

「うーん、それも分かりませんなあ。古賀君の話では、松島君にはやめるように説得したというのでしょう？」

　広田は桜井に訊いた。

「ああ、そう言っていた。しかし、それで松島君が脅迫をやめたという証拠はないが……かといって、古賀君と松島君が共同戦線を張っていたかどうかも分からない」

「もし一緒にいたとしたら、松島さんも古賀さんと運命を共にしている可能性がありますね」

　浅見が言った。

「そうですな、それはあり得ることだ」

　桜井は沈痛な顔を、すっかり暗くなった庭先に向けた。夕闇の奥に松島の消息を模索するように、じっと瞳を凝《こ》らしている。

　廊下に足音がして、女将が「失礼いたします」と戸を開けた。

「あの、あちらのお部屋にお食事のお支度ができましたけど……」と言って、浅見に気づいた。

「あ、お客様のほうもご用意できました」

「奥さん、こちらの浅見さんのも、われわれの部屋に運んでもらえないかな」

　広田が言った。

「はい、それは結構ですけれど、でも、ちょっとお料理の内容が違います」

「ああ、それは構わないよ。例によって、画伯のは山菜ばっかしのやつなのだろう？　そんなのに付き合わされたんじゃ、たまったものじゃない」

広田は愉快そうに笑った。

第七章　逆転勝利の美学

1

二人の老人と共にした晩餐《ばんさん》は、それほど楽しいものではなかった。彼らはなるべく事件の話から遠ざかろうと、絵画のことなどを話そうとするのだが、浅見はそれに冷水をかけるように、チャンスを見ては事件関係の話題に引き戻した。

その中で、浅見はもっとも知りたいことを訊いた。

「院内銀山の御幸坑には、いまもなお二十トンの金塊が眠っているのですね？」

桜井と広田は顔を見合わせた。

「埋まっておりますよ」

桜井が複雑な表情で答えた。

「金塊の秘密を知っているのは、さっき言ったように、われわれ四人——いや、すでに三人になってしまったが——それ以外は誰も知りません。わたしたちはいかなるときも、あの金塊には手をつけない約束で、この半世紀を過ごしてきた。さいわいなことに、わたしたちは四人とも、戦後の混乱期からずっと、比較的恵まれた状態をつづけてこられましたが、たとえそうでなく、苦しいことがあったとしても、この盟約は守り通したはずです。そうそう、浅見さん、あなたにもこのことは絶対に他言無用だと、肝《きも》に銘じていただかなければなりませんぞ。わたしはあなたが信用できる人物と信じてお話ししたのです」

「ええ、もちろんそれは承知しています。ただ、今度のことで、古賀さんの息子さんや松島さんも、金塊のことを知ってしまったのではないかと思うのですが」

「いや、それはないでしょう。古賀君は息子さんに虐殺の話はしたが、ここの銀鉱のことや金塊のことは話してないと言ってました」

「だとすると、もし、あなた方が亡くなって、僕も沈黙を守り通したら、その金塊は永遠に、あの銀鉱の墓の中に眠りつづけるわけですね」

「そのとおりでしょうな。それもまたロマンではありませんか」

桜井は微笑を浮かべ、いたずらっ子のような目で、試すように浅見を見つめた。

その夜、浅見はなかなか寝つかれなかった。稲住温泉は谷からは遠く、瀬音《せおと》はとどかない。風がやむと異様なほどの静寂に、スッポリと包まれる。

桜井と広田に会って、話を聞いたことによって、事件の全貌はほぼ飲み込めた。

鬼首弾丸道路計画、地下要塞建設、二十トンの金塊輸送、朝鮮人虐殺……。

これらの「終戦秘話」が半世紀後のいま、さながらゾンビのごとく蘇り、現実のなまなましい事件となって姿を現わした。こんなことは、若い浅見ごときがどう逆立ちしたって、想像できる世界ではない。

こうして、事件の背景や根っこの部分が明らかになったおかげで、事件全体の構図はなんとか描くことができたけれど、理解した事実関係の中にも、矛盾や謎や、たぶん錯覚や誤りだって無数にあるにちがいない。

まず、古賀英二郎の行動からして、よく分かっていない。

自宅を出たあと、古賀は死ぬまでのあいだどこに潜伏していたのか？

それは自分の意志でなのか、それとも監禁状態だったのか？

毒物の服用は誰の手によって行なわれたのか？

なぜ小町まつりの会場にいたのか？

松島珠里の足元に倒れたのは、何か目的があったためか？　それとも偶然なのか？

次に松島昭二弁護士と、彼の家族の行動だって、不可解そのものだ。

そもそも、松島は古賀と行動を共にしていたのだろうか？

松島夫人と珠里はどこへ行ったのか？

松島家の三人は一緒にいるのか？

高橋が死んだ夜、松島家では何があったのか？

なぜ高橋は殺されなければならなかったのか？

そして最大の問題は、まだ姿どころか、影すらも現わさない犯人についてだ。

犯人は丸岡祐之進の手先だとしたら、いったい何人なのか？

丸岡は否定しているが、実際は、丸岡の指示によって行動しているのか？　それとも、丸岡に反旗を翻《ひるがえ》して、丸岡を恐喝しようとしているのか？

松島家の人々を拉致したのは、その連中なのか？

犯人はどこにいるのか？……。


明かりを消した真っ暗な空間に、際限なく「？」が浮かんでくる。小町まつりの取材の日以来、出会い、通り過ぎて行ったいろいろな人物の顔、顔が浮かんでくる。

事件のストーリーは、ほぼ完成されているというのに——犯人とおぼしき人物も、ほぼ特定されているというのに——なぜかしっくりとした結論に導かれない。

浅見自身が「犯人」に対する知識がないためなのだろうか。

かといって、具体的な犯人像に迫ろうとしても、丸岡祐之進が断固としてそういう「殺し屋」の存在を否定する以上、名前も写真も引き出せる目処《めど》がつかない。

これにはおそらく、警察も手を焼いていることだろう。

現実に古賀が死に、高橋が死んでいるというのに、上層部に指示されるまま、彼らの死を自殺だの事故だのと隠蔽《いんぺい》するような、弱腰の警察である。そんな警察が、丸岡の首根っこを押えて犯人の正体を問いただすことなど、できようはずもない。

殺人事件があった以上、犯人は必ず存在するのである。しかし、まるで幽霊のように姿の見えない犯人を、あれこれ思い描いてみたところで、虚《むな》しい努力でしかない。

それにしても、何かが変だ——と、浅見はずっと思いつづけている。

犯人像も幽霊みたいだが、事件そのものがまた、幽霊のように曖昧模糊《あいまいもこ》として、形を成していないのである。

そもそも、今回の事件では、いったい誰が悪で誰が善なのかも、はっきり定義づけができない。

丸岡祐之進が諸悪の根源の大ボスのように思われるが、同時に彼は恐喝の被害者ということになる。そして丸岡を恐喝した古賀や松島は法的な見地からいえば、むしろ犯罪者である。ところが、彼らは殺されたり拉致されたりしたことによって、一転、被害者の地位を確立したわけだ。

いまは傍観者でしかない桜井や広田にしたって、終戦時の朝鮮人虐殺に加わったことからいえば、立派な犯罪者といえる。

関係者の中で、絶対的被害者といえば、雄勝町役場の高橋典雄と、松島母娘ぐらいなものかもしれない。

また、絶対的加害者は、幽霊のごとくに姿を見せない（二人の）殺人者だ。

とにかく、どうもよく分からない――。

何かがおかしい――。

大切なものを積み残したまま、車を走らせているような気分――と言ったらいいのかもしれない。

浅見は布団の中で輾転《てんてん》としながら、いつの間にか眠りに落ちた。

夢で銀山跡の、暗い墓の山を見た。倒れかけ、朽ちかけた墓碑が果てしなくうちつづく陰惨な谷の風景である。

墓の中に高橋が佇《たたず》んで、あの人懐っこい笑顔でこっちを見ている。「あれ、元気そうじゃないですか」と声をかけると、ふいに悲しそうな顔になって、ヘナヘナと墓の合間に崩れて、消えた。

ああ、あれは幽霊だ——と思ったら、ゾーッと背筋が寒くなった。

早くこの御幸坑から逃げださなければならない——と思う。墓の山から、いつの間にか廃坑の暗闇の中にいた。

暗闇だが、物の形は見えている。御陵《ごりょう》のような巨大な石の山が目の前に横たわる。その下に金塊が埋まっているのだ。金塊を掘ろうとすると、人骨が無数に出てきた。

カラカラカラカラと際限なく骨が転がり落ちる。テレビのやらせドキュメンタリーで観《み》た流砂《りゅうさ》現象のようである。流砂の斜面に山小屋が建っている。

廃坑のつづきのような暗い階段を昇ってゆく。戸の隙間から覗くと、背中を向けて男がいた。マタギのようにウサギの毛皮を身にまとい、山刀を研《と》いでいる。

やつが犯人だと思うと、全身がこわばった。気づかれないうちに逃げなければ——と思うのだが、足が動かない。

そのうちに気配を感じたのか、男がこっちを振り向く——ところで目が覚めた。

目を開けたまま、浅見はしばらくぼんやりと天井を眺めていた。犯人の顔を見なかったのが残念だった。

ヤマバトが啼《な》いている。障子に有明《ありあけ》がさしている。夜が明けるらしい。ふだんなら、まだ真夜中のような時刻だ。もう少し眠らないと、寝不足だ——と思いながら、むやみに目が冴えてきた。

（そうだ、アレは何だったのだろう？——）

ふと思った。

院内銀山跡を出てきた正面の、山の中腹に建つ、掘っ建て小屋のような粗末な家である。浅見が「まさか先住民族の遺跡じゃないでしょうね」と笑ったら、高橋は真顔で「聞こえるす」と窘《たしな》めた。

何でもないように見過ごしていた——というより、ちょっと不気味な感じがして、無意識に避けたい気分が働いていたのかもしれないけれど、考えてみると、あの小屋の住人は、銀山に出入りする人間を「監視」できる位置にいる。

朝食の席で、浅見は桜井と広田にその話をした。

「いわば銀山の門番みたいなところなのですが、もしかすると、その人物が古賀さんや犯人たちの姿を見ている可能性があります」

「なるほど」

桜井は興味深そうに相槌を打った。

「どういう人間なのです？」

広田も首を伸ばすようにして訊いた。

「はっきり見たわけではないのですが、杉の枝打ちのような恰好の中年男でした」

「何をして食っているのですかね？」

「さあ？　年じゅうあの小屋に住んでいるわけではなく、ほかで何か仕事をしているのではないでしょうか。雄勝町役場の、例の殺された高橋さんに聞いた話によると、五、六年前からあの小屋に住みはじめたのだそうです。ずっと同じ一人の人間かどうかも分からないのですが、なんでも、役場の人間が訪ねて行っても、『大場』と名乗ったほかは、名古屋方面の人らしいというだけで、住所もはっきり言わないということでした」

「それにしても、あんな人里離れた不気味な場所に、よく独りでいられるものですな。いったい、どういう素性で、何を考えて生きているのだろう？」

桜井も広田も、首をひねっている。

「ひょっとすると、あの墓の供養《くよう》でもしているのではないかと、冗談半分に言っていたのですが」

「なるほど、墓の供養ですか……いや、そうかもしれませんな。わたしや広田君なども、多少、その意味あいもあって、ここにやって来るのですが」

桜井は朝粥《あさがゆ》の椀《わん》を膝の上に載せて、じっと中身を見つめて言った。

「銀鉱の墓、ですか……」

浅見は古賀のダイイング・メッセージを、いまさらのように思い出した。

2

昨日の雨か、それとも朝霧なのか、車の振動で、左右の木々の葉末からパラパラと雫《しずく》が落ちる。

銀鉱跡の入口よりずっと手前で、浅見は車を停め、砂利道を歩いて行った。

右手の斜面の中腹に小屋が見える。壁から横に突き出したブリキの煙突から、青い煙がかすかに上がっていた。どうやら人がいるらしい。

浅見は急な、いまにも崩れそうな階段を登って、小屋に近づいた。小屋の中はひっそりとして、もし煙突の煙がなければ、人がいるとは思えないだろう。

戸口に立って「ごめんください」と呼んでみた。応答はないが、かすかに、何かが動く気配があった。もう一度「ごめんください」と声をかけると、仕方なさそうに、「ああ」というような声が返ってきた。

「役場の者ですが、ちょっとお邪魔します」

浅見は精一杯、訛《なま》りを真似て、言った。しかし、高橋のような完璧な土地訛りと比較すると、いかにもインチキ臭い。

「何か用かね？」

「はい、住民の調査を行なっておるもんでして」

「おれは住民じゃねえよ」

「だすが、一応、調査するように上から言われてるもんで。お願いします」

「そんなもん、いいよ、留守だったたって言ってくれ」

「そんなこと言わねえで、なんとかお願いしますよ。それに、雄勝町で殺人事件がつづいているもんで、警察のほうからも、きちんと調べるように言われてるのです。役場で調べられねえと、警察が来たりして、厄介なことになるんでねえかと……」

「うるさいなあ……」

文句を言いながらも、男は戸を開けた。

無精髭《ぶしょうひげ》を生やした、四十五、六歳ぐらいの男だった。粗末なジャンパーに色褪《いろあ》せた茶系統のジーパンという出で立ちである。

何に使うつもりなのか、右手に太い薪《まき》を摑んでいる。髪の毛は手入れの悪いパンチパーマのような、モシャモシャ頭で、眉根を寄せてこっちを睨んだ顔は、少し怖い。

「すんません」

浅見は首をすくめるようにして、頭を下げた。

「えーと、お名前とご住所を教えていただけるんすか？」

「名前は大場だって言っただろう。住所は言わねえよ」

「それがですね、住所がないと、確認のしようがないもんでして」

「何を確認しようっていうんだ？」

「ですから、本当に大場さんかどうかを確認するわけで」

「そんなもん、本人がそう言っているんだから、それでいいじゃないか」

「そうはいかないのです。たとえばですね、固定資産税などの手続きとか、いろいろありまして」

「そんなものは、おれには関係ねえよ。おれはただ、ここを借りているだけだ。文句があったら、持ち主に言ってくれ」

「あ、そうだんすか。それでは所有者の方の住所と氏名を教えていただけるんすか？」

「名前は斎藤《さいとう》、住所はどこに住んでいるのか知らねえな。喫茶店で知り合って、いつでも使ってくれって、ここのことを教わっただけだからな」

「それでは困りますですが」

「そっちが困ったって、おれの知ったことじゃねえよ。

ちょっと待ってください。それじゃ、そのことはいいとしてですよ、十日か一週間ばかり前、ここの銀山跡に出入りした人はいませんでしたか？」

「ん？　そんなもん、何人もいたんじゃねえかな。車で来た二人連れもいたし、日曜日なんか、観光客か何か知らねえが、ゾロゾロ通ってたよ」

「夜はどうでしょう？」

「夜？　まさか、夜なんか、こんなところに来るやつがいるわけねえだろう」

「いいえ、そうでもないみたいなのです。たまたまこの近くを通りかかった人が、こっちのほうに明かりがチラチラ動くのを見て、それから、何か墓でも掘っているような音を聞いたというもんで」

「えっ？　そんなはずはない。ほんとか？……」

大場はぎょっとして、薄気味悪そうな顔になった。

「大場さんは、夜もここにいるのですべ？」

「ああ、まあな」

「それだったら、もしそんな物音がすれば、分かりますよな？」

「さあなあ、眠ってなきゃ、分かると思うけどな。しかし、おれは何も見てねえし、何も聞いてねえよ。たぶん熟睡していたのだろうな」

「テレビとか、そういう物音にまぎれることはないのですね？」

「おい、見れば分かるだろう。ここには電気も来なきゃ、アンテナもねえよ。夜は寝るだけだ。それはそうと、あんた役場から来たって、どこの役場だい？」

「は？　もちろん、雄勝町役場ですが」

「ふーん、そうかい。それにしちゃ、下手くそな秋田弁だな」

捨てぜりふのように言うと、大場は邪険に戸を閉めた。

浅見は冷や汗が出た。やはり付け焼刃の秋田弁はさまになっていなかったらしい。階段を下りながら、照れくさいやらおかしいやらで、思わずクックッと笑ってしまった。

笑いが収まると、それに取って代わって、緊張が襲ってきた。はぐらかすような大場の話の中からも、それなりに、いろいろな収穫が得られた。思わず笑いがこみ上げたのも、その収穫のせいでもあった。

大場という、得体の知れぬ人間の言うことは、百に一つしか信憑性《しんぴょうせい》がないとしても、その唯一の信じられることは、夜間、この銀山跡に侵入する人間がいないという点だろう。稲住温泉でさえ、あの静寂である。この谷間なら、それこそ針を落とした音にも驚かされるにちがいない。まして、地底で穴を掘る作業なんかが始まれば、どんなに熟睡していても、飛び上がることだろう。

院内銀山を後にして、浅見は横堀、小野と通過して湯沢警察署に行った。わずかに見ないあいだに、捜査本部があった当時の緊迫した雰囲気はすっかり影をひそめていた。報道関係の車など、一台も見当たらない。

刑事課の部屋に行くと、山根部長刑事がひまそうに鼻毛を抜いていた。浅見の顔を見て「やあ、どうもどうも」と、気軽に立ってきた。

「今回はまた何の取材で?」

「はあ、一応、事件のつづきがどうなっているかと思いまして」

「ああ、あれは自殺と事故死と断定されたすよ。県警本部の松山警部も引き上げられたし、もうすべてが終わりだんす」

「そうでしたか、終わったのですか」

「ははは、何だか物足りねえみてえだなす。殺人事件でねえと気に入らねえすか」

「いえ、そういうわけではありませんが。それにしても、ずいぶん早かったのですね」

「そうですなあ。早いっていえば早いかしんねえが、しかし、上のほうからそういう指示が出たのだから、しようがねえすよ」

山根は憮然《ぶぜん》として言った。現場の捜査員としては、決着のつけ方が、必ずしも納得のゆくものではなかったにちがいない。

山根が不満に思うのは当然かもしれない。仮にも殺人事件の疑いがある事件が二つも発生したというのに、こんなに早く結論を出して、さっさと捜査陣を引き払うのは、どう考えてもふつうではない。

「ところで」と浅見は話題を変えた。

「松島珠里さんのお宅——彼女とお母さんと、それから神奈川県川崎市のお父さんが行方不明になっているといったことについて、こちらにも手配が回ってきたのではありませんか？」

「ああ、それは高橋さんの事故の直後に、手配書と写真が送られてきたんすよ。えーと、この辺にあるはずだが……」

山根はデスクの引出しから通達書と写真を引っ張りだした。写真は三人別々のもので、それぞれ二枚ずつあった。松島弁護士の顔は浅見ははじめて見る。メガネをかけた、いかにも秀才らしい風貌である。

(思ったとおりだ――)と、浅見はしぜん、笑みが浮かんできた。

「見れば見るほどめんこい娘っこだすなあ」

山根はしげしげと珠里の写真を眺めて、嘆息まじりに言った。

「まだ松島さん一家の消息は摑めていないのですね?」

「ああ、さっぱりですなや。あのアパートは、まだ借りたままになっているそうだが」

家出人や行方不明者の捜索は、受動的かつ消極的なものだ。警邏《けいら》中、挙動不審者を職務質問した場合などに、たまたま遭遇するぐらいなものである。

浅見は山根に礼を言って、湯沢署を引き上げた。駐車場から出て、横堀方面へ向かって走りだして間もなく、浅見は後方から白いカローラが追随してくるのに気づいた。警察より百メートルばかり、湯沢の市街地寄りに停まっていて、浅見の車が警察の敷地を出るのと同時に動きだしたものだ。

浅見は少し先の道路右側にある、例のガソリンスタンドに入った。背後の車はその手前の細い道を左へ曲がって行った。ことによると関係がなかったのかもしれない。少しナーバスになりすぎているかな――と、浅見は苦笑した。

スタンドのおやじは浅見の顔を憶えていて、「満タン」と頼んだ割りには、あまりいい顔をしなかった。

「松島珠里さんは辞《や》められたのですか?」

浅見は訊いてみた。

「はい、辞めたみたいですな」

「みたい——というと?」

「何の連絡もねえもんで、よく分からねえすけど、あれっきり出てこねえし、どこかさ引っ越したんでねえでしょうか」

「そうですか。大家さんは何て言っているのですか?」

「大家さんにも分かんねえみたいです」

警察がサジを投げているように、要するに、松島母娘の消息は、あの夜以来、バッタリ途絶えてしまったのだ。

スタンドを出てすぐ、ふたたびあのカローラがバックミラーに入ってきた。浅見は(やっぱり——)と笑った。尾行にしては、ずいぶんお粗末だ。

浅見は横堀駅の方角へ右折して様子を窺った。カローラは相変わらず、少し距離を置いてついてくる。駅前でUターンしてきて、すれ違う際に相手の車の中を覗き込んだ。

高岳の運転で、助手席には沢木が座っていた。浅見が手を上げると、ばつが悪そうに照れ笑いを返して寄越した。

浅見は横堀から秋ノ宮へ向かう土手道の途中で車を停めて、連中の車を待った。ここなら人目につくおそれは少ない。

カローラは浅見のソアラの後ろにくっつくように停まり、沢木と高岳は、バレてもともと——という顔で車を降りてきた。

どちらから誘ったわけでもなしに、三人は土手を川岸近くまで下りて行った。

薄曇りの空はけっこう明るく、瀬ではねる波がキラキラと輝く。この役内川は鮎釣りで有名だそうだが、この辺りには釣り人の姿は見えない。

「僕をツケて、どうしようっていうんですか？」

浅見はいきなり訊いた。

「いや、べつにどうっていうことはありません。浅見さんの行くところへ、ついて行こうとしているだけです」

沢木は平気な顔で言った。

「だったら、もっと早くに声をかけてくれればいいじゃないですか」

「それはだめです。われわれがこんなところでウロウロしていることを知られては、はなはだ具合が悪いのです。ことに所轄の連中には見られたくありません。ですから、この辺りで呼び止めようかと思った矢先に、浅見さんのほうで停まってくれたもんで……さすがにいい勘をしてますねえ」

「褒《ほ》めてもらっても嬉しくありませんよ。あまり僕に構わないでくれませんか。僕は警察と関係なしに、自由に調べさせてもらいたいのです」

「いや、それはそれで結構なのですが。いつまでも警察抜きでは、何かと不都合があるのではありませんか？」

「不都合でも何でも、警察を頼る気にはなれませんね。これまで、僕は僕なりに調べて、一応の結論を出したつもりですよ。警察のほうはどうなのですか？」

「警察もやるべきことはやっています」

「そんなことを言ったって、捜査本部はさっさと解散しちゃうし、秋田県警の捜査員だって、全員引き上げて、湯沢署には一人もいないじゃないですか。まったくやる気がないのでしょう？」

「そう決めつけないでください。それにはいろいろ事情があるのですから」

「どんな事情があるのか知りませんが、そんなモタモタしたことをやっているより、僕の捜査に協力してくれたほうが、はるかにましだと思いますけどね」

「そうでしょうとも。ぜひそうさせてください」

「いや、ほんとですよ。僕は今日、きわめて重要、かつ興味ある……え？　いま何て言ったのですか？」

「ですから、今後は浅見さんのデータにのっとって、捜査を展開してゆきたいと思っておりますので。まあ、浅見さんに協力というわけにはいきませんが、ひとつわれわれ警察にご協力をいただきたいと……」

「えーっ？　マジで言ってるんですか？」

「もちろん、警察は常に真面目ですよ。最初に光風閣でお目にかかったときから、私はそう言っていたはずですがね。浅見さんは捜査員百人分に優《まさ》るデータを保有している――というふうに」

「驚いたなあ……呆《あき》れましたね。ひとをさんざん踊らせておいて……インチキもいいところだ。そういうのが警察のやり方というものですか」

「はあ、警察というよりは、刑事局長の方針でありますが」

「ふーっ……」

浅見は溜息をついた。いまいましいが、兄のほうが一枚も二枚も上手《うわて》であることを、認めないわけにいかない。

「しかし、さっき僕が言ったように、警察の捜査体制はすでにバラされてしまったのでしょう？　これからまた捜査本部を開設するのですか？」

「いえ、捜査本部は作りません。われわれ、特命捜査官が数名、浅見さんのご協力を受けて、隠密捜査を行ないます」

「待ってくださいよ。じゃあ、兄が言っていたことは……つまり、犯人を逮捕しないつもりというのは事実なんですか？」

「場合によっては、そういうケースもあり得ますか」

「場合とは、どういう場合を言っているのですか？」

「それはこちらでお訊きしたい。すべて浅見さんのご指示を待って行動せよと、局長のご命令です」

「なるほど、そういうことだったのか……」

浅見は兄の考え方がようやく飲み込めた。警察の方針が猫の目のようにクルクル転変したあげく、古賀の事件を「自殺」に、高橋の事件を「事故」として片付けたのは、秋田県警と湯沢署の捜査員を、この事件と、そして現場周辺から遠ざける目的だったのだ。

そうしておいて、隠密裡《り》に犯人を「処理」しようというのか……。

「なぜそうしなければならないのか、あなた方は知っているのですか？」

浅見はほとんど喧嘩腰になって、言った。

「いえ、知りません。詳しい事情については、局長は何もおっしゃっていないのです。すべては浅見さんの指示どおりにと……」

「僕はごめんですね。冗談じゃない。誰が死刑の執行人になんかなるものか」

「死刑？……」

沢木が驚いて、高岳と顔を見合わせた。

「死刑とは、どういう意味ですか？　私たちはそんな話は聞いておりませんが」

「えっ？……ああ、いや、つまり犯人が抵抗した場合のことを言ったのですよ」

浅見は急いで、トーンダウンした言い方に切り換えた。

「その場合はもちろん、射殺する可能性もありますが」

沢木は胸の辺りを押えた。拳銃を携帯しているのだろう。

「しかし、局長はそういう事態になるようなお話はされませんでしたが」

「狡猾《こうかつ》なものだ……」

「は？　何と？……」

「いや、兄は人使いが荒いと言ったのです。第一、僕がそんなに事件の真相に迫っていると、どうして分かるのですか？」

「それは知りません。ただ、局長は浅見さんが秋田へ行かれたことや、稲住温泉に泊まられたことから推測して、浅見さんの手で、すでに事件解明が進んでいると判断されたようです」

「信じられませんねえ」

浅見はまた吐息《といき》をついた。兄が稲住温泉にまで、どうやって手を回しているのか、見当もつかなかった。

「はあ、正直を言いますと、われわれも半信半疑なのです」

沢木は渋い顔をしている。局長の弟とはいえ、たかが素人《しろうと》探偵に指示を仰ぐなどというのは、あまり嬉しい状況ではないにちがいない。

「こんなことを言っては失礼かもしれませんが」と、高岳も脇から言った。

「本当に浅見さんは、事件の真相を解明したのでありますか？」

「たぶん……といっても、今日、それもついさっき、重要なヒントを得たにすぎません。したがって、裏付けも何もない状況ですよ」

「いや、それにしたって、そこまで行っているとは……で、犯人は誰なのですか？」

高岳は目を大きく見開いて、浅見を真っ直ぐに見た。こんなふうに、無邪気そのもののように事件を追及できたらな——と、浅見は高岳が羨ましく思えた。

3

その日、夕刻までかけて浅見は、自分の着想に対する「裏付け」調査を行なった。

沢木たち警察庁の連中は、カローラのほかにワゴン車を用意して来ていて、その別働《べつどう》隊《たい》とは秋田・山形県境の国道13号沿いの空地で落ち合った。

この辺りは山と谷が交互に重なり、平地らしいところはほとんどない。人家も稀《まれ》で、ところどころにあるドライブインも半分はつぶれかかったような店ばかり。道はただ、うち続く小さな山脈《やまなみ》を越えて行くだけである。

ワゴン車はアメリカ製のかなり大型のもので、沢木に言わせると、警察庁としては貿易不均衡是正《ふきんこうぜせい》に協力しているのだそうだ。

ワゴンには四人の、いうところの「特命捜査官」が乗り込んでいた。四人が四人とも、まだ三十歳前後。秀才面《づら》の無表情な男ばかりで、あまり付き合いたくない人種だ。兄は日本には秘密警察はないと言っているが、彼らはそれに近いものかもしれない。

車の中には通信機器が完備されていて、必要なデータは即刻、入手できる仕組みだ。かなり鮮明な写真も電送されてくる。

個人情報等、さまざまなデータを検索し、あるいは、新たな調査が必要なものも依頼した。それに対する回答も驚くほど迅速《じんそく》をきわめた。こんなことが、どうしてこんなに早く分かるのだろう？——と、浅見はしばしば気味が悪くなった。

国民総背番号制の導入などという話があったが、ひょっとすると、すでに自分たちはかなりの部分、国に管理されているのかもしれないと、疑いたくもなった。

「いっそ、何でもかんでもコンピュータにやってもらったほうがよさそうですね」

「そんなことはありませんよ」と、沢木は浅見の危惧《きぐ》を一笑に付した。

「たしかに、コンピュータに登録されている数字的なものに関しては、機械は万能ですが、推測だとか推理だとかになると、まるで赤ん坊です。ことに空想や夢想なんかには、まったく縁がありませんからね」

最後の部分は自分に対する皮肉のように、浅見には聞こえた。浅見の夢想癖はおそらく赤ん坊のころからのものだろう。夢の中でなら、何でもできるし、どこへでも行ける。第一、考えるだけなら、金がかからないのが何よりいい。着想は自由だし、可能性に限界はない。

唯一問題なのは、裏付けである。

浅見の「着想」は警察庁の連中を驚かせた。驚かせはしたが、しかし彼らも比較的簡単に理解し、同調してくれた。その辺が、コンピュータではない、生身《なまみ》の人間の融通無碍《ゆうずうむげ》なところである。

それにしても、浅見の語った事件のストーリーには、よほど度肝《どぎも》を抜かれたらしく、沢木も高岳も、しばらくは「うーん……」と唸《うな》ったきり、腕組みをして考え込んでいたことも確かだ。

午後六時ごろまでにすべての段取りを整えて、浅見は稲住温泉に引き上げた。一年でいちばん日の長い時季だが、谷間の日暮れは早い。稲住温泉に着くころは、すっかり暮れきって、上空の残照だけが足元を照らしていた。

女将は玄関先で浅見の顔を見ると、「またお三人様ご一緒のお席にいたしましょうね」と言ってくれた。

風呂に入る間もなく、浅見は昨日と同じ会席の部屋に顔を出した。すでに膳が出て、桜井と広田が席に着こうとしているところだった。

「ひどく疲れた様子ですな」

桜井が浅見をひと目見て、気づかわしげに言った。「ほんとですよ」と広田も眉をひそめて言った。

「はあ、あっちこっちと調べ回りましたので、いささかバテぎみです」

「そう、それで、収穫はありましたか？」

「ありました」

浅見は言下に言った。

「ほう、ありましたか……ぜひお聞かせ願いたいですなあ」

桜井は面白い話をねだる幼児のように、浅見に向けて首を伸ばした。

「ははは、まあまあ、その前に一杯やりませんか」

広田が桜井の好奇心を遮《さえぎ》るように言って、ビールを突きつけた。桜井も「うんうん」と頷いて、膳の上のグラスを取り上げた。気心の知れた老人同士の、そういうやり取りは、見ていて微笑ましい。彼らがかつて、朝鮮人虐殺に参加したことなど、どこを見ても想像すらできない。

（人間とは不思議な生き物だ——）と浅見はつくづく思った。自分も含めて、その存在が忌《い》まわしくもあった。どんなに真っ当に生きているつもりでも、ある日、ふとしたはずみのように、何かの不正や犯罪に手を染めない保証はない。

加害者と被害者、そのいずれになるか——可能性は、ほんの紙一重の差なのかもしれない。

運命ということもある。

いろいろな想いが去来して、せっかくの料理だというのに、味を楽しむほどのゆとりはなかったが、空腹だったので、食事のほうはピッチが上がった。

今夜は岩魚《いわな》料理が各種出た。刺身、塩焼き、煮物、フライ……連日、分不相応《ぶんふそうおう》な料理を食べて、浅見は自分がひどく堕落《だらく》しかけているような気がしていた。

桜井はじきに顔を朱色に染めて、浮世の憂《う》さなど縁がなさそうに、じつに楽しげに杯《さかずき》を傾ける。浅見の報告を聞きたがっていたことなど、すっかり忘れてしまったらしい。

広田は酒がかなり強いらしく、まったく顔に出ないし、話す言葉も少しも乱れない。浅見も付き合いでグラス一杯だけビールを飲んだが、苦い味だけを強く感じた。

「お若いのだから、もっとどんどんお空けなさい」

広田が勧めたが、それ以上は固辞した。

「これからまた、ちょっと出かけたいものですから」

「ほう、夜遊びですかな？　この辺りじゃ、ろくなものはないでしょうが」

「いえ、遊びではなく、事件のことでちょっと……」

「事件のことで？　これからですか？　いや、それはご苦労さんですなあ。で、どこへ行かれますか？」

「銀山跡です」

「銀山跡……そんなところに何をしに？」

「今朝、お話ししたように、あそこに妙な山小屋みたいなものがありまして、男の人が住んでいる――というか、籠《こも》っているのですが、昼間、その男と会ってきました」

「ふんふん……」

広田はグラスを口につけたまま、興味深そうに話に聞き入った。桜井はもうすっかりでき上がってしまったのか、トロンとした目を空間に彷徨《さまよ》わせて、話を聞いているのかどうか、ちょっと頼りない感じだ。

「男は大場と名乗っていますが、役場の人の話によると、本名かどうかさだかではないそうです。それで、ちょっとおかしいな――と思ったのは、僕がカマをかけて、町の人間が夜、たまたま近くを通りかかった際、明かりがチラチラするのが見えて、墓を掘っているような音が聞こえたという話だ――と言うと、彼は即座に、『そんなはずはない』と否定したのです」

「ふむ、しかし、それが何か？」

「町の人間が明かりを見たり、墓を掘る音を聞いたりする可能性を、完全に否定しきれるのは、そんなことは絶対にあり得ないという自信がなければ、そうは言えたものではありません。ことに、音のほうはともかくとして、明かりに関しては、彼が外を見ないかぎり、気がつかない可能性だって、当然あるはずですし、そこまで断定的に言えるのは不自然です」

「なるほど」

「それで、やや飛躍しすぎかもしれませんが、僕はこういう仮説を立てたのです。彼が断定できたのは、彼自身が穴掘り作業に従事しているからだ──と」

「えっ？　どういうことです、それは？」

「その大場氏自身が御幸坑に入り込んで、夜間、密《ひそ》かに採掘作業を行なっているのではないだろうか──と、そう考えたのです」

「御幸坑で？……」

広田は驚いて、反射的に桜井の顔を振り返った。しかし、桜井は陶然とした顔で、体を前後に揺らし、もうすっかり夢の世界に行ってしまったようだ。

「ということは、つまり、その男は御幸坑で金塊を掘り出そうとしていると、そう言いたいのですかな？」

「そのとおりです」

「しかし、その男はどうして御幸坑の秘密を知っているのです？」

「それはもちろん、古賀さんの口から聞き出したのでしょう。といっても、あくまでも想像の域を出ませんが」

「古賀君の口から聞いたということは、つまりは、古賀君を殺した犯人ということになりませんか？」

「ええ、必然的にそうなりますね。それで僕は今夜、その男の発掘現場を押えに行こうと思っているのです」

「えっ、そんなことを……浅見さん一人でですか？」

「ええ、一人です」

「しかし、それは危険じゃないですか」

「いや、大丈夫ですよ。相手もたぶん一人でしょうし、そっと覗いてくるだけですから。第一、その男が犯人だと決まったわけじゃないのです。万一そうだとしても、発掘していることを確認するだけが目的で、後であらためて警察を連れて行くつもりです」

「そんなことを言って……万一でも何でも、その男が古賀君を殺した犯人である可能性は、現にあるのでしょうが」

「そうですね。いえ、むしろ僕はそう信じているのです。役場の高橋さんを殺《や》ったのも、彼かもしれません。それに、松島さんの行方だって知っている可能性があります」

「それは危険ですなあ……よし、それじゃ、私も一緒に行こう」

「まさか、そんな……」

「ははは、頼りないと言いたそうですな。なんの、こう見えても学生時代は柔剣道と空手の選手で、けっこう鳴らしたものです。浅見さんの用心棒ぐらいなら務まるでしょう」

「しかし、危険ですから」

「おや？　浅見さんはたしか、危険はないと言いませんでしたかな？」

「それはまあ、大丈夫だとは思いますが……正直に申し上げて……」

「歳ですか。あなたねえ、いまは百まで生きる時代ですぞ。七十やそこらで老いぼれ扱いはしてもらいたくないですな」

広田は胸を張ってから、チラッと桜井のほうに視線を送って、「画伯ぐらいになれば、べつですがね」と笑った。

4

漆黒《しっこく》の闇というのは、都会に住む人間にとっては、地下室にでも潜《もぐ》り込まなければ体験できない。浅見はおそらく、生まれてはじめて漆黒の闇を見た——と思う。車のヘッドライトを消したとたんの、前方の谷がまさにそれだった。

重い曇り空なのか、月も星もない。この分なら一キロ先の煙草の火でさえ、はっきりと確認できそうだ。

母親に聞いた話によると、戦時中、灯火管制下の街をホタル籠《かご》を持って歩いていたら、警防団員に「馬鹿者、爆撃目標にされてもいいのか！」と怒鳴られたそうである。「そんなふうに、心のゆとりをなくしてしまっては、この戦争は勝てないと思いましたよ」と、雪江は思い出して、悲しそうな顔をした。

例の小屋からはかなり手前の、国道脇に車を停めたのだが、それでも浅見は慎重に、周囲に人の気配のないのを十分確認してから、懐中電灯で足元を照らした。

「ここから三百メートルばかり歩きます」

背後の広田に囁《ささや》いた。広田は頷いて、懐中電灯を灯《とも》した。

国道を少し行って、左へ、銀山跡へ行く道に入る。舗装が風化してボロボロになった道である。ときどき明かりを消し、様子を窺っては、足音に気づかれないように歩くので、ふだんの半分のスピードだ。

山小屋もまた闇の中に沈んでいた。接近して、立ち止まり、しばらく息をひそめてみたが、人の気配はまったく感じられない。眠っているのか、それとも——。

浅見は決断して前進を再開した。広田も遅れずについてくる。

かすかな打撃音が聞こえた。

足音とは異質のものだ。

二人は立ち止まり、耳をすませた。

音は闇を震わせ、伝ってくる。カツーン、カツーンと、まるで墓石と墓石が触れ合うような、陰気な音である。

「掘ってますね」

「ああ、掘ってる」

浅見は心臓が高鳴った。その鼓動に気を使いながら、さらに慎重に足を運んだ。

御幸坑の前に立つと、音は一段とはっきり聞こえた。もはや疑いの余地はなかった。

柵《さく》を跨《また》いで御幸坑に入った。そろりそろりと進み、やがて行き止まりの柵に達した。

「おかしいな……」

浅見は思わず呟いた。柵にはどこにも破られた箇所《かしょ》がない。

「入れませんな」

広田も当惑げに言い、それから「あ、もしかすると」と、小さく叫ぶように言った。

「たしか、水抜き坑があるはずです」

二人は大急ぎで坑口に戻り、谷の道をさらに奥へ進んだ。

「あったあった……」

広田は、足元から左へ少し下がったところに懐中電灯を向けた。ささやかな清水のような流れを越えた向こう側に、巨大な岩の割れ目のような坑口が見えた。脇に立て札があって、「水抜き坑」と読める。

「私の記憶力もまんざらじゃないですな。どうです、役に立ったでしょう」

広田は得意そうに囁いた。

「本当ですね、尊敬します」

浅見は言ったが、この水抜き坑についてはまったく知識がなかったから、急に不安がこみ上げてきた。

「これが御幸坑に通じているのですか？」

「そう、もともと江戸時代からあったものを、明治天皇ご臨幸の際に、さらに拡幅したという説があるそうです。例の金塊を埋めたときに、いちど通ってみたが、なかなか立派なものでしたよ」

浅見の不安な気分と対照的に、広田は昔を懐かしむような声音である。浅見はにわかに、この老人が大物に思えてきた。

「とにかく、行ってみましょうや」

広田が率先《そっせん》して水抜き坑に入った。

なるほど、「水抜き」といっても、本来の採掘坑と同じ程度の規模である。立って歩いても天井にはまだいくらか余裕があった。いまはもう、水が流れているわけではないが、気のせいか、壁や地面には湿気が多いような感じがする。

坑内を進むにつれて、地底の音はいよいよ大きくなってきた。幾層にもこだまして、不気味さを増幅させる。それに比例して、浅見の不安はつのるばかりだ。

音の大きさからして、もうすぐそこかと思うのだが、明かりはなかなか見えてこない。ときどき懐中電灯を消して、闇の中を透かして見ても、ホタルほどの明かりもない。

(何か変だな──)

浅見は気がついて、前を行く広田を呼び止めた。

「おかしいですね」

「何がです？」

「ここまで来て、まだ明かりが見えないというのは、変ですよ」

「そうでしょうかな、変ですかな？」

顔を突き合わせるようにして、囁き交わすのだが、浅見の緊迫した口調に較べて、広田のほうはむしろ冒険を楽しんでいるような感じすらある。

「音源は近いのに、足元に響いてくる感触がぜんぜんないのも変です」

浅見は言った。

「なんだか、電気的な音響効果のような感じがしませんか？　たとえばテープか何かで音を出しているとか……」

「なるほど、そういえばそうですな」

広田は五、六歩進んで、前方の闇に向けてまともに光束を注いだ。驚くべき大胆さであった。

「あっ、本当にあなたの言うとおりですよ。あそこにテープレコーダーがあります」

広田はもはや遠慮はいらないと分かったのか、若々しい声で叫んだ。

浅見のいる場所からも、岩の上の銀色に光るカセットテープデッキが見えた。「カッーン、カツーン」と単調に響くツルハシの音は、そこから流れ出ていた。

「それじゃ、われわれは騙《だま》されたということですか」

浅見は震え声で言った。

広田はテープデッキの電源を切ると、浅見の向けた懐中電灯の明かりの中で振り返り、ニッコリ笑った。

「われわれではなく、浅見さん、あなたが騙されたのですよ。ねえ、松島君」

浅見の背後に向けて呼びかけた。

「ああ、そうですね」

すぐ後ろから男の声が答えた。

二つの光源とはべつの明かりが、洞窟の中を照らした。振り返るまでもなく、そこには「山小屋の住人」が佇んでいる。

「なるほど、そういうことだったのですか」

浅見は溜息をついた。

「お気の毒だが、浅見さんはいろいろと知りすぎた。もっとも、山小屋の大場のことを疑いさえしなければ、こんなことをする気はなかったのだがねえ」

広田は残念そうに言った。

「というと、今度は僕を殺すわけですね」

「ああ、致し方ないですな」

「そんなにまでして、どうしても金塊が欲しいのですか？」

「そう言われると面目ないが、貧すれば鈍するということだろうね。私のところも、このところの不況で借金の山だ。松島君のところはもっとひどい。何しろ、この弁護士さんときたひには、金儲けが下手というより、持ち出しのほうが多いくらいなのだからね。正義派の美名と引き換えに、貧乏を背負い込んだっていうわけだ。彼の尻拭《しりぬぐ》いに、どれだけ金を使わせられたか分かりゃしない」

「それで金塊を掘りはじめたのですか」

「そう、六年前に前の住人からあの山小屋を買って、文字どおり、休みのたびにここでコツコツやってもらうことにしたのだよ。いまにして思うと、なんだってあんな分厚いコンクリートで覆ったのか……とにかく何年かかるか分からないが、さりとて掘削《くっさく》機械を使って派手な音を立てるわけにもいかないしね」

広田は低く笑った。

「しかしまあ、二年前までは、私の本業の絵のほうが景気がよかったからいいようなものの、バブルがはじけてからは、さっぱりだ。いつまでも悠長なことは言っていられなくなった。このままだと、破産どころか破滅してしまう。いよいよ切羽《せっぱ》つまった矢先に、古賀君の息子が松島君に、例の脅迫の話を持ち込んだ。そして、古賀君が息子の代わりに本気になって丸岡を脅しはじめた。これは、われわれにとっては願ってもない展開だった。私と松島君はそれに便乗《びんじょう》した恰好で、丸岡を恐喝することにしたのだ」

広田が言葉を止めると、恐ろしいほどの静寂の中で、三人の息づかいが嵐のように聞こえた。

「古賀君は松島君に、脅迫から手を引くように言った。いくら丸岡の不正を糺《ただ》すためとはいえ、明らかな犯罪行為に、正義派の弁護士さんが手を染めては具合が悪かろうというわけだ。しかしそう言われたからって、こっちにも事情があるのだから、おいそれとやめるわけにはいかない。ゴールデンウィーク直前の四月下旬、松島君は奥さんと珠里さんに身を隠させた。丸岡が手先を使って家族に危害を加える可能性があるから——と松島君は説明した。実際、襲撃のおそれがなかったわけではないのだが、松島君の不退転の決意のほどを聞いて、古賀君はいたく感動して、以来、松島君のことをいっそう信用する結果になった」

「奥さんと珠里さんは」と、浅見は懐中電灯の明かりを松島に向けて、言った。

「恐喝のことをご存じだったのですか？」

「いや」

松島は山男のような変装の顔を、苦しそうに歪《ゆが》めて、首を横に振った。

「あれたちには、仕事がうまくいかないから――とだけ説明しておいた」

「そうでしょうね。珠里さんが気楽に小野小町を演じたりしていた様子には、そんな気配は感じ取れませんでしたからね」

「しかし、その気楽さが困った事態を引き起こしたのだよ」と広田は言った。

「六月に入ってまもなく、古賀君はフラッと旅に出た。そんなふうに気儘《きまま》な旅をするのは、毎年のことだから、息子さんたちはべつに不思議とも何とも思わなかった。古賀君は石巻《いしのまき》、古川と、かつて軍用道路計画のあったルートで泊まって、鳴子から雄勝町へと向かった。途中まではバスで、峠道は歩いたそうだ。彼にしてみれば、いわば鎮魂《ちんこん》の旅のつもりなのかもしれない。ところがその日、同じコースを松島君が車で雄勝町へ向かっていたのだ」

「車で、ですか？」

「そうだよ。ああ、きみは小屋の辺りに車が見えないことを言っているのかね。車はこの先の神社の裏手に駐《と》めてある。それはともかく、松島君が車で鬼首峠にさしかかったとき、道路脇に人だかりがしていた。何でも秋田沼というところで、妙な魚が釣れたといって騒いでいたのだそうだ。よせばいいのに、松島君はその騒ぎを覗き込んで、そこで古賀君とバッタリ、顔を合わせることになった。それも、このとおりのケッタイな恰好でだ」

広田の口調には、「困ったものだ……」というニュアンスが込められていた。

「こんな変装をしていても、古賀君の目は騙せない。どういうことかと驚かれて、仕方がないので、松島君は古賀君を山小屋に連れ込んで、じつは、丸岡の手先の襲撃を恐れて、一家三人が避難したようにみせかけ、警察や世論が動きだすのを待つことにしたのだ──と説明した。丸岡があくまでも辞任を拒《こば》むようなら、『銀鉱の墓』を暴《あば》くつもりで、ここに拠点を定めたとも言った。古賀君は疑うどころか、松島君のその覚悟のほどに、またしても感動したそうだ。そうして、自分もその作戦に参加しようと言い出した。それはたしかに効果的かもしれない。行方不明ということになれば、松島君より古賀君のほうが話題性があるからね。古賀君は早速、松島君に頼んで、雄勝町の郵便局から丸岡宛《あて》に手紙を出したりしている。『銀鉱の墓』を連想させる、いやがらせの意味だが、しかし、そんな目的よりもむしろ、古賀君は面白がっていたようなふしも見られる。あんな山小屋で原始的生活を送るなんていうこと自体、都会人の変身願望にはぴったりだものね。いや、松島君自身、このホームレス暮らしが病み付きになったと述懐しているくらいだ」

広田の憶測が事実かどうかはともかく、そういう気持ちは浅見にも理解できる。ある大会社の課長が、真っ昼間、ホームレスの恰好に変装して東京の街中を彷徨《さまよ》うのが趣味になったという話を、新聞で読んだ。

「そうはいっても、そんな状態が長続きするわけがない。すべてに無理があったのだね。まあ、当然予測された破綻《はたん》というべきだろう。たまたま私が山小屋に電話したとき、松島君がいなくて、古賀君が携帯電話を握ってしまった。私はまったく無防備にしばらく喋ったようだ。私が気がついて、慌てて電話を切ったときには、すでに古賀君はおおよその事態を察知してしまった。松島君の丸岡に対する勧告、もしくは脅迫が、じつは私と組んだ恐喝であることを知ってしまったのだ」

さすがに、このときばかりは広田は暗澹《あんたん》とした声音になった。

5

「古賀君は松島君を詰問《きつもん》した。松島君はやむなく、古賀君に睡眠薬入りの酒を飲ませ、地下の貯蔵庫に監禁状態にしたのだ」

「なんてことを……」

「そうするほかはなかった」

「それにしても、古賀さんを殺すとは……」

浅見は恐怖よりも怒りを抑えきれずに、声が震えた。

「いや、それは違うのだよ、浅見さん」

広田は強圧するような声を出した。

「古賀君の死は、あれはあくまでも自殺だったのだ」

「そんなばかな……」

「そう思うかもしれないが、これは事実ですよ。警察だってそういう結論を出したのじゃないのかね」

「警察の結論は、それは方便みたいなものです」

「方便？　どういう方便か知らないが、その判断は正しいですぞ。浅見さんがそれを否定できる根拠は何かね？」

「まず第一に、古賀さんが毒物を所持していたとは考えられないことです」

「ああ、それは簡単に説明がつく。毒物はあの山小屋にあったのだ。松島君がこの付近の山からある種の植物を収集して、それから毒物を抽出《ちゅうしゅつ》していた。それを古賀君が持ち出して、カプセルで服用したのだよ」

「そんなことは、松島弁護士にお聞きするまでもなく、少なくとも警察や検察、それに裁判所にも通用しないでしょうね」

浅見は冷ややかに言った。

「たしかに、毒物をカプセルで服用したことだけは認めます。古賀さんは毎日、几帳《きちょう》面《めん》に午前十一時ちょうどに、薬を飲まれていたそうですから。今回も家を出られたとき、おそらく十日分のカプセルを持っていたということです。そして古賀さんが亡くなったのは、まさにその十日目でした。小町まつりのクライマックスが始まる、ほんの少し前が、薬を飲む定刻だったはずです。最後に一つだけ残ったカプセルに毒物を仕込み、衆人環視の中で殺人が行なわれる——完全犯罪の舞台としては、これ以上のものはなかったでしょう」

「きみがそう考えるのは、無理からぬことだと認めますよ」

広田は溜息まじりに言った。

「誰が考えたって、そういう結論しか出てこないだろうからね。しかし、事実は自殺だったのです。いや、いまさらきみに、こんな弁解をしてみたところで、どうなるものでもないけれどね」

「動機は何ですか？　自殺の理由は？」

「それは、分からないと答えるしかありませんな。いや、本当に分からないのだ。遺書もないし……もっとも、遺書があれば自殺を立証できるのだがね。一つ考えられることは、そうすることで、丸岡の手先に殺されたがごとくに見せかけるためだったかもしれない。あるいは、本当にこの世に嫌気《いやけ》がさしての自殺だったのかもしれない。私はむしろ、後者のほうだという気がしてならないのです」

「そんな、詭弁《きべん》です」

「いや、詭弁ではない。古賀君はきっと、死にたかったのだと思いますよ」

「なぜですか？」

「それは……それは分からない……」

「広田さん」と、松島がふいに言った。

「もういいです。そんなふうに庇《かば》ってくださっても、むだなことです。古賀さんを殺したのは私ですよ。浅見さん、あんたの推理したとおりだ。最後のカプセルに毒物を仕込んで、古賀さんが飲むのを確かめてから横堀まで送った。私は一万円の交通費を渡して、横堀の街で古賀さんを車から降ろした。古賀さんは突然解放される理由に戸惑いながら、さっき飲んだカプセルのことを考えたのかもしれない。電車に乗るはずだったのに、街でポスターを見ると、ふと立ち止まり、何を思ったのか小町塚のほうへ走って行った。私も車を置いてついて行った。最期を見届けたいのと、古賀さんが何をしようとしているのか、恐怖に近い好奇心に駆《か》られた」

それから先は、さすがに松島は口を閉ざした。古賀の行く手には、わが娘珠里の小町娘がいたのだ。古賀が珠里に訴えかけるのを、もはや止めようがない——と思った瞬間、古賀の生命《いのち》は尽きた。

「高橋さんのことはどうなのですか？」

浅見は肉薄するように鋭く言った。

「ああ、あの人はお気の毒なことをした」

まるで他人事《ひとごと》のような口ぶりだ。

「あの夜、松島君は私を彼の家に連れて行ったのだが、ちょうどそこに高橋氏が訪ねてきた。高橋氏は珠里さんに会いに来たのだが、彼女に『パパ』と呼ばれた松島君の顔を見て、ギョッとしていましたな。『あんた、大場さん……』と言ったきり、しばらく声も出なかった。おそらく、何が起こったのかを模索していたのだろう。松島君も卵が喉に閊《つか》えたような顔をしている。私は一瞬の間に状況を判断した。高橋氏が大場と松島君が同一人物であることを知れば、いま現在は分からなくても、いずれ、死んだ老人が古賀英二郎であり、松島君とのつながりがあることが分かった時点で、いっぺんに破局に見舞われると思った。ほとんど発作的といってもいいほど、とっさのことだった。私はそこにあったタオルを拳《こぶし》に巻きつけて、高橋氏の後頭部——頸椎《けいつい》のつけ根辺りを一撃した。それから……それから先のことは、説明するまでもないでしょうな」

浅見もそれ以上のことは聞きたくもなかった。

「それじゃ、珠里さんの目の前で……」

その情景を思い描いただけで、吐き気を催した。倒れた高橋を二人がかりで車に運んで……そうだ、その隙に珠里は浅見の家に電話をかけた。

——父を助けて……。

彼女はそう言ったのだ。

その悲鳴のような言葉には、いったいどんな想いが込められていたのだろう。

浅見は急速に平静を取り戻した。

「松島さん、あなたが高橋さんを車に乗せ、雄物川に転落させに行っているとき、珠里さんが僕に電話をくれたことを知っていますか？」

「ん？ いや、知りません」

松島弁護士は用心深く答えた。

「珠里さんは、たった一度しか会ったことのない僕に電話してくれた。その悲劇的な瞬間に、珠里さんは、ほかに頼れる人がいなかったのでしょうね」

「珠里は何て言ったのですか？」

「あなたを助けてほしいと言いました。父を助けて——と」

懐中電灯の光の中で、松島は辛そうに顔を歪めて、上体を揺らした。

「松島君には罪はない」

広田が言った。

「彼は何もしちゃいないのですからな。高橋氏をやったのはこの私だ。もともと、松島君は僕に対する借りで、がんじがらめに縛《しば》られていたようなものなので、すべては私のためにしたことです」

「いいのですよ、広田さん、もういいのです」

松島が広田に呼びかけた。浅見という気の毒な獲物を中心にして、二人の共犯者はたがいに庇いあうような友情を示している。殺意と善意が渾然一体《こんぜんいったい》となった、奇妙なシチュエーションであった。

「そうだね、どのみち……」と広田は陰気な声を洩らした。内ポケットに手を突っ込んで、小型の拳銃を取り出した。

「やめませんか」

浅見は悲しそうに言った。

「そうしたいところだが、そうもいかないもんでね。きみを殺れ《や》ば、とりあえず危機を脱出できる」

「そうはなりませんよ」

「いや、なるよ。かりに完璧ではないとしても、最善の道ではある」

「あなたは僕が昼間、山小屋を訪ねて、大場さんと会ったことを忘れているのです」

「忘れてなんかいるものかね」

「だったら、それから夕方まで、僕が何もしないでいたなどとは思わないでしょうね」

「ん？……何を、したと言うのかね？」

広田の表情に、微妙な翳《かげ》りが浮かんだ。

「山小屋で大場さんを見たとき、僕はどうしてメガネをはずしているのだろう——と不思議に思ったのです。鼻梁《びりょう》にはくっきりとメガネの痕が残っているのに、揉《も》み上げはまるでカツラかツケ髭のようにモシャモシャしていて、メガネのツルの痕が見えない。目を細めて物を見る仕種《しぐさ》は、明らかに近視の人特有のものなのに、なぜ、メガネをかけていないのだろう。メガネをかけた顔を人に見られては具合が悪い、何かの理由があるにちがいない――と、僕には思えました。それで、僕は警察署へ行って、念のために松島さんの写真を見せてもらったのです。それはまだ午前中のことですよ。それから夕方まで、僕には十分すぎるほどの時間がありました」

「そんな、はったりを言っても無駄だよ」

「はったりかどうか、ひと声かけてみましょうか。いや、その必要はないかな？　もう足音が聞こえていますよ」

三人は申し合わせたように息をひそめ、耳をすませた。

連中にしてみれば、精一杯の忍び足のつもりなのだろう。しかし無音状態の洞窟では、蟻《あり》の足音だって象のそれほどに聞こえそうだ。ザックザックと、心理的効果としては、まるで大進撃のようなひびきが伝わってくる。

「この際は、逮捕されるという前提で考えるべきでしょう。その場合、僕を殺してしまえば、情状酌量《じょうじょうしゃくりょう》の条件は、きわめて悪くなるのではありませんか？　松島弁護士」

浅見の挑戦的な言い方に、松島は誇り高く反発するように肩をそびやかし、それとは対照的に、広田は拳銃を構えた腕を、下に向けた。

「広田さん、私に銃をください」

松島はもどかしそうに叫んだ。法廷で検事側証人を叱咤《しった》するときでも、こんなきつい言い方はしないだろう。

広田が躊躇《ためら》うと、さらに強く、「早く！」と怒鳴った。反射的に広田は銃を放《ほう》った。

松島の手が鮮やかに銃を受け、すばやく安全装置をはずした。

「私は負けるのが嫌いでしてね。過去のすべての裁判で、勝つか、あるいはそれに近い成果をあげてきました」

松島はニヤリと笑って言った。拳銃の先端は浅見の胸を狙っている。この至近距離では、目をつぶって撃ってもどこかには当たりそうだ。

「しかし、これは勝ち負けの問題ではないと思いますが」

「いや、私にとって、人生はすべて勝つか負けるかです。シロかクロ。相撲《すもう》と違って、たった一度の黒星でも敗退するトーナメントみたいなものです」

そうかもしれない——と浅見は客観的に思った。道を踏み誤った弁護士には、復活の可能性はない。その点、ルポライターや落ちこぼれや居候には、何度でもトライできる「生きる道」がある。この世の中、本当に強いのは弱者かもしれない。

「松島君、もうやめたまえ」

広田は気弱そうに宥《なだ》めた。

「じたばたしても、勝ち目はないよ」

「いえ、やめません」

松島は毅然《きぜん》として言った。

「やめなさい。浅見さん、逃げるんだ」

広田にそう親切に言われても拳銃を突きつけられていては、逃げようがない。

「広田さん、明かりを消してください」

松島は言った。また「早く」と怒鳴られる前に、広田は懐中電灯のスイッチを切った。

洞窟内はスッと暗くなった。

「あなたもだ、浅見さん」

浅見も、松島を照らしていたライトを消した。松島は闇の中に没し、彼の手にある光源から直射する光がむやみに眩《まぶ》しい。

警察庁の連中の足音は、じれったいほどのんびり近づいてくる。

(何をモタモタしているんだ——)

浅見は口の中から心臓にかけてが、岩のようにこわばった。もはや動こうにも体の自由がきかないのではないかと思った。

松島の懐中電灯が消えた。浅見は反射的に上体を沈めた。

暗闇の中で閃光《せんこう》と轟音《ごうおん》が発せられ、一瞬の間に闇になった。

エピローグ

遠慮のタガがはずれて、足音の集団は一気に遅れを取り戻し、接近した。

彼らが到着する前に、浅見は懐中電灯を灯《とも》し、松島の遺体を照らした。

ひと目で「遺体」と分かる、あざやかな死にざまであった。右のこめかみから、血潮と一緒に白っぽい脳漿《のうしょう》のようなものが流れ出ていた。

浅見は一瞬、顔から血の気が失せて、危うく倒れそうになるのを、ようやく踏みとどまった。

広田が駆け寄って、松島の名を呼ぼうとして、絶句した。

嵐のような足音と共に光の集団が現われ、人数分のライトがこっちに向けられた。

「浅見さん、大丈夫ですか？」

光芒《こうぼう》の真っ只中に、浅見がちゃんと生きて立っているのに、高岳は間の抜けた質問を投げかけた。

松島の手に握られたままの拳銃に、広田の手が伸びるのを見て、浅見は必死の想いで拳銃を蹴飛《けと》ばした。

「広田さん、あなたは死なせない」

広田は凝然《ぎょうぜん》として、血溜《ちだ》まりの脇にしゃがみ込んだ。

「あなたには、松島さんの自殺の動機を証言していただかなければなりませんからね」

浅見は広田の耳元に口を近づけると、分からず屋の駄々っ子に、言い聞かせるように、優しく言った。

「自殺の動機？……」

広田はまだ正気が残っていることを誇示するように、ゆっくりと浅見を振り返った。

「ええ、松島さんは、自分の契約している企業を裏切り、友人である古賀さんの亜門工業に情報をリークしていたのです。そのことはすでに古賀博英さんに確認を取ってあります。それが発覚したために、松島さんの弁護士資格の剝奪《はくだつ》は必至だそうです。松島さんはそのことを悲観し、古賀英二郎さんを道連れにして自殺されました」

「そんなばかな……」

「いえ、これは事実ですよ。あなたはカネと金《きん》のためだとばかり考えておられるし、そのために松島さんが、あなたの思いどおりに動いていたとお考えのようですが、それは違います。目的がカネや金のことだけなら、松島さんがこれほど自暴自棄《じぼうじき》に突っ走るはずはないでしょう。松島さんのやっていたことは、客観的に見れば、支離滅裂《しりめつれつ》ですよ。自ら空中分解して、破滅へ向かってまっしぐらに落ちてゆく道を選んでいたと言っていい。松島さんとしては、正義派の仮面が引き剝《は》がされ、堕《お》ちた偶像になるのが、死ぬより辛かったのでしょうね」

「しかし、現実に……」

「現実に何があったとおっしゃりたいのですか？　ここには何もないし、何もなかったのです。松島さんが掘り返した跡は、何日かすればきれいに補修されるでしょう。銀鉱の墓は何も語らず、永遠に眠りつづけるべきではありませんか」

「……」

広田はついに黙った。

警察庁のスタッフは、最悪の事態に渋い顔をしていた。足元の死体に対して、一応は頭を下げたが、本心を言えば、「何だって死んじまったんだ」と思っているにちがいない。

高岳は沢木に「どうしますか？」と訊いている。

「やはり、所轄に通報しないとまずいでしょうかねえ？」

「私には分からんよ。局長にお訊きするっきゃないだろう」

沢木は浅見の横顔に視線を向けながら、皮肉っぽく言った。

「僕が兄なら」と、浅見は沢木の皮肉にまともに答えた。

「脳内出血で急死した松島さんを、ご遺族にそっと送り届けるでしょうね。それから、古賀さんのご遺族には、内々に事情を説明して差し上げるのがいいと思います。松島さんの自殺の、少なくとも遠因は、亜門工業のために企業情報をリークしたことだと。それでもなお、亡き松島さんを告発するかどうかは、古賀さんのご遺族の意志にお任せするしかありません」

「なるほど」

沢木は神妙に頷《うなず》いた。

「私も局長が浅見さんと同じ答えをおっしゃるような気がしてきました。いや、局長はともかく、もっと上の、えらい人たちがそれを望んでおられるでしょう。だいたい、この事件は最初からそういう方針で動いてきたのですからね。それはそうと、浅見さん、その松島さんのご遺族は、どこへ行っちまったのですか？」

「それは僕よりも、この広田さんにお訊きしたほうが早いでしょう。ねえ広田さん」

「はあ……」

広田は世にも情けない顔を俯《うつむ》けて、小さく頷いた。

沢木は浅見のそばに寄って、囁《ささや》いた。

「ところで、広田氏はどういう処置になるでしょうかね？」

「それはもう、僕の考えの及ぶところではありません。それこそ兄や、その上の連中が考えてくれるでしょう」

沢木は「そういうもんですかなあ」と不満顔だが、それは浅見の本心であった。古賀の事件にしろ高橋の事件にしろ、本質を見極めるより、隠蔽《いんぺい》することに腐心してばかりいた警察の上層部が、いまさらその事件を蒸し返すとは思えない。警察や、それに国がどのような幕引きをするのかは、浅見にはもはや無縁のことであった。

＊

松島の遺体は山小屋に運ばれ、血や泥の汚れを丁寧に拭き取られ、小屋の中央に布団を敷いて安置された。

入ってみると、小屋は狭いながら、隙間風などは入り込まない、けっこうしっかりした建物であった。あちこち調べ回っていた高岳が、床下に地下室があるのを発見した。地下室といっても、本来は野菜か、あるいは密造酒の保存庫として使われていたものかもしれない。

床板を上げると、その下に頑丈そうな蓋状《ふたじょう》の扉があって、その下に畳二枚が敷かれた部屋がある。布団もあるし食器等もすこし置いてある。人間が居住していた形跡は明らかだ。梯子《はしご》で下りる仕組みのようだが、その梯子は引き上げられて、戸口の脇に立てかけてあった。

「古賀さんはここに監禁されていたのですね？」

浅見が小声で訊くと、広田は憂鬱《ゆううつ》そうに頷いた。

しかし、見たところ地下室にはトイレの設備などはないし、もちろん風呂もない。いつも地下室に閉じ込められていたわけではなく、少なくとも日に何度かは上に出てきていたにちがいない。逃げようと思えば逃げられたのではないか――と思える。

浅見がそのことを言うと、広田は「古賀君は逃げる意志はあまりなかったようです」と言った。

古賀にはやはり、松島を破滅させたのは亜門工業だという負い目があったにちがいない。

＊

翌朝、浅見と沢木は広田の案内で、松島母娘の住む「隠れ家」を訪れた。

驚いたことに、隠れ家は、昨日、警察庁のワゴン車が停めてあった空地から、ほんの二キロばかり南寄りの、国道から少し入った山裾《やますそ》にあった。

広田が松島に聞いたという話によると、しばらく前に空家になったばかりの農家だそうだ。この辺りはいまでも過疎傾向が止まらず、ときどき、こんなふうに空家が出るらしい。農家といっても町の家と変わらないような建物で、それほど古くもない。

浅見のソアラが庭先に停まるのを見て、松島母娘はおそるおそる玄関に出てきた。珠里は浅見に気づいて、小さく「あっ」と声を洩らした。

三人の客は短い挨拶をしただけで、とりあえず家の中に入った。その様子に、母親と娘は不気味な予感を覚えるのだろう。怯《おび》えた目を客たちの一挙一動に注いでいる。

家具も何もない、粗末で殺風景な座敷であった。夫であり父親である松島の、ほとんど錯乱《さくらん》といってもいいような、絶望的なあがきの結果とはいえ、転変の果てにこの地に行き着いて、彼女たちはこれからどうしてゆくのだろう——と、浅見は胸のふさがる想いであった。

とりわけ、小町まつりの日の珠里を見ているだけに、その落差を思うと、世の無情ということを、ひしひしと感じた。「父を助けて——」と縋《すが》ってきた珠里のために何もしてやれなかった分、せめてこれから先、自分にできる何かをして上げようと思った。

あらためて挨拶を交わしてから、広田がおずおずと切り出した。

「じつは、なんと言っていいのか……松島君が昨夜、脳内出血で急逝《きゅうせい》されまして……」

広田と一緒に、浅見も沢木もしぜんに頭が下がった。

哀れな母娘は、喉の奥で「クー」というような声を出して、たがいの手を取り合い、泣き伏した。

浅見は思わず目を逸《そ》らせた。死体を見て貧血を起こすのも情けないが、こういう、愁嘆場《しゅうたんば》にも耐えがたいものがある。いくつになったら、物に動じない毅然とした男らしさが身につくのだろう。

遺体との対面のために、松島母娘は家を出た。車のドアを開けて待つ三人の男たちの前に、母娘は思ったよりしっかりした足取りで現われた。それぞれの手に大きなバッグを提《さ》げている。家具類をすべて小野のアパートに残してきているから、それがいまの彼女たちの全財産なのかもしれない。

五、六歩歩いて、二人は申し合わせたように振り返った。もうこの家にも帰るつもりはないのだろうか。ほんの束《つか》の間《ま》の「わが家」だった建物に、かすかに頭を下げて訣別《けつべつ》を告げている。

それからふたたび歩きだしたとき、珠里の目は天を見上げた。わずかに晴れ間の覗く空の色が、珠里の瞳をキラリと光らせた。

自作解説

一九四五年四月十三日夜の空襲で、当時、東京都北区《きた》西ヶ原《にしがはら》にあった僕の家は焼けた。現在、浅見光彦《あさみみつひこ》が住んでいるのと、ほぼ同じ街である。そのときの空襲では北区のほとんどが被災したのだが、平塚《ひらつか》神社や団子《だんご》の美味《うま》い茶店・平塚亭《ひらつかてい》などは奇蹟《きせき》的に類焼《るいしょう》を免《まぬか》れ、僕の小説の中にしばしば登場する。

焼け出された一家は長野《ながの》市権堂町《ごんどうちょう》にあった父親の生家に疎開《そかい》したのだが、その後、松代大本営《まつしろだいほんえい》に対する空襲の可能性があるとして、戸隠《とがくし》村に再疎開した。その直後にやはり空襲があって長野市や松代などが被災した。十五キロほど離れた戸隠からも、その爆撃の様子が遠望《えんぼう》できた。この空襲の模様は『多摩湖畔《たまこはん》殺人事件』の重要な素材になった。また、戸隠での記憶を生かして『死者の木霊《こだま》』『戸隠伝説殺人事件』などを書いた。

結局、戸隠で終戦を迎えるのだが、戦後の規制があって、すぐに東京へ帰ることはできない。父親が医者だった関係で、秋田《あきた》の無医村に招聘《しょうへい》されることになった。秋田県の南部にある明治村（現羽後町）というところである。ここも『横山大観』殺人事件』の舞台に使った。

さらに一年半後、秋田県最南端の秋の宮村《あきのみやむら》（現雄勝町《おがちまち》）に移転、ここで中学のほぼ三年間を暮らすことになる。僕としてはもっとも多感な時期を過ごしたわけで、記憶もはっきりしている。デビュー第二作の『本因坊《ほんいんぼう》殺人事件』では、隣の宮城県《みやぎ》鳴子町《なるこちょう》とともに、峠を越えた秋の宮が舞台になった。

秋の宮村は後に横堀町《よこぼりちょう》、院内町《いんないちょう》、小野《おの》村などと合併して「雄勝町」となった。本書『鬼首《おにこうべ》殺人事件』はその雄勝町を舞台に書かれた作品である。それだけに、この作品には他とは違った愛着のようなものがある。執筆中も現地の風景のあれこれを思い浮かべることができたし、取材に行って旧友と出会う楽しみも格別のものがあった。

ここにご紹介したとおり、僕の作品のかなりの部分に、転々と移り住んだ土地が活用されている。「〜殺人事件」の舞台にされた土地の方々にしてみれば、とんだ迷惑で、まるで後足《あとあし》で砂をかけて歩いているような結果になっているのかもしれない。僕としてはなるべくソフトに描写し、できることなら観光行政の一助《いちじょ》にでもなれば——と願う気持ちはあるのだが、はたしてその願いどおりにいっているのかどうか、忸怩《じくじ》たるものがある。

さて、雄勝町の小野村は小野小町《おののこまち》生誕の地である。小野小町の生地《せいち》については異説がいろいろあるが、作品の中でも解説しているとおり、雄勝町小野地区が最有力の土地であることは間違いない。

雄勝町では「小町塚」を整備して、毎年六月の第二日曜に小野小町にちなんだ「小町まつり」を盛大に執《と》り行《おこ》なう。祭りの日には、町全体から選ばれた七人の小町娘が神事《しんじ》に参加する。これがなかなか愛らしいのだが、その神事の最中に見知らぬ老人がやって来て、小町娘たちの前で奇妙な死に方をするところから、この物語は始まる。

このような衆人環視《しゅうじんかんし》の中で事件が発生するというパターンは、僕の作品ではときどき現れる。『倉敷《くらしき》殺人事件』では、観光客で賑《にぎ》わうアイビースクエアが舞台になった。『御堂筋《みどうすじ》殺人事件』では大パレードの真《ま》っ只中《ただなか》で美女が死ぬ。書いているときは無我夢中《むがむちゅう》だったが、いまになって考えてみれば、これもまた関係者にとっては大迷惑なことで、お詫《わ》びの言いようがない。

弁解がましいが、『鬼首殺人事件』の場合は、むしろ地元の方から書いてくれという注文があった。じつはそういうケースはかなり多く、たとえば『三州吉良《さんしゅうきら》殺人事件』『朝日殺人事件』などもそれである。

ありがたいことに、小野小町や後鳥羽上皇《ごとばじょうこう》、戸隠山の鬼女、高千穂《たかちほ》、恐山《おそれざん》、天河《てんかわ》、斎王《さいおう》……と、といった、伝説とも史実ともつかない物語は、日本中どこへ行ってもある。小野小町ほどポピュラーでなくても、魅力的な材料には事欠《ことか》かない。世界各国にも伝説や説話のようなものがあるとは思うけれど、日本ほど繊細にして多様なところは他に例を見ないのではないだろうか。

これは日本の地理的、歴史的条件が生んだ文化的風土にちがいない。一つの山、一つの谷を越えるたびに、まったく異なる説話や伝説が語り継がれている。それを探《さぐ》る旅自体が楽しい。

ただし、伝説に材を取るからといって、それに囚《とら》われないのが僕の流儀で、実際には、伝説は全体のストーリーを彩《いろど》る背景のような位置づけで書くことにしている。『鬼首～』では、小野小町伝説のある町を物語の舞台にして、祭りに関わる人々を通じて土地柄の様子を描いた。小野小町そのものについては、祭りのクライマックスに老人が殺される――という、事件の発端となる場面でしか登場させていない。

老人は死の間際《まぎわ》に「ギンコウノハカ」というダイイングメッセージを残す。奇妙な死とダイイングメッセージ――この二つの謎《なぞ》を提示するところから僕の創作作業は始まっている。その時点では、ごくふつうの「謎解き」ミステリーを書くつもりだったはずだ。ところが、書き進めるうちに様相《ようそう》が変わって、社会派ふうの、えらく重いテーマに挑《いど》むものになっていった。

この解説を書くために、ノベルス版を読み返しているのだが、こんなに重大なことを書いていたのか——と驚いた。浅見が警察や、ひいては兄・陽一郎《よういちろう》に対して抱《いだ》く不信感であるとか、有力政治家の存否《そんぴ》によって、地方の開発のあり方に差異が生じることとか、戦争犯罪人が戦後政治の表裏で暗躍し、国家を動かしたことなど、「小町まつり」から始まったにしては、およそ似つかわしくないテーマが続々出てくる。

太いタテ糸として「正」「邪」の対決を。ヨコ糸として親と子の相剋《そうこく》、人間として誠実でありうることの意味などを絡《から》ませた。

浅見は東奔西走《とうほんせいそう》して、巨大な犯罪を暴露する謎解きの戦いに挑む。最後のクライマックスシーンでの意表をつくドラマには、自分の作品であることも忘れ、固唾《かたず》を呑《の》んだ。あらためてお断りしておくが、亜門工業やG重工や金塊、虐殺《ぎゃくさつ》事件といったことは、「小町まつり」の惨劇を書いている時点では、まったく、僕の頭の片隅にもなかったのである。浅見光彦が事件にのめり込んでゆく過程で、つぎつぎに見えてくる疑惑や謎の彼方《かなた》に、しだいに巨大犯罪の全貌が姿を現わす。僕と浅見は同化して、リアルタイムでバーチャルリアリティの世界に「遊んだ」といっていい。

もしあなたがこの作品を読んで、感興《かんきょう》をそそられ、怒りや悲しみや壮快感を抱かれることがあったとしたら、それはまさしく僕や浅見が感じたのと同質のものだろう。

『鬼首殺人事件』は「地名」プラス「殺人事件」というパターンからいうと、一連の「旅情《りよじよう》ミステリー」の範疇《はんちゆう》に入る。『遠野《とおの》殺人事件』以来、『倉敷殺人事件』『津和野《つわの》殺人事件』とつづく系譜に「旅情ミステリー」の称号をつけたのは、光文社「カッパ・ノベルス」の多和田輝雄《たわだてるお》氏（現編集長）だが、『鬼首〜』はその十四作目にあたる。

旅情ミステリーはその名が示すとおり、当初は「旅」に重点が置かれていた。

僕の創作法の特徴的なものとして、ほとんど必ずといっていいほど「事件」と「人間」と「歴史」そして「旅」の四要素によって物語が成立していることだが、その中の「事件」の内容は、ごく個人的なものから、より社会性を帯びたものまで、かなり幅が広い。ただし、まったく社会性のない、たとえば遺産争いなどの家族間の相剋や、三角関係のもつれといった、単純な私的動機による事件が、ほとんどないのではないかと思う（記憶が定かでないので、確かなことは言えないが）。

その中で旅情ミステリーの『遠野〜』や『小樽《おたる》殺人事件』『日光《につこう》殺人事件』『横浜《よこはま》殺人事件』などは、どちらかといえば私的な狭い世界での物語である。まかり間違えば閉塞《へいそく》的《てき》な状況での物語になりかねない話に、ひろがりをもたせるのが「旅」の効果だ。旅は地理上での距離であるのと同時に、時間的な移動をも意味する。過去に何があったかを探る旅もまた楽しい。

そういう「旅」の色合いの濃い旅情ミステリーの中にも、大なり小なり社会性が入り込んでいる。『津和野〜』『白鳥殺人事件』『博多《はかた》殺人事件』『札幌《さっぽろ》殺人事件』『姫島《ひめしま》殺人事件』などにはとくにそれが強く出ている。そのときどきの世相を反映させたり、世の矛盾や非道に対する僕の怒りが自然に投影される結果、執筆を開始した時点では思いもよらなかったような内容に変形してゆくことがしばしば起こる。たとえば『札幌〜』では、浅見光彦が札幌を旅して、女性とのロマンスが芽生《めば》えるようなストーリーを想定していたのに、執筆途中で北海道開発庁などの問題に遭遇《そうぐう》したとたん、方向が変わった。『鬼首〜』もまさにその系列に入る。

そうかといって、最初から社会性を意識して書いた作品はごく少ないことも事実だ。一九九四年に「週刊朝日」に連載した『沃野《よくや》の伝説』がコメ問題の沸騰を予測した作品となるのだが、それがあるくらいのものかもしれない。

もともと僕はそう立派なことを言えるような人間ではないのだし、理論武装があるわけでもない。面白い話を書くことに生き甲斐《がい》のようなものを感じて、無我夢中で文章を綴《つづ》っているだけといってもよかった。世の矛盾や非道を怒るのも、ごく庶民的な素朴な次元でのことであって、ひとさまを啓蒙《けいもう》しようなどと大それた意識はまったくない。

それでも、あまり世の中がひどいと、何か言わないではいられないのが、いわゆる庶民感情なのだろう。その怒りを作中で吐露《とろ》してゆくと、いつのまにか浅見の怒りに変形し、いわゆる「社会派」的なミステリーが生まれてしまうのである。なんでそうなるのか、本当のところはよく分からない。ミステリー作家にはいろいろ種族があるけれど、僕にはそういう書き方をしろという、天の命令が下されているのだと思うことにしている。

『鬼首殺人事件』は一九九三年四月に刊行されている。その直前には『斎王の葬列』を、直後には『箱庭《はこにわ》』を書いた。三作三様のストーリーで、浅見光彦という共通項がなければ、まったく異質な作風といえそうだ。物好きな研究者がいて僕の作品群を分析したら、よくもまあいろいろなことを考えるヤツだ——と思うにちがいない。

一九九七年三月

内田康夫

解説

山前《やままえ》 譲《ゆずる》
（推理小説研究家）

小町堂で美しい七人の小町娘が和歌を朗詠した。それは秋田県雄勝《おがち》町小野《おの》で毎年六月に行われる、「小町まつり」のメインイベントだ。その大役を無事に果たして七人は退場する――とそこに、観衆の人垣の中から、老人がヨロヨロと歩き出てきた。酒に酔っているのだろうか、足はもつれぎみである。そして老人は、七人の小町の真ん中に、頭から突っ込むように倒れてしまった。

駆けつけた商工観光課の職員が引き起こそうとしたとき、老人の口から「ギンコウノハカ……」という言葉が漏れた。観衆の中から今度は若い男が駆けつけてきて、心臓マッサージを施す。するとまた、老人の口から不明瞭な言葉が聞こえた。「……オニコウベ……」と――。老人の死亡が確認される。解剖の結果、毒物が検出された。衆人環視の中で起こったこの事件の真相は？

なんとか老人を蘇生させようとしていたのは、もちろん浅見光彦である。彼には老人の最後の言葉が「鬼首で会った」と聞こえた。いわゆるダイイング・メッセージだ。となれば、名探偵は黙ってはいられない……そのキャラクターはやはりシリーズ最大の魅力となっている。長身で爽やかな容姿と心優しい性格、そして人間味溢《あふ》れた鋭い推理が新鮮だ。男性読者はちょっと（かなり？）嫉妬してしまうのだが、女性にたいしてはかなり奥手なので許すことにしよう。

その浅見光彦の事件簿で、旅情が最も重要なキーワードとなっているのは言うまでもない。すでに百以上の事件を解決し、四十七都道府県のすべてに足跡を残した浅見光彦の謎解きの旅で、我々は日本各地の魅力にあらためて気付かされた。

光文社文庫ではすでに、その旅情に着目した〈浅見光彦×日本列島縦断〉シリーズとして、『長崎殺人事件』、『神戸殺人事件』、『天城峠殺人事件』、『横浜殺人事件』、『津軽殺人事件』、『小樽《おたる》殺人事件』の六作を刊行している。これらの長編で北から南まで、日本各地の旅情にたっぷり浸ることができたに違いない。

その旅情と並んで、浅見光彦シリーズの重要なキーワードとなっているのが歴史だ。浅見光彦の本業はルポライターで、そのホームグラウンドは『旅と歴史』という雑誌だが、この誌名が彼の探偵行の特徴を端的に表している。日本全体の歴史、舞台となった土地ごとの歴史、そして登場人物それぞれの歴史の三つを座標軸にして立体的な広がりを見せていく物語が、彼のシリーズをユニークなものとしてきた。

そうした歴史に注目した光文社文庫の新しいセレクションが〈浅見光彦×歴史ロマン〉SELECTIONだ。天海僧正の伝説にまつわる『日光殺人事件』、北陸の景勝地を舞台にした『若狭殺人事件』、そして秋田県での小野小町にまつわる祭りに死が訪れるこの『鬼首《おにこうべ》殺人事件』で完結となる。

歴史のなかに秘められた謎はいろいろあるが、そのひとつに人物の謎がある。『日光殺人事件』での天海僧正のような、歴史の転換期のキーパーソンにはとりわけ興味をそそられるだろう。さまざまな史料によってその生涯はイメージされていくが、近代や現代の著名人であってもそのすべてが明らかになるわけではない。たとえ自伝が書かれていたとしても、それがすべて正しいとは限らないのである。勘違いがあるかもしれないし、恣《し》意的に不正確な記述をしているときもあるのだ。

歴史を遡《さかのぼ》っていくと、どんどん人物の謎が深まっていく。信頼に足る史料が少なくなっていくのだから仕方がないだろう。一方で近年は、新たな研究によって人物像が改められる例も少なくない。たとえば聖徳太子だ。今は本名の厩戸王《うまやどのおう》で表記されることが多くなった。聖徳太子の数々の業績が、すべてをひとりで成し遂げたわけではないらしいからである。かつて習った歴史の知識には、もはや遺跡のように古びたものもあるのだ。

そして『鬼首殺人事件』の小野小町である。九世紀、平安時代前期の女流歌人で、紀《きの》貫之《つらゆき》は六歌仙のひとりに彼女を選び、『古今和歌集』の序文でその歌を絶賛した。百人一首に取られた「花の色は　うつりにけりな　いたづらに　わが身世にふる　ながめせしまに」はあまりにも有名だろう。また、二〇一六年に大ヒットしたアニメ映画『君の名は。』は、『古今和歌集』の小野小町の歌「思ひつつ　寝ればや人の　見えつらむ　夢と知りせば　覚めざらましを」から着想を得たという。

そして、クレオパトラや楊貴妃《ようきひ》と並び称される絶世の美女としても、よく知られている。だが、生存していた頃の小野小町を描いた絵は残されていない。また、その美貌《びぼう》(?)を窺《うかが》い知ることのできる史料もない。はっきりしているのは残された和歌だけであり、その生涯は今もって定かではないのだ。生年も没年も定かではない。どこで生まれたかも、どこで死んだのかも、墓があるのかないのかも……。

それなら「小町まつり」は？　そんな疑問を抱いてしまうのは当然だが、〝小野小町は大同《だいどう》四（８０９）年に、現在の雄勝町小野字桐木田《きりきだ》——当時の出羽国福富荘《でわのくにふくとみしよう》桐ノ木田に生まれ、京に上るまでこの地で過ごした〟と作中で紹介されている説は、数ある生誕地の伝承のなかでもっとも有名なことは間違いない。お米のブランドに「あきたこまち」があり、秋田新幹線で「こまち」が走っているように、「小野小町」は秋田県のひとつのブランドになっているのだ。

浅見光彦の今回の旅は、例によって『旅と歴史』の取材だった。その小野小町の伝説を追いかけて「小町まつり」を取材していた時に、老人の死に遭遇したのである。だから発端は『小野小町伝説殺人事件』と題してもいいほどだが、やがて名探偵の視線は、女流歌人の謎から現実の死の謎に向けられていく。老人が残したダイイング・メッセージは、いったい何を意味していたのか？

「自作解説」にもあるように、『鬼首殺人事件』は中学生の頃に作者自身が住んでいた地を舞台にしている。内田作品としては二番目に刊行された『本因坊《ほんいんぼう》殺人事件』でも舞台となっていたが、作品への思い入れは一入《ひとしお》ではないだろうか。当時は秋《あき》ノ宮《みや》村だったが、『鬼首殺人事件』の頃には町村合併によって雄勝町となっていた。その秋田県最南端の町は、二〇〇五年のさらなる合併によって、現在は湯沢市の一部となっている。

これもまたこの作品の背景にあるひとつの歴史だ。一方、「小町まつり」の歴史は変わりなく、今も小野小町伝説所縁《ゆかり》の芍薬《しゃくやく》の花が香る、六月第二日曜日に行われている。前日には宵祭も催されている。今は湯沢市内から選ばれているが、七人の小町が祭りを彩っているのも変わりない。平安時代の衣裳も印象的な小町たちが小町堂で、小野小町の和歌を朗詠して奉納するのが今もクライマックスだ。また、稚児行列や小町太鼓、小町おどりなどもあり、多くの観光客で賑わっている。

『鬼首殺人事件』のヒロインはその小町のひとり、松島珠里《まつしまじゅり》である。ここ十年間のどの小町娘よりも美しかったが、最近川崎市から引っ越してきたばかりとかで、何となくいわくありげ気だった。そして老人は、彼女の着物の裾をつかんだ恰好で、倒れ伏したのだ。まったく知らない人だと言っていたその珠里が……。

浅見光彦の探偵行は歴史を遡って、恐るべき犯罪を暴いてく。それはロマンチックな小野小町伝説とはまったくかけ離れたものだった。そして歴史から隠されていた場所でのラストシーン――それは浅見光彦の事件簿のなかでも屈指と言える、じつにスリリングなものである。

『鬼首殺人事件』は一九九三年四月にカッパ・ノベルスの一冊として書下ろし刊行された。その際こんな「著者のことば」が寄せられていた。

日本じゅうを舞台にして小説を書いていると、ますます日本が好きになってくる。ローカルの誰も知らないような小さな山間《やまあい》の町でも、そこに佇《たたず》めばその場所から世界が広がる。その瞬間、僕自身、あなた自身が世界の中心なのである。もちろんその町は、華やかなステージになる。あなたはミステリー劇を演じる名優になる。見渡せば、色褪《いろあ》せた家々も、見飽《みあ》きたはずの四辺の山々も、みずみずしい背景となって、ドラマを飾るだろう。そして美しくも悲しい舞台の幕が開く。僕はその情景をそっくり切り抜いてきて、カッパ・ノベルスの原稿を書き綴《つづ》るのである。

この「著者のことば」は、〈浅見光彦×歴史ロマン〉SELECTIONの『日光殺人事件』と『若狭殺人事件』にも共通するだろう。いや、内田康夫作品のすべてに相通じると言ってもいい。作者によって切り抜かれたその情景は、さまざまな歴史も内包していた。そこから紡がれるユニークな難事件に次々と挑んできたのが、名探偵の浅見光彦である。

※この作品を書くにあたり、秋田県雄勝町役場（当時）にお世話になりました。厚く御礼申し上げます。
※この作品はフィクションであり、文中に登場する人物、団体名は実在するものとまったく関係ありません。なお、風景や建造物など、現地の状況と多少異なっている点があることをご了承ください。（筆者）
※『鬼首殺人事件』は一九九三年四月にカッパ・ノベルス（光文社）として書き下ろしで刊行され、一九九七年五月に光文社文庫に収録された作品です。
※「自作解説」は光文社文庫版からの再録、「解説」は新装版の刊行にあたって新たに追加いたしました。
※また、今回の新装版の刊行にあたって、文字を大きく読みやすくするため、本文の版を改めました。（編集部）

光文社文庫

長編推理小説
鬼《おに》首《こうべ》殺《さつ》人《じん》事《じ》件《けん》　〈浅《あさ》見《み》光彦《みつひこ》×歴《れき》史《し》ロマン〉SELECTION

著　者　内《うち》田《だ》康《やす》夫《お》

2016年11月20日　初版1刷発行

発行者　鈴木広和
印　刷　慶昌堂印刷
製　本　ナショナル製本

発行所　株式会社 光文社
〒112-8011　東京都文京区音羽1-16-6
電話（03）5395-8149　編集部
8116　書籍販売部
8125　業務部

ISBN978-4-334-77382-3　Printed in Japan

組版　萩原印刷

光文社文庫　好評既刊

舞田ひとみ14歳、放課後ときどき探偵　歌野晶午
城崎殺人事件　内田康夫
熊野古道殺人事件　内田康夫
三州吉良殺人事件　内田康夫
讃岐路殺人事件　内田康夫
記憶の中の殺人　内田康夫
「須磨明石」殺人事件　内田康夫
歌わない笛　内田康夫
イーハトーブの幽霊　内田康夫
秋田殺人事件　内田康夫
幸福の手紙　内田康夫
恐山殺人事件　内田康夫
しまなみ幻想　内田康夫
藍色回廊殺人事件　内田康夫
上野谷中殺人事件　内田康夫
鞆の浦殺人事件　内田康夫
高千穂伝説殺人事件　内田康夫

御堂筋殺人事件　内田康夫
終幕のない殺人　内田康夫
長野殺人事件　内田康夫
十三の冥府　内田康夫
「信濃の国」殺人事件　内田康夫
長崎殺人事件　内田康夫
神戸殺人事件　内田康夫
天城峠殺人事件　内田康夫
横浜殺人事件　内田康夫
津軽殺人事件　内田康夫
小樽殺人事件　内田康夫
鳥取雛送り殺人事件　内田康夫
喪われた道　内田康夫
幻香　内田康夫
多摩湖畔殺人事件　内田康夫
津和野殺人事件　内田康夫
遠野殺人事件　内田康夫